戰後初期
楊逵與中國的對話

黃惠禎

陳芳明 主編
台灣與東亞

台灣
與東亞

《台灣與東亞》叢刊發行旨趣

陳芳明

「東亞」觀念進入台灣學術界，大約是近十年的事。但歷史上的東亞，其實像幽靈一樣，早就籠罩在這海島之上。在戰爭結束以前，東亞一詞，挾帶著相當程度的侵略性與壟斷性。它是屬於帝國主義論述不可分割的一環，用來概括日本殖民者所具有的權力視野。傲慢的帝國氣象終於禁不起檢驗，而在太平洋戰爭中一敗塗地。所謂東亞概念，從此再也不能由日本單方面來解釋。尤其在跨入一九八〇年代之後，整個東亞地區，包括前殖民地的台灣與韓國，開始經歷史無前例的資本主義改造與民主政治變革。一個新的東亞時期於焉展開。

二十一世紀的國際學界，開始浮現「後東亞」一詞，顯然是相應於後結構主義的思考。所謂「後」，在於強調新的客觀條件已經與過去的歷史情境產生極大差異。在新形勢的要求下，東亞已經成為一個複數的名詞。確切而言，東亞不再是屬於帝國的獨占，而是由東亞不同國家所構成的共同觀念。每一個國家的知識分子都站在自己的立場重新出發，注入殖民時期與戰爭時期的記憶，再定義東亞的政經內容與文化意涵。他們在受害的經驗之外，又具備信心重建主體的價值觀念。因此東亞是一個頗具挑戰性的概念，不僅要找到本身的歷史定位，同時也要照顧到東亞範圍內不同國籍知識分子所提出的文化反省。

東亞的觀念，其實富有繁複的現代性意義。所謂現代性，一方面與西方中心論有千絲萬縷的關係，一方面又與資本主義的引介有相當程度的共謀。當台灣學界開始討論東亞議題時，便立即觸及現代性的核心問題。在歷史上不斷受到帝國支配的台灣，不可能永遠處在被壓抑、被領導的位置。進入一九八〇年代以後，台灣學界開始呈現活潑生動的狀態，許多學術工作已經不能只是限制在海島的格局。凡是發出聲音就必然可以回應國際的學術生態，甚至也可以分庭抗禮。這是一個重要的歷史轉折時期，不僅台灣要與國際接軌，國際也要與台灣接軌。

「台灣與東亞」叢刊的成立，正是鑑於國內學術風氣的日漸成熟，而且也見證研究成果的日益豐碩。這套叢刊希望能夠結合不同領域的研究者，從各自的專業領域嘗試探索東亞議題的可能性。無論是文學、歷史、哲學、社會學、政治學的專業訓練，都可以藉由東亞做為媒介，展開跨領域的對話。東亞的視野極為龐大，現代性的議題則極為複雜，尤其進入全球化的歷史階段，台灣學術研究也因而更加豐富。小小的海島，其實也牽動著當代許多敏感的議題，從歷史記憶到文學審美，從環保行動到反核運動，從民主改革到公民社會，從本土立場到兩岸關係，從經濟升級到勞工遷徙，無不細膩且細緻地開啟東亞思維。本叢刊強調嚴謹的學術精神，卻又不偏廢入世的人文關懷。站在台灣的立場，以開放態度與當代知識分子開啟無盡止的對話。

序

孤鳥，與一匹狼的相遇

楊翠

在台灣文學研究的場域中，惠禎的風格，一向不與主流同道。在某個意義上，她有如孤鳥，長年固守被喧嘩群落遺忘的一小方天空，孤身靜飛。

這二十五年，我確實見證了惠禎的孤獨和執著。二十五年前，台灣文學研究尚仍一片荒蕪，中文系出身的惠禎，在主流的側身邊緣，一頭埋進去，靜靜開始研究楊逵；二十五年後，台灣文學研究狀似繽紛，各種研究主題迸生，而惠禎，仍然蹲伏在這塊原初的土地上，一鋤一鏟，採掘楊逵。

回視過往幾年，台灣社會罹患集體創意焦慮症，從商品市場到文化場域，就連學術界也不例外，大家絞盡腦汁想著各種所謂「創新議題」、「先鋒研究」，議題一個個被快速生出來，又被快速消費掉。這些年台灣文學的研究主題，後殖民、後現代、全球化，早早就是民國舊事了，殖民現代性、空間與地方、移動與旅行、離散與認同、倫理、創傷、身體、飲食……，議題流行化，一時風潮，人人爭相競逐，卻又乍起乍落，不久前才充斥各期刊、研討會的研究主題，轉眼間就成為過時舊事。

研究主題本身不是問題，問題是快速流掠，問題是研究者的創新焦慮症，執念於變化咖啡上面的拉花，卻失落了內蘊滋味。然而，惠禎卻是另一種執念。自從那一年的秋日午后，楊逵次子楊建同意把一大疊泛黃手稿交到她手中，午后的溫潤陽光與厚重的歷史氣味，互涉交織，滲入她的思想與情感紋理，此後，無論台灣文學研究的風景如何千變萬化，惠禎總是固守著楊逵這株花樹。

不同於追求時尚、創新、先鋒的媚俗性研究，惠禎的研究，特別有一種悠緩的節奏感，素樸而細膩的韻味，乍看沒有太多花俏的語言，然而，她通過幾乎是上窮碧落下黃泉的材料撥尋，細密的史料交叉比對，嚴謹的組織與詮釋，對每一個細節都再三推敲求證，對每一個歷史疑點反覆探察，體現了一個真誠學術研究者的風範。

《戰後初期楊逵與中國的對話》，仍是惠禎的一貫研究風格。延續她前一本書處理一九四〇年代、二戰前後楊逵的思想與行動，本書所選擇的時間斷限，是一個更關鍵性的歷史切口。以台灣史來看，「戰後初期」（一九四五—一九四九）是一個獨特的，更是充滿「難題」的歷史時點。早期的台灣史研究，對這段時期有諸多誤識誤判，總是簡單以「苦悶」、「禁錮」、「沉寂」概括詮釋，我們知道那是一個變局，我們認為那是一個無能為力的變局，國民黨法西斯政權粗暴登臨台灣，而台灣人民憂苦噤聲，瘖啞無語。然而，事實不然，當更多史料被探掘，更多研究撥開歷史迷霧，我們才知道，台灣人民並沒有噤聲不語，有志者並沒有沉寂不前，那個時代的鮮活躍動，完全超出我們的想像。楊逵就是其中一個不服從的台灣細胞。

因為各方細胞積極竄動，戰後初期的複雜性，也超出我們的一般認知。這短短幾年，台灣內部、台灣與世界的關係，不是簡單的重新洗牌而已，台灣與中國、左翼與右翼、國民黨與共產黨，各種權力交鋒，各種思想交雜，各種光影迸現，極其複雜，充滿疑團。

因此，探析戰後初期台灣知識分子究竟面臨何種處境？如何在各種權力光影中左衝右突？如何在各種思想光譜中，尋找安置與實踐的位置？這是一個精神史的命題，更是一個艱鉅的難題。而我們之所以必須深入戰後初期的歷史荊棘，更因為這些難題，也正是現實台灣難題的歷史源頭。惠禎想處理的，因而不僅是楊逵，而是一個牽纏糾葛超過一甲子的台灣母題。

楊逵的思想經常被詮釋為「複雜」，從一九八五年他辭世至今，左右統獨爭相詮釋，或黨同，納為己方陣營，或伐異，斥為叛徒異端，不曾停歇。但楊逵還是楊逵。楊逵最早的研究者之一林瑞明，早在一九八〇年代末期就清楚揭示：複雜的不是楊逵，複雜的，是他的時代。戰後初期最複雜、最艱難的課題，是台灣正在進行主體重建、世界觀重構的關鍵時刻，國民黨以「遷佔者政權」夾帶「祖國」的政治／文化符碼，強勢介入，干擾了台灣人對自身課題的思考理路。

正因如此，惠禎選擇從「楊逵與中國的對話」切入，剝解戰後初期千絲萬縷的複雜時代紋理，精確擊中這個難題的核心，對於刻劃戰後初期台灣知識分子的精神圖示，是很有效的路徑。

通過《戰後初期楊逵與中國的對話》一書，惠禎帶領我們重新認識楊逵——一個有著孤獨、結盟雙重性格的實踐者，一個跨界政治社會、文化文學運動場域的行動派。戰後初期，楊逵以「一匹狼」的孤身戰鬥性格，以及跨組織結盟的開放性格，跨界奔走於各種權力光譜之間，尋求交流、合作、協商、對話，全力投身台灣社會的重建工作。這短短四年，幾乎可以說是楊逵人生最活躍的四年，於是我們知道，在戰後初期那樣詭譎的時代，如此積極的行動者，終而走向禁錮的黑獄，也是得其所哉。

總體來看，在楊逵研究已然豐沛的今日，《戰後初期楊逵與中國的對話》一書的價值，正是對於戰後初期的複雜歷史語境，有著深刻、多向度的掌握，正因楊逵堪稱戰後初期台灣最積極、活躍、跨界的行動者之一，因此，通過楊逵，惠禎所照見的，是整個時代的鮮明斷面。

《戰後初期楊逵與中國的對話》，從以下幾個面向，建構複雜的時代、簡單的楊逵。首先，惠禎清楚地指陳戰後初期楊逵在政治社會運動／文化與文學運動的多重實踐面向；跨界於兩重實踐場域，正是楊逵從日治時代以來一貫的運動性格。在政治運動方面，日本一戰敗，楊逵就開始著手準備，以嚴防接收政權的橫暴，他的動靜，連台灣總督府警務局都觀察到：「只有楊貴……預料在接收後，重慶軍閥政權會專恣橫暴，對此的牽制策略是必須先進行穩固同志思想基礎之工作，在此意圖下，他採取了一些動作……」

楊逵從一開始，就看透了國民黨政權的體質，這影響了他戰後初期所有的行動方向。無論是最初意圖組成的「解放委員會」，或是一九四五年九月的「新生活促進隊」，以及一九四七年二二八事件期間的下鄉組訓，宣揚挺身抗暴，宣傳加入「二七部隊」，還有一九四九年參與起草

「和平宣言」等等，都顯示戰後初期他的抗暴行動，不僅延續了日治時期的反殖民抗爭，甚至更加積極堅決。

在文化與文學運動方面，日本才剛投降半個月，國府接收工作尚未展開，一九四五年九月一日，楊逵就創刊《一陽週報》，這是目前所知的戰後第一份刊物，其後他陸續創刊《文化交流》，策畫編輯出版「中國文藝叢書」、《臺灣文學叢刊》，主編《和平日報》「新文學」、《台灣力行報》「新文藝」等。以「中國文藝叢書」、《臺灣文學叢刊》的出版歷程來看，可以觀察到楊逵的堅定意志：中日文對照的「中國文藝叢書」由楊逵策畫編輯，並負責多數作品的翻譯，一九四七年一月第一輯《阿Q正傳》出版後，楊逵即因二二八事件被捕，八月出獄後，隨即繼續執行編輯計劃；而預計每月出刊一至二本的《臺灣文學叢刊》，雖因遭遇嚴重通貨膨脹，經費籌措不易，一再延遲出版，但最終仍然出版了三期。可見楊逵即使歷經政治牢獄、經濟困局，在政治運動舞台失落之後，仍舊堅守文學實踐的崗位。

其次，惠禎總結了楊逵在戰後初期文學運動的幾個行動方向，這些方向，都與「台灣、左翼、民主」密切相關，而這也正是楊逵精神的總結。第一，他積極介紹台灣新文學運動的重要作家與作品，企圖建構台灣文學發展的主體歷史脈絡。第二，他掀起、並積極參與戰後初期的「台灣文學論爭」，與一批對「台灣文學」無知、抱持偏見的中國來台作家打擂臺，捍衛台灣文學的主體性。第三，戰後初期楊逵與「中國」的對話，也都是在「台灣・左翼」的核心思想底下，包括他在「中國文藝叢書」的編譯策略，《臺灣文學叢刊》的選刊作品，都以具有關懷社會現實的作品為主。第四，惠禎指出，楊逵通過文學作品的選刊，以及序文、雜文的書寫，傳達了鮮明的「反抗意識」，如對國民黨接收官僚的批判，對台灣人反殖民抗日行動的刻劃，彰顯出對威權統治的反思，並潛藏著清晰的台灣主體意識。

最後，惠禎對於楊逵與台共、中共地下黨是否有「組織關係」的爬梳，析辯精細，論證厚實，她明確指出，楊逵與台共、中共，有著個人性的交誼，有著行動上的合作，但並沒有組織性的關係。

這個結論，確實掌握了楊逵的基本性格與思想底蘊。這是由於她對楊逵已經瞭若指掌。如果不了解楊逵的一匹狼、孤鷹性格，很可能任意將他安置在某個特定的組織中，然而，楊逵遠非如此。戰後初期，中國、台灣、左翼、右翼，各方推擠，然而，對楊逵而言，最重要的是台灣主體、民主政治、階級平等，而這些目標，絕不是任何一個單一運動團體可以達成的，他必須保持自由之身，跨界結盟，原因在此。

戰後初期，楊逵既結盟舊台共黨員、中共地下黨成員、中國來台左翼作家等左翼陣營人士，也結合中部青年、文化社群、文學社團等在地行動者，同時也試圖尋求與原日治時期右翼民族運動者如林獻堂、葉榮鐘等人的合作。他努力於尋求各種支援管道，以使戰後初期的台灣政治、社會、文化、文學，走上美麗的繁花盛景。如此孤鷹性格，如此多重關懷，他無法直接依附於某一個既定組織，當然更不會選擇「從政」。當日他的農組舊友劉啟光（原名侯朝宗），從中國返台後，被派任為新竹縣長，楊逵的昔日社會運動舊友如連溫卿、簡吉等人，都進入縣府工作，劉啟光也有意延攬邀楊逵入主縣府民政局或社會科，但楊逵以「要做事情不一定要做官」而拒絕了。

時代很複雜，但楊逵很簡單，只要能掌握他「台灣、左翼、民主」的一貫思想底蘊，就能掌握楊逵被時代光影覆蓋的內在肌理。惠禎的研究，正是既掌握了時代的複雜性，更掌握了楊逵的簡單性。而其實，楊逵，只是「戰後初期台灣知識分子」的一個提喻而已。戰後初期，在各方勢力、各種思想、各種困境雜陳的複雜光影中，如楊逵這般的台灣知識分子，都在努力思索、抵抗、實踐，面對風險，承擔風險。

於是，用盡氣力想要重建台灣社會的一匹狼，終於入了黑獄。在詭譎的戰後初期，一個瘦削的台灣作家，奮力穿梭各種權力光譜，尋求建設更好的台灣，這段故事，從此被政治黑霧深埋。

數十年後，台灣文學研究的一隻孤鳥，遭遇了這匹狼。那一方天地間，歷史裡的這匹狼，固執地站到時代的浪頭上，然後被迫沉入霧霾，而現實裡的那隻孤鳥，從迷霧裡將他打撈上岸，一點一點，撥開重重霧障，拆解這道歷史難題。《戰後初期楊逵與中國的對話》，因而既是一本文學研究成果，也是一個研究者的自剖，安靜而熱情，素樸而真摯。

楊翠，國立東華大學華文文學系副教授。

自序
安身立命之道

一九九〇年十月，秋陽從窗外灑進車內，溫暖著初次見面的我和楊翠。當時的我們正從大甲火車站出發，並肩坐在開往外埔楊建老師家的公車內，愉快地聊著我即將進行的，以楊逵及其作品為主題的研究規劃。這一切的因緣來自於我好不容易鼓起勇氣，撥了通電話到大甲高工給楊建老師，洽詢商借楊逵未曾公開面世的手稿。由楊翠陪同拜會過楊建老師後數日，楊翠的夫婿魏貽君先生載著我，從台北專程開車到他位於楊梅的老家，領取一大疊楊逵文稿資料。翌日，雙手捧著已然泛黃的手稿，步入中文系辦公室，一頁一頁小心翼翼地翻閱影印時，為了能親炙知名作家的第一手文學史料，竟不自覺地激動到幾乎要熱淚盈眶。那時怎麼也料想不到，楊逵研究竟會在日後的人生中，尤其在自我追尋的路途上，扮演著極為重要的角色。

一九九一年上半年，多方蒐集研究資料期間，發生調查局人員進入清華大學，逕自逮捕歷史所研究生的事件。政大中文系位於百年樓，恰與歷史學系是上下層樓的近鄰。從助教處聽聞歷史學系輾轉傳來，該系與清大歷史所間的通話，早已被情治單位監聽，相關人士人人自危的傳言後，第一次莫名地感受到白色恐怖的肅殺之氣。儘管已經解除戒嚴，懷著戒慎恐懼的心情，進行針對楊逵文學的初步研究。坦白說，一九九二年七月獲得碩士學位時，被頻頻詢問「楊逵是那個時代的人？」的同學們連連吹捧時，不知天高地厚的我，當年倒真的有點兒沾沾自喜。

一九九四年七月，碩士論文在行政院文建會的策畫之下，幸運地獲得正式出版的機會。經過兩年的沉澱之後，重新閱讀在參考資料上親筆寫下，充滿中華民族主義意識形態的眉批時，赫然發現過去深信不疑的台灣史，和研究中搜集到的史料間，竟然存在著嚴重的斷裂。那一刻才頓悟自己不懂楊逵，也不懂他生活過的時代。主要原因來自於過去接受的黨國教育，讓我與日治時期以來的台灣歷史近乎完全疏離。接下來的幾年間，經歷了與原本堅持的信念不斷衝突對抗的過程，不知道究竟能相信什麼，只知道對於從小生長的鄉土近乎無知。於是，舉凡台灣的文學、歷史、族群、民俗、建築，甚至台灣的植物、昆蟲、鳥類、哺乳類動物的入門書籍等等，幾乎是來者不拒地抓到就讀，一本接著一本快速瀏覽完畢。回想起來，那種心情簡直就像在贖罪一樣。

一九九四年起，透過指導教授李豐楙老師的引薦，協助中央研究院中國文哲研究所彭小妍教授整理楊逵資料，參與規劃《楊逵全集》編輯與出版事宜。一九九六年再度回到政大就讀博士班，適逢「《楊逵全集》編譯計畫」在文建會資助下開始執行。由於李豐楙老師與編譯委員們的鼓勵，決定重拾楊逵研究，並聽取陳芳明教授的意見，以研究成果最為不足，社會變動最為快速與複雜的四〇年代為範圍。九年間歷經結婚、生子等人生大事，以及《楊逵全集》的全數出版完畢，二〇〇五年七月終於順利畢業。

獲得博士學位半年多後，從通識教育中心轉任臺灣語文與傳播學系，正式踏入台灣研究學界。面對研究績效純以數量計算的評鑑機制，學術事業已不再是單純的興趣或使命感，而是為了累積點數不得不做的差事。適應不良的我在痛苦中，重新摸索研究對於自己的意義。隔年，因為是系上唯一符合系主任資格者，在極力掙扎抗拒之後，仍然不得不違反生涯規劃，兼任行政主管職。在位期間系務繁忙，研究停擺，又遭逢最疼愛自己的父親驟逝，心力交瘁。苦撐完三年任期，以堅決的態度辭謝連任的選舉結果，終於得以卸下行政職。接著，我花了好長好長的一段時間，去尋找原來那個快樂又單純的自己。這些年來由於健康情況欠佳，想要完成一篇論文都很困難的情形下，因為不忍見愛護自己的人失望，終究能督促自我，以蹣跚的步履持續前行。

已經是第三本學術專書了，仍舊以楊逵研究為題，或許在追求廣博與深入兼具的學術界，顯得有些奇怪。其實，不過是藉此回到從事研究的初衷，重溫與楊逵手稿第一次接觸時的感動。在此要特別感謝李豐楙老師、陳芳明老師、陳萬益老師、河原功先生多年來在學術上的指引，還有對我關懷備至的李喬老師與師母蕭銀嬌女士，從不吝於提攜我的黃美娥教授，以及總是站在我身旁的好友楊翠、雅芳、克明、舒亭，成為家人之外支撐我熬過來最主要的力量。當然不能遺忘了我最親愛的家人介人與易安，兩位不僅是我最可靠的後盾，也是我永遠的精神支柱。另外，這本書得以完成，必須感謝科技部提供專書寫作計畫的研究經費，全書出版及書中三章先前投稿學術期刊時審查委員的指正，聯經胡金倫先生與沙淑芬小姐的專業編輯，還有可愛的學生助理李彥陵、賴俊佑、陳冠如協助影印研究資料，俊佑、冠如並參與全書文稿的反覆校對。

長達二十五年的楊逵研究，緣起於楊建老師當年慷慨允諾出借楊逵手稿，以及身為政治受難者楊逵次子，一則則在困頓顛躓中辛苦走來的人生故事，逐步引領我走向認識台灣歷史與文學的路徑，也促使我經由前輩作家的社會關懷，確立了身為台灣人的意義。在楊逵的圖像因為統獨意識的不斷糾葛，依然模糊不清之際，我所從事的楊逵研究，不外是挖掘與整理史料，再把史料放回歷史脈絡中，仔細聆聽它們娓娓道來的故事。感謝楊逵家屬始終惠予必要的奧援，以及從不干涉論點的開放與理解，我才得以藉由戰後初期楊逵身影的描摹，逐步找到安身立命之所。最後，謹將這本書獻給敬愛的楊建老師。

目次

第一章

緒論

一、詭譎多變的戰後初期

一八九五年中國[1]依據「馬關條約」的內容，將台灣割讓予日本。日本統治的五十年間，台灣人曾經運用武力抵抗與社會運動，對抗殖民政權與同化政策。一九三七年七七事變後，為加緊改造台灣人為戰爭所用，皇民化運動在全島雷厲風行地推展開來。藉由宗教與社會風俗的改革、日語教育的普及、改日本姓名、志願兵制度等手段，企圖由外而內塑造台灣人的日本認同[2]。一九四三年七月王昶雄在《臺灣文學》發表的日文小說〈奔流〉，描繪台灣人無可避免被捲入皇民化的激流裡，除了成為日本人外別無選擇，卻又必須為此拋棄台灣人立場的心靈痛楚，相當程度地展現了中日戰爭時期成長的新世代，在日本人與台灣人兩條對立的路徑中掙扎的苦悶心境。

一九四五年七月底，《臺灣新報》報導了美國、英國與中國三國領袖——杜魯門（Harry S. Truman）、邱吉爾（Winston Churchill）、蔣介石聯合發表「對日共同宣言」（波茨坦宣言）的消息，以及盟軍要求日本投降的八個條件，其中之一在於實施「開羅宣言」，將日本領土限定於本州、四國、九州、北海道及被決定的其他諸島[3]。據此，台灣人當已預見日本戰敗之後，即將迎向嶄新的政治局面。儘管曾經是中國領土，有眾多來自中國移民的後裔，戰爭時期除了物資被強徵以支應軍備之所需，文學藝術被迫協力戰爭之外，台灣也因為是日本的殖民地，遭到盟軍飛機的激烈轟炸，為數不少的台灣人更以軍屬、通譯等名義被送往前線，而與中國人站在敵對勢力的兩邊。夾處在交戰的日本與中國之間，戰後台灣人的尷尬處境不難想像。一九四五年八月十五日，當期待已久的和平終於到來時[4]，臺灣總督府的資料顯示，台灣民眾竟茫茫然不知如何是

1 本書論述時所用「中國」一詞，依照國際社會的認知，用來指稱以中國大陸為主要領土的國家。因歷代國名之不同，亦包含不同的意義——一九一一年之前為大清帝國，一九一二年起為中華民國；一九四九年十二月中華民國政府遷台之後，則是中華人民共和國。

2 周婉窈，〈從比較的觀點看臺灣與韓國的皇民化運動（一九三七—一九四五）〉，《海行兮的年代——日本殖民統治末期臺灣史論集》（台北：允晨文化實業股份有限公司，二〇〇三年），頁三五—三六及頁四〇。

3 林獻堂一九四五年七月二十九日的日記中，有「勸告降伏八條件，《新報》發表」的記述，《灌園先生日記》一九四五年七月二十八、二十九兩日所附註解中，列有《臺灣新報》三則相關報導。筆者查閱《臺灣新報》微卷後發現，七月二十八及二十九日「本社」發行的報紙，雖有對日勸告無條件投降（波茨坦宣言）的報導；現存列出八個條件者，僅見於七月三十日的「南部」版。林獻堂著，許雪姬編註，《灌園先生日記（十七）一九四五年》（台北：中央研究院臺灣史研究所、中央研究院近代史研究所，二〇一〇年），頁二二九—二三一。〈ト、チ、蔣連名の對日宣言發表か〉，《臺灣新報》，一九四五年七月二十八日，一版。〈對日降伏宣言の愚を嗤ふ〉，《臺灣新報》，一九四五年七月二十九日，一版。〈帝國政府は默殺／三國の對日共同宣言〉，《臺灣新報》，一九四五年七月三十日，南部一版。

4 學者何義麟指出，一九四五年八月九日美軍在長崎投下第二顆原子彈當天，日本天皇召開並主持「御前會議」，決定接受「波茨坦宣言」，翌日再透過中立國瑞士政府轉知同盟國各國。八月十四日深夜十一點多，由天皇錄音宣讀終戰詔書，十五日中午廣播結束之後，各報開始配送刊載詔書的報紙，《臺灣新報》則直到十六日才予以刊登。因此終戰詔書發布的八月十四日才是日本的投降日，但由於各種因素交錯，後來廣播日本天皇終戰（實為投降）聲明的八月十五日成為「終戰紀念日」。附帶說明的是本書所稱戰爭結束之日，即指一般所認知的一九四五年八月十五日。參考何義麟，〈日本戰敗與玉音放送〉，《臺灣學通訊》八六期（二〇一五年三月），頁二四—二五。

好，只能「靜觀」[5]。作家吳新榮的日記，印證了這項記載的真實性。一九四五年八月十六日的日記中，吳新榮描述與友人脫去衣裳，跳入溪中，「洗落十年來的戰塵及五十年來的苦汗」，上岸後各人朝向海面大叫：「自今日起吾人要開新生命啦！」的狂喜之後，也記錄了自己忐忑不安的心情：

噫，悲壯乎，歷史的大轉換是一日之中，是一時之間。噫，感慨哉，自今日雖說是和平之第一日，但難免一種的不安，無限的動搖。總是要光明的前途，必須要再努力、勉勵而已。此數日中要謹慎，而靜觀世界之大勢。[6]

字裡行間透露第二次世界大戰終止翌日，吳新榮既喜悅又不安的複雜心境。一方面，為漫長的戰事終於結束，台灣可望脫離日本統治而雀躍不已；另一方面，由於無法洞悉時局的趨向，對於台灣的前途充滿疑懼。

八月二十八日《臺灣新報》刊載蔣介石所發表，關於中國獨立達成的聲明，收回台灣及澎湖群島也列為最重要的目標之一[7]。隨著中國接收台灣的態勢逐漸明朗，得以擺脫日本殖民地歧視性的不公平待遇，以及被戰敗國日本支配的命運，轉而成為戰勝國中國之一方，台灣民眾迅速陷入歡欣鼓舞的慷慨激昂中[8]。九月一日張士德返台發展「三民主義青年團」，獲得包括舊台共成員謝雪紅、蘇新、簡吉，與作家張文環、呂赫若、吳新榮等眾多不分派別台灣民眾的踴躍響應。

九月十日，由陳炘發起，葉榮鐘擔任總幹事[9]，林獻堂參與領導的「歡迎國民政府籌備會」召開籌備委員會，正式推動相關事宜[10]。國民政府軍接收時的熱情迎接[11]，與國語（北京話）學習的

5 〈臺灣の現況〉，鈴木茂夫資料提供，蘇瑤崇主編，《最後的台灣總督府：1944-1946終戰資料集》（台中：晨星出版有限公司，二〇〇四年），頁一七〇—一七一及頁一九一。

6 吳新榮著，張良澤總編撰，《吳新榮日記全集8（1945-1947）》（台南：國立台灣文學館，二〇〇八年），頁一七四。

7 〈外蒙獨立を承認／西藏に最高度の自治／蔣介石聲明〉，《臺灣新報》，一九四五年八月二十八日，一版。

8 學者陳翠蓮根據一九四五年九月美國軍方「戰略情報小組」在中國接收前抵台調查，一九四六年一月提出的〈福爾摩沙報告書：日本情報及其相關主題〉進行分析，認為這份報告包括了不同政治立場者，相當程度反映出當時台灣人的想法。至於被訪問的台籍各界菁英對台灣前途問題的態度是：一面歡迎中國統治，一面要求以自己所同意的方式統治；歸屬於中國具有工具性意義，因為它是大國，甚至是世界四強之一。詳見陳翠蓮，〈戰後初期台灣人的祖國體驗與認同轉變〉，《台灣人的抵抗與認同：一九二〇～一九五〇》（台北：遠流出版事業股份有限公司，二〇一二年二版二刷），頁三三三—三三五。

9 葉榮鐘，〈臺灣省光復前後的回憶〉，葉榮鐘著，李南衡、葉芸芸編，《台灣人物群像》（台北：時報文化出版企業有限公司，一九九五年），頁四一〇。

10 根據葉榮鐘家屬所保存的資料，「歡迎國民政府籌備會」於一九四五年九月九日發函給會員，翌日將在臺灣信託台中支店召開籌備委員會，討論會名、籌備委員選任、歡迎籌備事項、經費籌出與委員事務分擔等議案。作者不詳，〈1945年09月09日歡迎國民政府籌備會啟事〉，日據至戰後初期史料，《數位典藏與數位學習聯合目錄》，http://catalog.digitalarchives.tw/item/00/29/4b/b7.html（二〇一五年八月四日瀏覽）。作者不詳，〈1945年「歡迎國民政府籌備會」相關事項〉，日據至戰後初期史料，《數位典藏與數位學習聯合目錄》，http://catalog.digitalarchives.tw/

盛況[12]，體現了台灣人對這個新時代的熱烈歡迎，以及重新建設台灣社會的殷切期盼。其間，台灣人民協會、台灣學生聯盟、台灣農民協會、台灣總工會籌備會等各種人民團體紛紛成立[13]，為盡速重建戰後新台灣，台灣社會展現前所未見的活力。

戰爭末期在物資統制的前提下，台灣的報紙、雜誌各被統整為《臺灣新報》與《臺灣文藝》一種。日本戰敗後各種刊物陸續出爐，根據學者何義麟的統計，截至二二八事件爆發前為止，台灣島內新創刊的雜誌，至少有一百一十種以上。主導發行者大致可分為台灣文化界人士、官方機構或學校團體、中國大陸來台人士等三種。另有台灣人與大陸來台人士合作的刊物，《台灣文化》為其中最具代表性者[14]。報紙方面亦為數不少，主要有從《臺灣新報》改組而成，隸屬行政長官公署宣傳委員會的《臺灣新生報》、國防部宣傳處的《和平日報》、國民黨中央宣傳部的《中華日報》，以及民間創辦的《民報》、《人民導報》、《大明報》等，各自傳達行政機關、軍方、政黨、民間，分屬左、右翼等不同光譜的言論[15]，一度呈現百家爭鳴、百花齊放的繽紛榮景。

由於經過五十年的日本統治，台灣與中國的社會型態及文化內涵，在戰後已經有了極大的差距。一九四四年四月在重慶的國民政府草擬〈臺灣接管計劃綱要〉，十月由台灣調查委員會主任委員陳儀擬呈，並於一九四五年三月十四日修正核定[16]。接收後陳儀政府即以此為方針，推動台灣文化的重建。其中第四條「接管後之文化設施：應增強民族意識，廓清奴化思想，普及教育機會，提高文化水準」，第七條「接管後公文書、教科書及報紙，禁用日文」，第四十四條中關於國語普及的「公務人員應首先遵用國語」，以及五十一條「日本佔領時印行之書刊、電影片等，

其有詆毀本國、本黨或曲解歷史者，概予銷燬。一面專設編譯機關，編輯教科、參考及必要之書

item/00/29/4d/b7.html（二〇一五年八月四日瀏覽）。史料內容亦見於戴國煇，〈狂歡與幻想的雜奏——光復在台灣〉，戴國煇、葉芸芸，《愛憎二‧二八——神話與史實：解開歷史之謎》（台北：遠流出版事業股份有限公司，一九九二年），頁一三。

11〈萬人空巷歡聲雷動／抗戰壯士安抵台灣／第七十軍由基隆登陸〉，《民報》，一九四五年十月十八日，一版。〈簞食壺漿扶老携幼／卅萬居民夾道歡呼／國軍堂堂進入臺北市〉，《臺灣新報》，一九四五年十月十九日，一版。

12參考〈北京語熱勃興／講習會は大盛況〉，《臺灣新報》，一九四五年九月二十三日，一版。另外，由報載陸軍第七十軍政治部各直屬營政治指導員，聯合在太平町、東門町等處分別設立國語講習班，所獲得的熱烈回響，亦可窺知國語學習的盛況。〈本省人熱心習國語／半日間報名四千人／政治部增設講習班／軍要人均熱心指導〉，《民報》，一九四五年十一月二十一日，一版。

13蘇新，《憤怒的台灣》（台北：時報文化出版企業有限公司，一九九四年初版三刷），頁一一四—一一八。

14何義麟，〈戰後初期台灣出版事業發展之傳承與移植（1945~1950）——雜誌目錄初編後之考察〉，《台灣史料研究》十期（一九九七年十二月），頁一八—二四。何義麟，〈總論〉，封德屏主編，《臺灣文學期刊史導論（1910-1949）》（台南：國立臺灣文學館，二〇一二年），頁一二三—一二四。

15有關戰後初期台灣報業與言論立場，請參考何義麟，〈戰後初期台灣報紙之保存現況與史料價值〉，《台灣史料研究》八期（一九九六年八月），頁八八—九七。

16一九四四年十月由陳儀擬呈的〈臺灣接管計劃綱要草案〉，以及一九四五年三月十四日修正核定的〈臺灣接管計劃綱要〉，為中國國民黨中央黨史會庫藏史料，分別收於張瑞成編輯，《光復臺灣之籌劃與受降接收》（台北：中國國民黨中央委員會黨史委員會出版，近代中國出版社發行，一九九〇年），頁八六—九六及頁一〇九—一一九。

籍圖表」等條文[17]，不僅預告中國國語文時代的來臨，也以此宣示牴觸中國國民黨的言論，將運用官方的力量予以排除。

行政長官陳儀來台後，為執行中國化的政策，去除日本文化的影響，設立三機構以實踐〈臺灣接管計劃綱要〉的部分構想：「臺灣省行政長官公署宣傳委員會」負責媒體的管制與法令的宣傳，「臺灣省國語推行委員會」推行國語運動，「臺灣省編譯館」從事刊物編輯，並接續日治時期的台灣研究[18]。值得注意的是臺灣省編譯館館長許壽裳，在陳儀保護下傳播魯迅思想，希望藉由魯迅曾經參與的中國新文化運動（五四運動）在台灣的展開，發揚中華民族主義，藉以改造台灣人的國民性，由此掀起戰後台灣文化界的魯迅風潮[19]。一九四六年二月行政長官公署公告「查禁日人遺毒書籍」，已出版者予以銷毀與取締[20]。十月二十五日起廢止報紙雜誌的日文欄[21]。〈臺灣接管計劃綱要〉中的禁用日文與日本圖書的查禁，在接收台灣僅滿一年的一九四六年間即已落實。台灣以「去殖民」（decolonization）與「中國化」為兩大前提，逐步邁向重建之路。

然而戰後一年多即廢除日文欄，相較於日本統治四十餘年才廢止漢文欄而言，不僅對台灣人缺乏同情與理解；以能說國語的「中國化」為進步與愛國，「日本化」則是落後與不愛國，連帶貶低已滲入日本語彙的台灣話，以及融合了日本文化的台灣文化，重蹈日治末期以「皇民化」為文明之覆轍。學者黃美娥的研究也指出，國語的學習不單只是認識國家法定語言，更牽涉到去除日治五十年的「毒化教育」[22]，對接受過日本長期殖民統治的台灣人來說，國語運動所帶來的壓迫性不言可喻。況且語文的學習並非一蹴可幾，陳儀政府以國語文能力之不足，質疑台灣人的自治能力，又延後憲法在台灣的實施，徒增台灣民眾對中國語文及中國政府的反感[23]。

尤其戰後台灣社會百廢待興，政府建設新台灣的承諾遲遲未能兌現，親身體驗政治腐敗、經濟困頓、民生凋敝的社會困局不久，台灣民眾即發現這個新時代的虛妄，迅速走向夢想的幻滅。一九四六年間在陳儀政府的政治歧視下，不堪承受被日本奴化的污名，爆發了官民之間的「台人

17〈臺灣接管計劃綱要〉，張瑞成編輯，《光復臺灣之籌劃與受降接收》，頁一〇九—一一五。

18 有關陳儀如何藉由宣傳委員會、編譯館、國語推行委員會三機構，以推動台灣的文化重建，請參考黃英哲，《「去日本化」「再中國化」：戰後台灣文化重建（1945-1947）》（台北：麥田出版，城邦文化事業股份有限公司，二〇〇七年）之第二章至第四章，頁四一—一一八。

19 黃英哲，《「去日本化」「再中國化」：戰後台灣文化重建（1945-1947）》，頁一五七—一六五。

20 蔡盛琦，〈戰後初期臺灣的圖書出版——1945至1949年〉，《國史館學術集刊》五期（二〇〇五年三月），頁二二〇。

21 根據何義麟的研究，廢止報紙雜誌日文欄之後，不定期刊物仍可使用日文，部分雜誌依然附有日譯版。例如一九四六年十二月創刊的《台灣學生》日文版面甚多，一九四七年一月創刊的《人工月刊》亦採中日對照方式發行，原因不明。即使是二二八事件後，日語文使用的限制更加嚴格之際，由於政令宣導之需要，官方在必要時亦採用日文或刊行日譯版。何義麟，〈戰後初期台灣出版事業發展之傳承與移植（1945～1950）——雜誌目錄初編後之考察〉，《台灣史料研究》十期，頁六、九。

22 黃美娥，〈聲音．文體．國體——戰後初期國語運動與臺灣文學（1945—1949）〉，《東亞觀念史集刊》三期（二〇一二年十二月），頁二五四—二五五。

23 本段除引述黃美娥的研究外，主要參考許雪姬，〈台灣光復初期的語文問題——以二二八事件前後為例〉，《史聯雜誌》十九期（一九九一年十二月），頁九四—九六。

奴化論戰」。被迫自我防衛的台灣菁英，重新檢視日本殖民時期的歷史，從而肯定日本統治帶來現代化的建設，顯示台灣人的「祖國」（中國）認同已逐漸消退，台灣自治的理念也逐漸增強，成為政治上的主要訴求[24]。影響所及，不僅本土左翼人士基於改造社會的立場，在媒體界找到發揮的空間，與國民黨長期對抗的中國共產黨，也在台灣開闢出思想宣傳的新戰場。

面對諸多對於國民政府統治的質疑，當局以查禁的手段進行思想檢查，藉此消弭異音。一九四六年七月二十六日上海《文匯報》刊出〈從台北看台灣〉的通訊報導，「新聞封鎖和言論統制」一小節中，提到治安當局對含有「毒素」的雜誌，正嚴密注意查禁中，查禁「毒素刊物」的一聲令下，本來在小書店裡還能看到的一兩本從大陸輸入的《民主》等刊物，因此消失得無影無蹤。不單這樣，凡是台灣省外的報章雜誌，都一律加上「毒素」的帽子。至於大陸駐台記者的新聞和郵電，也受到嚴格的檢查，凡是被認為不利於官方的消息，一律扣禁。台灣本地的報紙雖然表面上不必檢查，其實長官公署利用統制分配制度，以印刷紙張與油墨的分配來控制報社的言論[25]。

事實上，思想言論的監視與檢查，不只來自行政長官公署，也與警備總司令部和國民黨有關。例如《和平日報》記者丁文治因撰文批判陳儀政府，被陳儀與警備總司令部參謀長柯遠芬扣押後遣送出境[26]。一九四六年七月創刊的《臺灣評論》，由於結合蘇新、王白淵等台灣左翼人士，以及李純青等中國共產黨的左翼勢力，成為左翼言論的重要據點。雜誌內容不僅批判國民黨，又有親近中國共產黨的言論，遂先後招致國民黨台灣省黨部查禁創刊號，與國民黨中央宣傳部勒令停刊的嚴厲處分[27]。然而箝制言論思想的高壓作為，壓抑不了民眾不滿的聲浪，反而助長了官民敵對的態勢。一九四七年二月二十七日專賣局查緝私菸釀成血案，積累已深的民怨，終於在次日引爆成為全島抗暴的二二八事件。一九四七年四月陳儀辭去行政長官與警備總司令的兼職。緊接著，台灣省行政長官公署改為台灣省政府，由魏道明出任第一任的台灣省主席。

二二八事件的動盪，對台灣社會造成極為深遠的影響。三月間，《民報》、《人民導報》、《大明報》、《中外日報》、《重建日報》與台中的《和平日報》、《自由日報》等報均遭到查封的命運[28]。繼一九四六年十月二十五日廢止日文欄，二二八事件後再嚴格禁止日本事物[29]，僅能使用日本語

---

24 論戰之過程與影響，請參考陳翠蓮，〈去殖民與再殖民的對抗：以一九四六年「臺人奴化」論戰為焦點〉，《臺灣史研究》九卷二期（二〇〇二年十二月），頁一四五—二〇一。

25 楊風（揚風），〈從台北看台灣〉，《文匯報》（上海），一九四六年七月二十六日，三版。

26 根據當年與丁文治同在《和平日報》服務的周夢江的說法，陳儀命令警備總司令部參謀長柯遠芬將丁文治秘密囚禁，報社交涉的結果，陳儀和柯遠芬同意釋放，但要丁文治馬上離開台灣。周夢江，〈舊事重提——記《和平日報》〉，周夢江、王思翔著，葉芸芸編，《台灣舊事》（台北：時報文化出版企業有限公司，一九九五年），頁六四。

27 詳見何義麟，〈《政經報》與《台灣評論》解題——從兩份刊物看戰後台灣左翼勢力之言論活動〉，《台灣史料研究》十期（一九九七年十二月），頁三〇—三一。另亦參考何義麟為《臺灣評論》撰寫的解說，封德屏主編，《臺灣文學期刊史導論（1910-1949）》，頁二〇二—二〇四。

28 文訊雜誌社編輯，《光復後台灣地區文壇大事紀要（增訂本）》（台北：行政院文化建設委員會，一九九五年二版），頁一三。

29 由於二二八事件中台灣民間恢復日文的使用，戰報、標語、布告等以日文來寫，而且台灣人學習國語的熱忱已逐漸降

文者不僅喪失發表園地，也失去直接獲得外界訊息的管道。加以事件中臺灣信託公司董事長陳炘、《民報》社長林茂生、《人民導報》社長王添灯等台灣菁英慘遭殺戮，作家王白淵、吳新榮、楊逵等人相繼入獄，對台灣文學界產生極大的衝擊。事件後倖免於難的作家，朱點人與呂赫若投身中共地下黨，張文環與龍瑛宗從文壇默默隱退，楊雲萍與黃得時進入臺灣大學服務，絕大多數成名作家就此封筆，或逐漸淡出文學界，台灣文壇只能走向荒涼與沉寂。肇因於對蕭條文學界的不滿，省內外作家有關台灣文學未來走向，與台灣文學歷史、性質等的討論，一九四七年與一九四八年間分別以《臺灣新生報》「文藝」與「橋」兩副刊為中心先後引爆。

一九四九年一月陳誠就任台灣省主席與警備總司令。由於在國共內戰中節節敗退，國民黨政權面臨生死存亡的緊要關頭，也連帶牽動台灣的政治局勢。一九四九年四月六日當局撒下天羅地網，對學生與社會各界的異議人士同時進行拘捕，由此揭開白色恐怖之序幕。一九四九年五月二十日，長達三十八年的戒嚴時期於焉開始。為解決日益嚴重的通貨膨脹問題，六月十五日幣制改革方案實施，舊台幣四萬元換一元新台幣。十月一日中華人民共和國在北京舉行開國典禮，十二月七日中華民國政府播遷來台，兩岸再度形成分治與對峙的局面，台灣成為中國國民黨「反共復國」的基地。一九五〇年六月韓戰爆發，為防堵共產國家勢力的擴張，美國第七艦隊協防台灣海峽。蔣介石政權在美國政府扶植下，以血腥的高壓手段全面封殺左翼言論，一九二〇年代以來在中國與台灣分別發展，並在戰後匯流於台灣的左翼文學傳統，同遭政治力斬斷。

從一九四五年八月十五日的日本天皇發表終戰（投降）聲明，到一九四九年十二月中華民國政府遷台的所謂「戰後初期」[30]，無疑是台灣歷史上政局動盪最為劇烈，社會變化也最為快速的時代。短短四年多的時間內，主管台灣事務者由日本帝國的臺灣總督安藤利吉，到中華民國的台灣省行政長官陳儀，再到台灣省主席魏道明與陳誠，歷任四位長官與三種不同的領導人稱謂。由於台灣人的身分從日本國的本島人，變更成為中華民國的台灣省民，台灣人也面臨從日語轉換成中國語的兩種國語政策，並經歷從大和民族主義過渡到中華民族主義，兩種因中日戰爭而互相敵對的文化氛圍。由於分離五十年之久，對中國政情有所隔閡的台灣民眾，甚至在二二八事件與四六事件中，兩度遭逢恐怖的政治整肅。台灣文學在如此詭譎與嚴苛的局勢中前行，自然無法跳脫這荒謬歷史的撥弄。

低，政府在事件後立刻禁止一切日本事務，並強迫推行國語，以懂國語為任用各項公職人員的基本條件。雖然台灣省主席魏道明了解台灣人看中文報紙有困難，曾經在不妨礙國語普及情形下，暫時性地恢復日本語文，但也只是曇花一現。許雪姬，〈台灣光復初期的語文問題——以二二八事件前後為例〉，《史聯雜誌》十九期，頁九七—九九。

30 黃英哲曾定義所謂的「戰後初期」，指一九四五年十月二十五日國民政府正式接收台灣以後，至一九四九年十二月國府因國共內戰敗退到台灣為止的期間。筆者認為「戰後」一詞指「戰爭結束以後」，而且討論楊逵在戰後之初的作為，不應忽視從日本統治過渡到國民政府正式接收的這兩個多月的時間，因此本書以公開廣播日本天皇宣布終戰的一九四五年八月十五日為戰後初期的開端。參考黃英哲，《「去日本化」「再中國化」：戰後台灣文化重建（1945-1947）》，頁一六—一七。

二、戰後台灣文壇與楊逵

回顧戰後初期的台灣文學史，殖民母國的敗戰確實為台灣文學開啟嶄新的局面，對日本戰爭國策的檢討，也成為台籍作家創作的重要主題。例如一九四六年間呂赫若以生澀的中文發表〈故鄉的戰事（一）——改姓名〉、〈故鄉的戰事（二）——一個獎品〉、〈月光光——光復以前〉三篇小說[31]，針對皇民化運動與日本警察進行批判與嘲諷。吳濁流在戰爭期間執筆的日文小說《亞細亞的孤兒》，也以《胡志明》的書名問世[32]。故事揭發殖民統治對台灣人的物質剝奪與精神殘害，以及台灣人宛如國際孤兒的命運，已經成為台灣文學的經典名作。另外，鍾理和以流利的中文執筆〈白薯的悲哀〉[33]，道盡戰後旅居北平（北京）的台灣人（白薯）被輕視、侮辱，以及不被「祖國」接納的悲憤，恰與吳濁流《亞細亞的孤兒》中的「孤兒意識」[34]相互呼應。〈白薯的悲哀〉發表後不久，鍾理和舉家遷回台灣，重新出發。

不可諱言，戰後政權更迭及所引發人口的大舉流動，徹底改變了台灣文學界的生態。脫離日本統治的結果，日本人從部分留用到全數遣送回國，決戰時期叱吒風雲的西川滿、濱田隼雄也隨著殖民體制黯然退場。正式併入中國領土之後，台海兩岸的互動趨於頻繁，不僅寓居大陸的台籍作家接連返鄉，中國作家也接踵接收政府之後，在台灣文壇迅速崛起。然而中華民國政府遷台前，除了歐陽予倩曾率團來台演出話劇，巴金在台旅行訪友一個多月外[35]，成名作家停留較久或

31 發表刊物與時間依序為：〈故鄉的戰事（一）——改姓名〉，《政經報》二卷三號（一九四六年二月）。〈故鄉的戰事（二）——一個獎品〉，《政經報》二卷四號（一九四六年三月）。〈月光光——光復以前〉，《新新》七期（一九四六年十月）。

32 初版書名以小說中主角原名為題，稱為《胡志明》，分五篇發行，依序為：《胡志明》（台北：國華書局，一九四六年九月）、《胡志明：悲恋の巻》（台北：國華書局，一九四六年十月）、《胡志明：悲恋の巻（大陸篇）》（台北：國華書局，一九四六年十一月）、《胡志明：桎梏の巻》（台北：民報總社，一九四六年十二月）、《胡志明：発狂の巻》（台北：學友書局，一九四八年一月）。前四篇均在一九四六年間上梓，第五篇因二二八事件發生而延遲出版。後來主角「胡志明」因與越共領袖同名，改為「胡太明」。日文版再版時亦有《アジヤの孤児》（東京：一二三書房，一九五六年四月）、《歪められた島》（東京：ひろば書房，一九五七年六月）、《アジアの孤児》（東京：新人物往来社，一九七三年五月）等不同書名，在台出版的《胡志明》與一二三書房的《アジヤの孤児》內容亦有大幅度的差異。參考河原功著，張文薰譯，〈吳濁流《胡志明》研究〉，《台灣文學學報》一〇期（二〇〇七年六月），頁八二及頁八八—八九。

33 以「江流」筆名發表於《新臺灣》（北平）二期（一九四六年二月），頁一〇—一三。

34 「孤兒意識」是詮釋《亞細亞的孤兒》主題時，經常被提及的一個概念。根據學者陳萬益的爬梳，「孤兒意識」一詞最早是一九七六年十月，鍾肇政在《台灣文藝》第五三期發表的〈以殖民地文學眼光看吳濁流文學〉所提出，並有如此的解釋：「台灣人是懸在半空，無所依靠的最可憐的民族——這就是當時存在於台灣人心中的一種孤兒意識」。陳萬益，〈胡太明及其「孤兒意識」——《亞細亞的孤兒》兩岸評的不同點〉，《于無聲處聽驚雷——台灣文學論集》（台南：台南市立文化中心，一九九六年），頁七六—七七。

35 一九四六年十二月，歐陽予倩應長官公署宣傳委員會之邀來台巡迴公演，並協助推行國語運動，訓練台灣戲劇幹部人才，二二八事件爆發後匆促離台。巴金則是應台灣友人吳克剛等人函邀，於一九四七年六月二十日來台，七月二十三日返抵上海。文訊雜誌社編輯，《光復後台灣地區文壇大事紀要（增訂本）》，頁一一、一五。

定居於此的，僅有許壽裳、黎烈文、臺靜農、李霽野、李何林、錢歌川、雷石榆等學界人士[36]，寥寥可數。其餘幾乎是中日戰爭期間起步，默默無名的年輕一代文藝工作者。研判大陸來台青年能在異地文壇佔有一席之地，甚至躍居報章雜誌的編輯，主要有語言與政治兩個背景因素。

從戰後文壇最初的狀況來觀察，嫻熟中國的國語文，無疑是大陸作者能在台灣立足的第一要件。舉例而言，一九四六年一月《人民導報》創刊，初來乍到的版畫家黃榮燦，自始即參與「南虹」副刊的編輯，前十期與生於廈門的台灣人木馬（林金波）合編，由於木馬返回大陸，一月十三日出刊的第十一期開始由黃榮燦單獨編輯[37]。另外，根據王思翔（張禹）的回憶，戰後在上海與杭州四處奔波時，因為既無高學歷又無社會背景，找不到合適的職業，正當生活備受威脅之際，經由同鄉好友的介紹，一九四六年春與周夢江、樓憲一同前來台灣，面見正在籌辦《和平日報》台灣版的李上根。由於該報已準備就緒，獨缺中文編輯，正打算派人回上海、杭州等地去招聘，三人的到來解決了李上根的燃眉之急，立即被推上重要崗位——王思翔擔任報社主筆，周夢江為代總編輯，樓憲為經理。日文的重要新聞與言論版面，則由王思翔等人委請台籍的楊克煌負責[38]。

再者，日文欄廢止之前，楊逵曾主編台中《和平日報》的「新文學」欄，龍瑛宗在台南負責《中華日報》「文藝」欄[39]；另有台灣作家楊雲萍主持《民報》中文版的「學林」副刊。整體而言，匯集在台灣的兩岸作家因語文能力之不同，在文藝版面各擅勝場，大致呈現分庭抗禮的局面。二二八事件後，雜誌的出版須仰賴官方的支持[40]，又因部分報界人士對陳儀施政的直言批判，事件中遭到嚴厲的報復，絕大部分台籍知識分子從此遠離出版界。截至一九四九年十二月政府遷台為止，除大陸返台的李萬居所主持的《公論報》[41]，王詩琅於一九四八年間為兼任主筆的台北《和平日報》撰寫社論[42]，楊逵主編《台灣力行報》「新文藝」副刊外，台籍人士未見在報

---

36 這幾位作家在台停留時間不同，後來的命運亦各不相同。二二八事件後台灣編譯館裁撤，在該館工作的許壽裳、李霽野、李何林一同轉往臺灣大學任教。一九四八年二月許壽裳被暗殺身亡後不久，李霽野與李何林返回大陸。錢歌川於一九四七年應聘臺灣大學文學院院長來台，爾後輾轉任教於南部幾所大學院校，一九六四年遷往新加坡定居，教職退休後再轉赴美國依親。雷石榆一九四六年來台，一九四七年起在臺灣大學任教，一九四九年被當局驅逐出境。黎烈文於一九四五年來台任職於《臺灣新生報》，二二八事件後轉任臺灣大學外文系教授；臺靜農於一九四六年起擔任臺灣大學中文系教授，兩人都終老於台灣。

37 横地剛著，陸平舟譯，《南天之虹：把二二八事件刻在版畫上的人》（台北：人間出版社，二〇〇二年），頁七七—一六〇。

38 王思翔曾提及三人能得到李上根的重視，不能確定是否與杭州《和平日報》的朋友推薦有關，或者李上根出於迫切需要才禮賢下士。無論如何，從報社缺乏編輯人才之說，已可了解具備國語文使用能力，是來台大陸作者能立即進入報業工作的重要關鍵。王思翔，〈台灣一年〉，葉芸芸編，《台灣舊事》，頁一一二—一五及頁一一九。

39 龍瑛宗主編之日文欄主要是「文藝」，一九四六年三月十五日創刊時以此為名，八月一日以後改稱為「文化」；另亦主編「家庭」欄。

40 何義麟，〈戰後初期台灣出版事業發展之傳承與移植（1945～1950）——雜誌目錄初編後之考察〉，《台灣史料研究》十期，頁九。

41 參考何義麟，〈戰後初期台灣報紙之保存現況與史料價值〉，《台灣史料研究》八期，頁九三—九四。

42 張炎憲、翁佳音編，〈王詩琅先生年譜〉，《陋巷清士：王詩琅選集》（台北：弘文館出版社，一九八六年），頁三八五。

社擔任重要職務者。即使有關台灣文學重建的討論，也以大陸來台的何欣、歌雷（本名史習枚）先後為《臺灣新生報》編輯的「文藝」與「橋」兩副刊為中心，兩度開啟本省與外省籍作者對話之門。

若就報刊登載作品的作家身分來觀察，二二八事件之前，龍瑛宗、張文環、呂赫若、楊逵、楊雲萍、吳瀛濤、張冬芳等等日治時期成名作家，以及戰後從北平返台的鍾理和，不論是以日文或中文都有新作發表。然而國民黨營《中華日報》「海風」副刊，一九四七年二月二十日曾列出一份作者名單，自一九四六年十月三十日以來，九十六位中不見熟悉的本省籍作家[43]。兩相比較不難明白，戰後兩岸作家在台灣文壇競逐時，尤其一九四六年十月二十五日廢止日文欄之後，外省籍作者挾著慣用國語與黨派背景等優勢快速竄起，台灣本地文學工作者在人數上已然屈居劣勢。

二二八事件後，日治時期成名作家雖然有多位從文壇隱退，楊逵、黃得時、吳濁流、吳坤煌、吳瀛濤等人仍參與「橋」副刊的作者茶會，介紹日治時期台灣新文學運動的成就，並為台灣文學的發展方向提供建言[44]。年輕世代則以楊逵所指導青年文學社團「銀鈴會」的成員——紅夢（張彥勳）、朱實（朱商彝）、淡星（本名蕭金堆，後改名蕭翔文）、子潛（許育誠）、亨人（林亨泰）、錦連（陳金連）、詹冰（綠炎）、張有義（後改名張克輝）、埔金（陳金河）、籟亮（賴裕傳）等人[45]，以同人誌《潮流》為中心發表日文或中文創作。另有戰爭末期開始文學寫作的葉石濤，以及林曙光、黃昆彬、陳顯庭、蔡德本、邱媽寅、阿瑞（劉慶瑞）、彭明敏等人，都是稍有能見度的文學新秀。

若從報紙副刊來觀察，由大陸來台的歌雷所主編的《臺灣新生報》「橋」副刊，提供日文作家稿費，亦提供專人翻譯日文作品的費用，成為匯集台籍作者的重要基地，楊逵、葉石濤、林曙光、銀鈴會成員的作品都經常登上版面。楊逵所主編《台灣力行報》「新文藝」副刊與《臺灣文學叢刊》，亦經常可見台籍作者之作品，楊守愚、吳新榮、王詩琅、楊啟東、呂訴上等人皆列名其上[46]。另外，在「橋」創刊之前，一九四七年五月四日至七月三十日出刊的「文藝」副刊，有

43 許詩萱依據《中華日報》「海風」第一四二期（一九四七年二月二十日）所刊出，第八二期（一九四六年十月三十日）以來的作者題名，指出其中並無熟悉的本省籍作家。筆者查閱後證實無誤，並發現絕大部分是不具知名度的作家，真實身分不詳。許詩萱，〈戰後初期（1945.8～1949.12）台灣文學的重建──以《台灣新生報》「橋」副刊為主要探討對象〉（台中：國立中興大學中國文學系碩士論文，一九九九年七月），頁一九。

44 〈橋的路──第一次作者茶會總報告（及百期擴大茶會論題徵文）〉及〈如何建立臺灣新文學──第二次作者茶會總報告〉，《臺灣新生報．橋》百期擴大號，一九四八年四月七日。

45 銀鈴會青年作家在戰後出刊的同人誌《潮流》、《聯誼會特刊》、《會報》曾發表作品者，筆者統計共有四十三人。詳細名單請參見周華斌、黃意雯整理，〈銀鈴會同人誌作者名單〉，朱商彝、張彥勳、許世清等，《銀鈴會同人誌（1945-1949）．下》（台南：國立臺灣文學館，二〇一三年），頁三九二──三九七。

46 就筆者所掌握不完整的《台灣力行報》「新文藝」來看，在此發表作品可確定真實身分者有：史民（吳新榮）、楊啟東、葉石濤、朱實（朱商彝）、蕭金堆、林曙光、子潛（許育誠）、紅夢（張彥勳）等人，另有痕、鐵、志仁、金秋四位應該都是年輕世代，但至今身分不明。《臺灣文學叢刊》曾刊載其作品（含「文藝通訊」欄）者有：守愚（楊守愚）、王錦江（王詩琅）、廖漢臣、葉石濤、呂訴上、楊啟東、張紅夢（張彥勳）、史民（吳新榮）、林曙光、愁桐（蔡秋桐）、朱實（朱商彝）。兩份名單中有不少重複者，可視為楊逵推動台灣文學重建的重要班底。

王詩琅、廖漢臣（毓文）以日治時期台灣新文學的成就，反駁外省作者所謂台灣是文藝處女地的偏見。一九四八年以後的《中華日報》「海風」、《公論報》「日月潭」兩副刊，偶爾可見楊逵、葉石濤、林曙光之名[47]。

無奈台灣本地的文學陣營進行重整之際，一九四九年四六事件發生，楊逵、林亨泰、蕭金堆接連被捕，朱實與張有義逃亡大陸，張彥勳多次遭當局約談，埔金隱姓埋名，銀鈴會被迫解散[48]，台籍作者的文學活動陷入停滯的狀態。五〇年代蔣介石政權以白色恐怖奠定威權統治的基礎，吳新榮再度被捕，蔡秋桐以「知匪不報」的罪名入獄[49]，青年世代的葉石濤因事牽連而坐牢[50]，張彥勳則是三度進出監獄[51]，本地的文學香火幾乎無以為繼。即使有鍾肇政等《文友通訊》作者群以文學為職志，由於絕大多數成員必須先衝破語言轉換的障礙，又正值反共文藝興盛之際，缺乏實際反共經驗的台籍青年，根本無從掌握台灣文學的主導權。

綜觀戰後初期台灣文學史，戰火停息僅一年多即廢止日文欄，以及二二八事件後恐怖的清鄉行動，在語言問題與政治壓迫的雙重困境之下[52]，絕大多數已成名的台灣作家喑啞其聲，大陸來台作者順勢填補文壇的空缺，成為左右台灣文學前進的新勢力。儘管年輕世代積極學習以中國語文寫作，不料在能夠掌握新的創作工具之前，由於四六事件的強烈衝擊，只能如彗星般從文壇隕落[53]。學者陳建忠曾列舉二二八事件後，台灣文學界最大的三點變化：「一是日據以來台灣本土作家的隱退；二為主要的發表園地由外省的文學工作者來主控；三則台灣新一代的作家的短暫崛起」[54]，扼要地概括了戰後政權轉移連帶影響台灣文壇生態的情況。

47 有關二二八事件之後台籍作者之介紹，主要根據筆者蒐集的戰後初期報紙副刊與雜誌，另亦參考許詩萱，《戰後初期（1945.8~1949.12）台灣文學的重建——以《台灣新生報》「橋」副刊為主要探討對象》，頁六—二九。

48 〈台灣詩史「銀鈴會」專題研討會記錄〉，林亨泰主編，《台灣詩史「銀鈴會」論文集》（彰化：台灣磺溪文化學會，一九九五年），頁一三七—一四〇。

49 筆者撰寫博士論文期間，查閱白色恐怖檔案時偶然發現，一九五二年蔡秋桐牽連「匪台灣省工委會雲林地區組織陳明新等叛亂案」而入獄，「處刑情形」記載為「明知為匪諜而不密告檢舉處有期徒刑三年」。李敖審定，《安全局機密文件（下冊）》（台北：李敖出版社，一九九一年），頁三〇三—三一〇。

50 葉石濤自述：「由於戰後初期讀了一些『匪共』書籍的嫌疑，又牽涉到改組後的省重整工作委員會的案件，一九五一年秋天被捕」。葉石濤，《一個台灣老朽作家的五〇年代》（台北：前衛出版社，一九九五年初版二刷），頁五七、六五。

51 楊翠等撰，《臺中縣文學發展史：田野調查報告書》（豐原：台中縣立文化中心，一九九三年），頁二六五。

52 楊逵參與「橋」副刊的第二次作者茶會時表示：「光復以來快要三年了，應要重振的臺灣文學界却還消沉得可憐。這原因其一是在言語上，就是，十多年來不允使用被禁絕的中文，今日與我們生疏起來了，以中文就很難得充分表達我們的意思了。其二是政治條件與政治的變動，致使作者感着不安威脅與恐懼。寫作空間受到限制。」由此可見語言轉換與政治上的問題，如何深刻影響台籍人士的文學創作。〈如何建立臺灣新文學——第二次作者茶會總報告〉，《臺灣新生報・橋》百期擴大號，一九四八年四月七日。

53 前述台籍青年作家大多只是暫時離開文壇，並非從此放棄文學寫作。例如一九六四年林亨泰等部分銀鈴會成員參與創立《笠》詩刊，張彥勳等其他成員後來亦有陸續加入者；葉石濤則以評論與創作成為台灣文學界的重要作家，與同年出生的鍾肇政並稱為「北鍾南葉」。

54 陳建忠，〈被詛咒的文學？：戰後初期台灣小說的歷史考察〉，《被詛咒的文學：戰後初期（1945~1949）台灣文學論集》（台北：五南圖書出版股份有限公司，二〇〇七年），頁二九。

儘管整體環境不利於台籍作家的文學活動，在戰後初期這段歷時極短，卻又極為複雜的歷史中，絕對無法忽視的是日治時期社會運動與新文學運動健將，一九三四年十月以日文小說〈送報伕〉（日文原題〈新聞配達夫〉），榮獲東京《文學評論》第二獎（第一獎從缺），以第一位進入日本中央文壇的台灣作家而聲名大噪，並曾為爭取台灣人的解放與無階級壓迫的社會，十次進出日本人監獄的楊逵（一九〇六—一九八五），從日治時期到戰後初期，跨越二二八事件依然持續活躍的身影。考察戰後初期楊逵如何以台灣在地代表作家之姿，回應「去殖民」與「中國化」的時代風潮，應當有助於了解台籍菁英面對政權遞嬗與文化變遷時的思索及行動。

從既有資料來看，掙脫殖民統治的枷鎖之後，楊逵不但與左翼運動陣線的戰友們再度結盟，參與台灣革命先烈的紀念活動，復擔任「臺灣革命先烈遺族救援委員會」常務委員，為日治時期被貶為「土匪」的抗日烈士平反[55]，並致力於抗日志士及其遺族的撫恤與救援，從台灣人民的立場重建台灣歷史。一九四六年五月楊逵發表〈臺灣新文學停頓的檢討〉（〈臺灣新文學停頓の檢討〉）[56]，檢討戰後台灣文學停頓的原因之前，標舉出台灣新文學運動突破日本強權壓制的特殊成就。一九四七年一月出刊的《文化交流》雜誌中，楊逵還特地製作了「紀念臺灣新文學二開拓者」專輯，以抗日志士與革命先烈的形象，分別介紹曾經資助台灣新文學運動的漢詩人林幼春，以及被尊為「台灣新文學之父」的賴和，同時傳達台灣新文學縱向而言，上承漢詩傳統的歷史進程[57]。楊逵的發言展現了身為台灣作家的自信，與對日治時期台灣新文學的正面評價。除此之外，向以日文為主要創作工具，與日本左翼文壇有密切聯繫的楊逵，也自動自發地學習回到漢文為促進台灣新文學運動的復興，楊逵亦聯合大陸來台作者共同推動現實主義文學運動，並熱書寫[58]。

55 筆者由王之相先生提供給《楊逵全集》編譯計畫的楊逵遺物中，發現一疊「調查表」與「臺灣革命先烈遺族救援委員會委員名冊」，再從《臺灣新生報》的報導，挖掘出楊逵在一九四六年間擔任「臺灣革命先烈遺族救援委員會」常務委員的事蹟。雖然現有史料無法證明楊逵曾經參與「臺灣革命先烈事蹟調查會」，但是一九四六年六月十七日起《臺灣新生報》分兩日連載，楊逵為台灣革命先烈奉安典禮宣傳而執筆的〈六月十七日の前後——忠烈祠典禮を紀念して〉，可具體證明楊逵在紀念台灣革命先烈與遺族救援兩方面都貢獻了個人的心力。請參閱筆者，《左翼批判精神的鍛接：四〇年代楊逵文學與思想的歷史研究》（台北：秀威資訊科技股份有限公司，二〇〇九年），頁二四二—二五五。

56 楊逵，〈臺灣新文學停頓的檢討〉，原以日文載於《和平日報．新文學》三期，一九四六年五月二十四日，日文原文與中文翻譯收於彭小妍主編，《楊逵全集　第十卷．詩文卷（下）》（台南：國立文化資產保存研究中心籌備處，二〇〇一年），頁二一七—二二五。

57 有關楊逵在戰後初期如何介紹林幼春與賴和的文學地位，請參閱筆者，《左翼批判精神的鍛接：四〇年代楊逵文學與思想的歷史研究》，頁三四一—三五一。

58 楊逵發表的第一篇創作，是在東京的《号外》一卷三號（一九二七年九月）刊載的日文報告文學〈自由勞動者的生活剖面——怎麼辦才不會餓死呢？〉（〈自由勞働者の生活斷面——どうすれあ餓死しねえんだ？〉）。回到台灣後，楊逵最初是以台灣話文從事寫作與翻譯。後因自己重讀時都看不懂，乃放棄台灣話文創作，轉型成為日文作家。目前所知戰後楊逵發表的第一篇中文作品，是一九四五年十一月三日刊載於《一陽週報》的〈須以何答此禮物？〉，然從通順的語句來看，非楊逵當時能力所及，推測乃其他人潤筆修訂而成。有關戰前楊逵以漢文嘗試寫作的情形，請參閱筆者，《左翼批判精神的鍛接：四〇年代楊逵文學與思想的歷史研究》，頁四四—五一。

衷於中國文學與文化的介紹。曾創辦《一陽週報》，介紹孫文思想、三民主義與中國政情；策畫包含魯迅《阿Q正傳》、茅盾《大鼻子的故事》、郁達夫《微雪的早晨》、沈從文《龍朱》、鄭振鐸《黃公俊的最後》在內的中日文對照版「中國文藝叢書」[59]；並與大陸來台知識青年王思翔、周夢江、樓憲等人合作編輯《和平日報》（台中）與《文化交流》雜誌，為浙江人張友繩創辦的《台灣力行報》編輯「新文藝」副刊，又支持臺灣大學的學生民主社團「麥浪歌詠隊」的巡迴演出，為分隔五十年的台灣與中國建立認識交流的管道。

其中，楊逵所主編的《和平日報》「新文學」欄，刊載包含豐子愷、郭沫若、臧克家、老舍等中國知名作家之創作，《臺灣文學叢刊》收錄了揚風、歐坦生、黃榮燦等十位大陸來台文藝青年之作品，《台灣力行報》「新文藝」副刊則是轉載香港《大眾文藝叢刊》與南京《展望》週刊上的創作與評論。由此可見，戰後初期的楊逵以其在台灣文壇的重量級地位，不僅居中媒介日治時期以降的台灣新文學運動與中國新文學運動的實際交流，也密切注意中國大陸與香港地區中國現代文學發展之現況，使得楊逵所編選作品兼具台灣的在地性（locality），與台灣、中國、香港三地的開闊視野。

綜合前述可知，楊逵一方面透過社會參與及文學活動，為日治時期的台灣歷史與新文學傳統重新定位，積極從事「去殖民」的行動；另一方面，也以國語學習與中國文化的傳播，主動展現配合「中國化」的意圖。戰後初期政權轉移與文化轉型的關鍵期中，日文作家如何堅持其文學志業，如何回應時局變化與魯迅熱潮，如何在文學活動中展現本地作家的主體性，以及所繪製重建台灣社會的理想藍圖，與官方、大陸來台作者的規劃有何不同，從戰前到戰後始終屹立於台灣文壇的楊逵，無疑是觀察台籍菁英如何面對戰後初期的風雲變幻時，一位具有指標性的重要人物。

三、相關資料與本書綱要

二〇一一年三月筆者編選的《臺灣現當代作家研究資料彙編04・楊逵》[60]正式出版，截至付印前的二〇一〇年十二月底為止，匯集研究評論資料目錄計一千三百三十三筆。事實上，迄今數年間新增的論述，早已超越原先統計的數量。僅就「2013楊逵路寒袖國際學術研討會」而言，經事前選錄、排版、印刷，並於會議當天公開發表的《閱讀楊逵》[61]一書就有十二篇之多。由於楊逵是以〈送報伕〉在東京文壇獲獎而成名，小說也是楊逵最為拿手的創作類型，歷來的楊逵研究多著眼於此，尤其是日治時期的作品。對戰後初期楊逵的社會運動與文學活動矚目者少，迄今也

59「中國文藝叢書」共有六輯，除此處所述五種外，另一種是楊逵日治時期的成名作《送報伕（新聞配達夫）》。其中《黃公俊的最後》始終未見，疑未曾出版。

60 封德屏總策畫，筆者編選，由台南的國立台灣文學館出版。

61 由黎活仁、林金龍、楊宗翰編輯的《閱讀楊逵》（台北：秀威資訊科技股份有限公司，二〇一三年），於二〇一三年三月八日在臺中科技大學召開的研討會中正式發表。除兩篇序文外，共收錄十篇論文。研討會中另有數篇楊逵研究的論文，因未能提前交稿，無法及時排版付印而未能收錄其中。

沒有任何一本學術專書以此為主題。

最早與戰後初期楊逵研究相關的資料，來自於曾在東海花園與楊逵共同生活一年的學者林瑞明，以「林梵」筆名出版的《楊逵畫像》。書中〈光復初期的活動〉這一章，分成「宣揚三民主義新中國」與「文學一定要反映現實」兩小節，分別介紹當時僅見的《一陽週報》第九號中所闡揚孫文的革命觀，以及戰後初期楊逵文學活動的概況。然因成書於戒嚴時期，不得不迴避當時仍為禁忌性的話題，僅用「三十六年楊逵與葉陶一度在歷史的悲劇中被捕下獄」，與「三十八年全省動亂，楊逵的文學生涯亦因之不幸中斷」，簡單交代二二八事件中因參與武裝抗暴而坐牢，以及四六事件中繫獄十二年的不幸命運[62]。

相較於處處受到政治牽掣的台灣學界，日本學者早已關注戰後初期相關議題。一九八四年十二月下村作次郎率先發表〈楊逵譯《大鼻子的故事》(中日文對照中國文藝叢書)〉[63]。由於當時茅盾的著作在台灣仍被禁止發行，下村詫異於連日本都未曾翻譯的〈大鼻子的故事〉，在一九四七年間即已受到楊逵的青睞而譯成日文，乃提筆探究楊逵選擇這篇作品的因由。結論作品題材與台灣「光復」時的時代精神相通，故事中「打倒××帝國主義！」、「中華民族解放萬歲！」這些口號，充分反映戰後台灣人民的解放感[64]。但楊逵在《大鼻子的故事》中另外收錄〈雷雨前〉、〈殘冬〉兩篇茅盾創作的意義，這篇論文並未加以討論。

一九八五年三月十二日楊逵辭世，來自各界的紀念文章紛紛發表，楊逵生前關於戰後初期的口述紀錄也終於得以面世。首先是楊逵好友鍾逸人以〈瓦窑寮裏的楊逵〉[65]，訴說戰爭結束之後，中國政府接收之前，楊逵先後組織「新生活促進隊」與「民生會」，清掃台中市的垃圾，維持社會秩序，以及率領經常出入一陽農園的青年們創刊《一陽週報》的經過。王麗華記錄的〈關於楊逵回憶錄筆記〉，與何眗錄音整理的〈二二八事件前後〉[66]，提供關於楊逵所口述《一陽週報》創辦的情形，二二八事件期間下鄉鼓勵青年武裝抗暴，以及因〈和平宣言〉入獄始末等第一手資料。後者甚至透露從未人所知的，二二八事件期間楊逵與中國共產黨員蔡孝乾聯繫的往事。

解嚴以後學術風氣日益開放，不僅二二八事件等政治禁忌成為台灣文史研究的熱門議題，過去遭到封鎖的中國左翼文學可以公開出版，台灣與大陸出版的圖書也可以互相流通，相關資料與研究論述陸續出爐。一九九四年六月中央研究院近代史研究所出版的《「認同與國家：近代中西

62 林梵（林瑞明），《楊逵畫像》（台北：筆架山出版社，一九七八年），頁一四一—一五三。

63 原發表於《咿啞》（大阪）第十八、十九合併號，收入下村作次郎，《文学で読む台湾——支配者・言語・作家たち》（東京：田畑書局，一九九四年）。由邱振瑞翻譯的中文版本《從文學讀台灣》（台北：前衛出版社，一九九七年）上梓時，本篇收於頁一二八—一三九。

64 下村作次郎著，邱振瑞譯，《從文學讀台灣》，頁一三六。

65 鍾天啓（鍾逸人），〈瓦窰寮裏的楊逵〉，《自立晚報》，一九八五年三月二十九—三十日，十版。

66 楊逵口述，王麗華記錄，〈關於楊逵回憶錄筆記〉，原載於《文學界》十四集（一九八五年五月）；楊逵口述，何眗錄音整理，〈二二八事件前後〉，原載於《台灣與世界》二十一期（一九八五年五月）。兩文俱收於彭小妍主編，《楊逵全集　第十四卷・資料卷》（台南：國立文化資產保存研究中心籌備處，二〇〇一年），頁七〇—九八。

歷史的比較」論文集》中，收錄黃英哲發表的〈魯迅思想在台灣的傳播，1945-49——試論戰後初期台灣的文化重建與國家認同〉，談及楊逵對左翼作家魯迅的理解，強調楊逵已注意到魯迅文學中的「社會性」與「政治性」[67]。一九九五年四月葉芸芸主編的《台灣舊事》[68]出版，收錄周夢江、王思翔居台期間的回憶，包括與楊逵往來的過程以及合作編輯報刊的情形。

一九九五年六月林亨泰主編的《台灣詩史「銀鈴會」論文集》[69]上梓，收錄銀鈴會同仁回憶戰後初期接受楊逵指導的情形。一九九九年四月七日至九日，《中國時報》「人間」副刊連載陳映真〈楊逵和平宣言的歷史背景——紀念「宣言」發表五十周年〉，說明楊逵〈和平宣言〉中所謂「國內戰亂已經臨到和平的重要關頭」，即是國民政府徹底戰敗，國共內戰形勢總逆轉的政治局勢下，楊逵提出和平的呼籲。陳映真並針對〈和平宣言〉中提及的獨立論和託管論進行歷史考察，闡述楊逵反對外國勢力插手兩岸事務，以及楊逵向國民黨要求台灣的民主化等意見。

二〇〇〇年八月十六日至十八日，「台灣新文學思潮（1947-1949）研討會」在中國的蘇州大學隆重舉行。值得注意的是方生（本名陳實）以「麥浪歌詠隊」隊員的身分，發表〈楊逵與台大麥浪歌詠隊〉[70]，談楊逵對這個臺大民主社團的支持，以及在楊逵倡議下，麥浪歌詠隊於台中舉行「文藝為誰服務」座談會的意義。會中另一篇由藍博洲發表的〈秧歌・台北——台灣新文藝運動的青春之歌〉[71]，對了解楊逵與麥浪歌詠隊的關係亦具有參考價值。二〇〇一年一月橫地剛所執筆黃榮燦的傳記《南天之虹：把二二八事件刻在版畫上的人》（《南天の虹：二二八事件を版画に刻んだ男の生涯》）[72]在日本福岡出版，其中揭露楊逵與黃榮燦的往來與合作[73]。二〇〇一年八月曾健民主編的《那些年，我們在台灣……》，收錄方生〈楊逵與台灣學生民主運動〉，又收錄蕭荻憶及在台工作時為楊逵改寫日文小說〈模範村〉中文譯稿緣由的〈回憶與反芻〉[74]，有助

67 黃英哲，〈魯迅思想在台灣的傳播，**1945-49**——試論戰後初期台灣的文化重建與國家認同〉，收於中央研究院近代史研究所編，《「認同與國家：近代中西歷史的比較」論文集》（台北：中央研究院近代史研究所，一九九四年），頁三一二。亦見於略作修訂後改題的〈戰後魯迅思想在台灣的傳播（一九四五～四九）〉，收於中島利郎編，《台灣新文學與魯迅》（台北：前衛出版社，二〇〇〇年），頁一六一。另外，黃英哲《「去日本化」「再中國化」：戰後台灣文化重建（**1945-1947**）》，第六章〈魯迅思想與戰後台灣文化重建〉中，有關楊逵與魯迅關係部分已稍作補充，見於該書頁一六七—一六九。

68 周夢江、王思翔著，葉芸芸編，《台灣舊事》（台北：時報文化出版企業有限公司，一九九五年）。

69 由彰化的台灣磺溪文化學會於一九九五年出版。

70 方生〈楊逵與台大麥浪歌詠隊〉曾發表於中國發行的多種不同期刊。研討會中宣讀的全文發表於《文藝理論與批評》二〇〇一年〇一期，頁九六—九九。全文略作修訂改題的〈楊逵與台灣學生民主運動〉，發表於《新文學史料》二〇〇一年〇一期，頁六八—七一；《台聲》二〇〇一年〇一期，頁三七—三九。

71 研討會後發表於《文藝理論與批評》二〇〇一年〇一期，頁八八—九六；《新文學史料》二〇〇一年〇一期，頁一八一—二五。

72 日文版由福岡的藍天文芸出版社於二〇〇一年出版；中文版由陸平舟翻譯，台北的人間出版社於二〇〇二年上梓。

73 橫地剛著，陸平舟譯，《南天之虹：把二二八事件刻在版畫上的人》，頁一五〇—一六〇。

74 〈楊逵與台灣學生民主運動〉為〈楊逵與台大麥浪歌詠隊〉略作修訂並改題而成，與〈回憶與反芻〉分別收錄於曾健民主編，《那些年，我們在台灣……》（台北：人間出版社，二〇〇一年），頁二三—三一及頁九—二二。

於了解戰後初期楊逵與大陸來台知識青年間的交往。

二〇〇一年十二月彭小妍主編《楊逵全集》全數出版完畢，日文作品原文與中文翻譯對照的方式，及所彙集各類型的楊逵作品，帶給研究者空前的便利，不僅楊逵研究熱潮再度興起，戰後初期楊逵研究亦趨於活絡。二〇〇二年十一月二十二日起一連三天，在成功大學舉行的「台灣文學史書寫國際學術研討會」中，學者陳萬益發表〈論台灣文學的「特殊性」與「自主性」——以黃得時、楊逵和葉石濤的論述為主〉，提示戰後初期楊逵對「台灣文學」名稱的堅持，以及在「台灣文學是中國文學的一環」說法底下，強化了台灣文學的「獨特性」，與自我命名的正當性和尊嚴[75]。

二〇〇四年間兩場以楊逵文學為主題的國際學術研討會，分別於廣西與台中先後展開。二月二日至三日在中國廣西南寧舉行的「楊逵作品研討會」中，總計宣讀了三十餘篇論述。其中，曾健民所編寫〈光復初期的楊逵（大綱）〉僅列出簡要的綱目，難以窺知作者的論點。另一篇由藍博洲所發表〈楊逵與台灣地下黨關係的初探〉[76]，雖然無法論斷楊逵與中共在台地下黨有組織上的關係，仍然推測辜金良所謂楊逵所擬〈和平宣言〉與地下黨有關的說法，有其可能性存在。

六月十九日至二十日於靜宜大學舉行的「楊逵文學國際學術研討會」中，最後一場同時發表三篇戰後初期楊逵研究。彭瑞金〈戰後初期楊逵的台灣文學發言及其影響〉[77]，主要對照日治時期與戰後初期楊逵有關台灣文學的發言，批判陳映真與曾健民編《1947-1949台灣文學問題論議集》[78]，假「左翼文學」之名「刻意歪曲和欺騙」，展現了統、獨兩派對於楊逵的不同理解。陳建忠〈行動主義、左翼美學與台灣性：戰後初期（1945-1949）楊逵的文學論述〉[79]，從楊逵日治時期文學論述到戰後初期演變的宏觀視野，配合楊逵在戰後初期的文學活動進行研究，提出楊逵最特殊之處在於以台灣左翼的觀點，與官方論述、中國左翼論述進行對抗或對話。筆者的〈楊逵與戰後初期臺灣新文學的重建——以《臺灣文學叢刊》為中心的歷史考察〉[80]，以向來未被深入研究的三輯《臺灣文學叢刊》為對象，考察楊逵有關「台灣文學」的定義與內涵，以及楊逵在引發「橋」副刊上的台灣文學重建論爭之後，以此作為理念實踐的園地，領導不同世代的本地作家與大陸來台文藝工作者，合力推動現實主義文學運動，證明楊逵未曾偏離社會主義國際主義者的階級立場。

75 陳萬益，〈論台灣文學的「特殊性」與「自主性」——以黃得時、楊逵和葉石濤的論述為主〉，國立成功大學台灣文學系主編，《台灣文學史書寫國際學術研討會論文集　第一集》（高雄：春暉出版社，二〇〇八年），頁一二三—一二五。

76 修訂後改題為〈楊逵與中共台灣地下黨的關係初探〉，發表於《批判與再造》十二期（二〇〇四年十月），頁三九—五八。

77 收於彭瑞金，《台灣文學史論集》（高雄：春暉出版社，二〇〇六年），頁二一九—二三八。

78 由台北的人間出版社於一九九九年出版。

79 後改題為〈行動主義、左翼美學與台灣性：戰後初期楊逵的文學論述〉，收於陳建忠，《被詛咒的文學：戰後初期（1945-1949）台灣文學論集》，頁一〇三—一三九。

80 修訂後發表於《臺灣風物》五五卷四期（二〇〇五年十二月），頁一〇五—一四三。

在此之後，筆者陸續發表戰後初期楊逵研究相關論述。二〇〇四年十月發表〈楊逵與日本警察入田春彥——兼及入田春彥仲介魯迅文學的相關問題〉[81]，從張季琳的〈楊逵和入田春彥——臺灣作家和總督府日本警察〉[82]出發，除了增補入田春彥相關史料，並重新論證楊逵與魯迅文學結緣的開始，以及戰後初期楊逵以「階級性」等意義來詮釋魯迅精神。二〇〇五年五月六日於政治大學舉辦的第六屆「中國近代文化的解構與重建」學術研討會——「中華文化與台灣文化：延續與斷裂」中，宣讀〈一九四八年臺灣文學論戰的再檢討——楊逵與《新生報》「橋」上的論爭〉[83]，從論爭期間楊逵在國民黨營報紙《中華日報》的恫嚇下，始終堅持「台灣文學」這一名詞有其必要性，提示文學雖然無法完全避免政治的干擾，但楊逵對台灣文學自主性的認識與主張，其實是超越在統獨意識形態之外。

二〇〇五年七月筆者提交博士論文〈左翼批判精神的鍛接：四〇年代楊逵文學與思想的歷史研究〉[84]。藉由楊逵手稿、遺物與楊逵所編輯出版的書刊等第一手史料，對日治末期及戰後初期楊逵的社會運動與文學活動進行研究，先前發表的幾篇相關論述修訂後收入其中。其中有關戰後楊逵如何介紹日治時期作家林幼春與賴和，以及楊逵提攜銀鈴會等新生代作家的情形，修訂後以〈承先與啟後：楊逵與戰後初期台灣文學系譜〉為題；筆者所挖掘楊逵參與領導「臺灣革命先烈遺族救援委員會」等事蹟，改以〈戰後初期楊逵的社會運動及政治參與〉為題，投稿發表於學術期刊[85]。

除此之外，與戰後初期楊逵研究相關的學位論文還有四篇。張惟智〈戰後初期（1945-1949）

台灣文學活動研究——以楊逵為論述主軸〉[86]，雖然是研究戰後初期楊逵的第一本學位論文，可惜只有楊逵文學活動的簡單介紹。徐秀慧的博士論文〈戰後初期台灣的文化場域與文學思潮的考察（1945～1949）〉中，收錄二〇〇三年六月偕同曾健民訪問《台灣力行報》創辦人張友繩的紀錄[87]，並以此延伸出會議論文〈二二八事件後楊逵的文化活動與《力行報》副刊研究〉[88]。至於

81 發表於《臺灣文學評論》四卷四期（二〇〇四年十月），頁一〇一—一二二。

82 發表於《中國文哲研究集刊》二二期（二〇〇三年三月），頁一—三三。

83 收於國立政治大學文學院編，《中國近代文化的解構與重建：中華文化與台灣文化——延續與斷裂》（第六屆「中國近代文化的解構與重建」學術研討會論文集）（台北：國立政治大學文學院，二〇〇五年），頁一四九—一八二。

84 李豐楙教授指導，國立政治大學中國文學系博士論文。略作修訂後於二〇〇九年七月，由台北的秀威資訊科技股份有限公司正式出版。

85 筆者，〈承先與啟後：楊逵與戰後初期台灣文學系譜〉，《台灣文學學報》八期，（二〇〇六年六月），頁一—三二。筆者，〈戰後初期楊逵的社會運動及政治參與〉，《台灣文學研究學報》三期（二〇〇六年十月），頁二四九—二八六。

86 台中：靜宜大學中國文學研究所碩士論文，二〇〇三年七月。

87 訪談摘要收於徐秀慧，〈戰後初期台灣的文化場域與文學思潮的考察（1945～1949）〉（新竹：清華大學中國文學系博士論文，二〇〇四年七月），頁一〇五之註五一。博士論文改寫成專書《戰後初期（1945-1949）台灣的文化場域與文學思潮》（台北縣板橋市：稻鄉出版社，二〇〇七年）時，收錄於頁一四五—一四六之註五〇。徐秀慧另一本學術專著《光復變奏——戰後初期台灣文學思潮的轉折期（1945-1949）》（台南：國立台灣文學館，二〇一三年），也論及楊逵所編輯《一陽週報》與《台灣力行報》「新文藝」副刊，但未能有進一步的發現。

88 初稿宣讀於「2005台中學研討會——文采風流」（台中：中興大學，二〇〇五年九月二十三—二十四日），收於陳器

李昀陽〈文學行動、左翼台灣——戰後初期（1945～1949）楊逵文學論述及其思想研究〉[89]，側重楊逵文學論述所展現「行動主義」的特質，以及所呈顯台灣主體性的立場。楊傑銘〈魯迅思想在台傳播與辯證（1923～1949）——一個精神史的側面〉[90]，則是根據歷來的相關論述，對楊逵所傳播的魯迅精神進行總整理。

綜合前述來看，戰後初期楊逵與中國人、事、物的關係方面，以楊逵對魯迅思想的傳播研究成果最為豐碩，其餘多集中在楊逵與大陸來台個別作家之交流。不僅缺乏全面性的觀照，由於對中國與台灣關係認知上的不同，論點亦呈現南轅北轍的現象。例如著重勾勒楊逵所展現「台灣性」的陳建忠，質疑橫地剛撰寫的黃榮燦傳記裡，把中國抗戰時期由文化界人士發表的〈時局進言〉，與戰後楊逵草擬的〈和平宣言〉聯繫起來，目的是要說明台灣的民主呼聲是〈時局進言〉傳播的結果，其中有過多的「自由聯想」成分在內，或者說是「想當然耳」的歷史想像的作用。並推測橫地剛如此連繫的原因，恐怕在於他一直「相信」兩岸是在同一時代潮流下同一歷史脈動[91]。除此之外，歷來有關楊逵對中國接收政權的態度，楊逵對中國現代文學的傳播與接受，以及楊逵與中國知識分子合作交流的動機與目的等，過去由於文獻之不足徵，都還未能有深入的分析。

《楊逵全集》全數出版完畢後，楊逵家屬又發現一批楊逵手稿資料，筆者協同主持「楊逵文獻史料數位典藏計畫」[92]期間，曾負責詮釋其中部分手稿的意義。之後，應邀擔任「《台灣文學期刊史編纂暨藏品詮釋計畫》光復初期階段」[93]的諮詢顧問，又獲得不少珍貴的文獻資料，在楊逵研究上有突破性的進展，因而陸續發表三篇研究論述[94]。本書即以這三篇論文為基礎改寫而文主編，《2005台中學研討會——文采風流論文集》（台中：台中市文化局，二〇〇五年），頁八一—一〇七。

89 台中：靜宜大學中國文學系碩士論文，二〇〇六年一月。

90 台中：中興大學台灣文學研究所碩士論文，二〇〇九年八月。

91 陳建忠，〈關於虹之虛與實的辯證：評橫地剛《南天之虹：把二二八事件刻在版畫上的人》〉，《被詛咒的文學：戰後初期（1945～1949）台灣文學論集》，頁二二〇。

92 國立台灣文學館委託之「楊逵文獻史料數位典藏計畫」從二〇〇六年八月至二〇〇八年十二月分三期執行，前兩期主持人為楊翠，第三期為陳明柔。筆者主要負責資料之蒐編與整理，編製〈楊逵文學年表〉與〈研究資料目錄〉，為楊逵文獻史料撰寫數十則資料詮釋及作品導讀，並參與網站之規劃與設計。計畫成果於二〇〇九年初以「楊逵文物數位博物館」之名公開於網際網路，網址：http://dig.nmtl.gov.tw/yang/。

93 國立台灣文學館委託之「《台灣文學期刊史編纂暨藏品詮釋計畫》光復初期階段」由封德屏主持，執行時間為二〇一一年一月至十二月。筆者除了擔任計畫諮詢顧問，亦負責撰寫《中華》、《臺灣文學叢刊》、《龍安文藝》與《一陽週報》四種雜誌之提要。

94 近年間三篇論文發表詳情為：一、〈台灣文化的主體追求：楊逵主編「中國文藝叢書」的選輯策略〉，《台灣文學學報》十五期（二〇〇九年十二月），頁一三五—一六四。九六年度國科會專題研究計畫案「中國現代文學在台灣的傳播系列研究」（計畫編號：NSC96-2411-H-239-001-）的研究成果。該計畫原為三年期，僅通過一年期。二、〈三民主義在臺灣——楊逵主編《一陽週報》的時代意義〉，《文史臺灣學報》三期（二〇一一年十二月），頁九—五一。參與國立台灣文學館委託案「《台灣文學期刊史編纂暨藏品詮釋計畫》光復初期階段」附帶之研究成果。三、〈揚風與楊逵：戰後初期大陸來台作家與台灣作家的合作交流〉，《台灣文學學報》二二期（二〇一三年六月），頁二七—六六。原為九五年度國科會計畫案「楊逵與揚風——戰後初期臺灣與大陸作家合作交流的一個側面」（計畫編號：NSC 95-2411-H-239-001-）之研究成果，曾以〈楊逵與揚風——戰後初期台灣與大陸來台作家合作交流的一個側面〉為題，宣讀於「2013楊逵路寒袖國際學術研討會」（台中：臺中科技大學，二〇一三年三月八日）。

來，並根據自行搜尋所得的資料，包括臺灣大學「楊雲萍文庫」、中央研究院臺灣史研究所「楊雲萍文書」、清華大學「葉榮鐘文集、文書及文庫數位資料館」相關收藏，以及戰後初期的圖書報刊等第一手史料，擴充為研究戰後初期楊逵與中國政權、中國現代文學、大陸來台人士之間如何對話的學術專著，希望能有助於釐清戰後初期台灣與中國的複雜關係。

全書主要藉由相關文獻資料的爬梳，從幾個層面進行探討。首先，楊逵從積極組織自己的政治團體，到配合中國政府的接收，以孫文思想與三民主義進行政治啟蒙，並參與籌備中國國民黨台中市黨部的原因。其次，二二八事件期間和中國共產黨員蔡孝乾有所聯繫的楊逵，與中共在台地下黨的關係。再者，楊逵傳播的中國文學包含的作家與作品，所選錄創作的內涵與共同特色，以及楊逵引介五四以來的中國現代文學之目的。最後是釐清楊逵與大陸來台作家合作交流的思想基礎，以及彼此在文學理念與文化立場上的異同。藉此呈現戰後初期楊逵在爭取台灣人自治，與重建台灣新文學之際，面對當局亟欲將台灣全盤中國化時有所選擇的立場，以填補戰後初期楊逵研究的罅隙，並一窺台灣知識菁英在政治與文化雙重轉型期的精神圖譜。

由於筆者的博士論文研究四〇年代楊逵的文學與思想，亦涉及戰後初期與中國事物相關的部分，為避免重複並精簡論述，凡先前已處理的議題，或過去未能針對既有史料深入詮釋者，統整於第二章中扼要闡述，並提出進一步考察的結果。至於近年間在史料上有新發現，且尚未詳加解析的議題，諸如楊逵主編《一陽週報》的時代意義，楊逵策畫「中國文藝叢書」的選輯策略，楊逵與大陸來台作家揚風的合作交流，將闢為專章加以討論，特此說明。

第二章

戰後初期的楊逵與「中國」

一、前言

日本殖民統治時期的一九〇六年，楊逵出生於大目降（今台南市新化區）。一九一五年進入公學校就讀，接受日本式的現代化教育。由於成長於漢人社會，楊逵得以透過民間流傳的說唱及戲曲藝術，熟知《三國志》、《水滸傳》等發源於中國的故事[1]。戰爭時期「振興地方文化」口號下，對地方文化與外地文化的提倡，以及中國文學翻譯風潮的盛行，楊逵改編自《三國演義》的《三國志物語》，自一九四三年起陸續發行[2]。然而楊逵對中華文化的認識其實有所不足，晚年的楊逵就曾經這樣自我剖白：

> 我是個殖民地的兒子。在日本帝國主義的阻斷下，在我少時的讀書生活中，固然也讀到過中國歷史名人，例如孔子，岳飛，文天祥一類的故事，但那畢竟是出於日本人改寫後的東西。對於中華文化，我和絕大多數當時「新式」知識份子一樣，所知不多。[3]

由此可見未曾進過私塾學習漢文的楊逵，年少時多是經由日本人的改寫接觸中國的歷史文化。

一九二四年至一九二七年赴日工讀期間，楊逵熱心投入社會改造運動，不僅聲援過朝鮮人抗日集會，也曾參加過在皇宮二重橋前「打倒田中反動內閣」的學生示威活動。針對發動示威的背景，楊逵曾經說明如下：

在那時學生的思想裏，具有侵略性質的田中義一首相，有出兵滿洲的意向，而向天皇提出了有名的「田中奏摺」，認為滿洲是日本的生命線，各種資源十分豐富。學生們認為，軍閥侵略行動，乃是攫取經濟資源，開拓殖民地的帝國主義行為，這種行為乃是為資本主義服務的，倒楣的是一般中下階層民衆成為戰爭中的犧牲。這在第一次世界大戰即已暴露無疑。[4]

1　戴國煇、內村剛介訪問，葉石濤譯，〈一個台灣作家的七十七年〉，原載於《臺灣時報》，一九八三年三月二日，收於《楊逵全集　第十四卷．資料卷》，頁二四五。

2　由台北的盛興出版社於一九四三年三月、八月、十月以及一九四四年十一月分四卷發行。從第四卷書末有第五卷精采內容的預告來看，楊逵原有意將全書加以改寫，可惜實際出版者只佔《三國演義》一百二十回中的前二十三回。

3　楊逵，〈我的老友徐復觀先生〉，原載於《中華雜誌》二二六期（一九八二年五月），引自《楊逵全集　第十四卷．資料卷》，頁一六。

4　楊逵口述，王世勛筆記，〈我的回憶〉，《楊逵全集　第十四卷．資料卷》，頁六一。附帶說明的是一九二七年間日本首相田中義一上呈天皇的奏摺，一九二九年出現中文版，這就是歷史上有名的「田中奏摺」。該奏摺內容向來被中國視為日本意圖侵略的證據，但根據二〇〇六年《自由時報》的報導，歐美各國早就指出所謂「田中奏摺」是偽造的假文書，近年間中國社會科學院日本研究所長蔣立峰也已承認「這項奏文並不存在」。無論如何，證諸後來的歷史發展，日本確實有控制滿洲繼而進軍中國之舉。駐日特派員張茂森／東京二日報導，〈田中奏摺　中國承認是假的〉，

這段文字說明，當時已開始閱讀馬克思（Karl Marx）經典鉅著《資本論》（德文原題 *Das Kapital*）的楊逵，基於社會主義的理念，反對日本軍閥服務於資本主義，為攫取經濟資源而侵略滿洲，使得中國與日本中下階層的無辜民眾，成為帝國主義與資本主義的犧牲品。

一九二七年九月楊逵從東京返台後，立即參加臺灣文化協會與臺灣農民組合的行列，實地領導台灣的社會運動。當時的楊逵經常出入賴和家，得以閱覽賴和診療室旁客廳裡陳列的中國新文學書刊[5]，奠定後來以漢文書寫的能力。一九二八年五月七日《台灣大衆時報》創刊，楊逵在這份文化協會左右分裂後，由左派領導的新文協機關誌，出任特約記者（囑托記者），並以漢文發表〈當面的國際情勢〉，提出針對日本國際關係的觀察。楊逵說：

> 日本是因為鄰近中國、印度、近東、太平洋諸島蘇俄勞農聯邦的地理上、經濟上、政治上的關係，因為其資本主義的急激的發展。因為強大的兵力、所以是占在極東的一個重要的帝國主義國家。
>
> 因為欠缺重工業原料的日本、不可無對中國買來的關係上，而且中國是日本國主要的工業市場日本國主要的投資地、的關係上、更是中國革命的發展就會直接影響著日本的殖民地、××、××、××、所以日本是絕對不能無干涉中國××的。隱然用狡獪的外交手段、或是公然用武力的干涉來抑壓中國××。是大家總知道的事實。[6]

引文中的「×」是排版後無法通過官方檢查，而被逐一挖除的文字。推測「日本的殖民地、××、××、××」應指「日本的殖民地、臺灣、朝鮮、樺太[7]」，「中國××」中缺少的文字極有可能是「統一」[8]。一九二六年七月國民革命軍總司令蔣介石在廣州誓師北伐，誓言推倒軍閥及所賴以生存的帝國主義。一九二八年五月一日攻克濟南，日軍出兵阻撓北伐軍的向北推進，造成五三慘案[9]。根據文末註記，這篇文章完成於一九二八年三月二十六日[10]。證諸後來的歷史發展，楊逵所說日本為獲取自身利益，將會干涉中國事務的預言，果然成真。

《自由時報》，二〇〇六年三月三日，A5版。

5 林瑞明，《台灣文學與時代精神：賴和研究論集》（台北：允晨文化實業股份有限公司，一九九四年一版二刷），頁五九之註九八。

6 楊貴（楊逵），〈當面的國際情勢〉，原載於《台灣大衆時報》創刊號（一九二八年五月七日），引自彭小妍主編，《楊逵全集 第九卷．詩文卷（上）》（台南：國立文化資產保存研究中心籌備處，二〇〇一年），頁八一。

7 一九〇五年九月日俄戰爭結束之後，俄國割讓給日本的庫頁島南部及附近的島嶼。

8 筆者過去曾推論「中國××」可能是「中國革命」或「中國民主」，不過從這篇文章中有一處「中國革命」未被挖除，且衡諸當時中國正為統一而進行北伐，因此「中國××」應是「中國統一」。筆者，《左翼批判精神的鍛接：四〇年代楊逵文學與思想的歷史研究》，頁二一八。

9 中國國民革命軍北伐及日本出兵阻撓的經過，詳見張玉法，《中國現代史．上冊》（台北：臺灣東華書局股份有限公司，一九七九年二版），頁二三二、二三七。

10 楊貴（楊逵），〈當面的國際情勢〉，《楊逵全集 第九卷．詩文卷（上）》，頁八二。

一九三一年之後，由於日本當局對社會運動的大彈壓，所有運動均無法開展，楊逵轉而全心從事文學創作。從作品內容可以發現，楊逵持續關懷中國的命運。成名作〈送報伕〉手稿「後篇」中，藉由帶領送報伕們集體罷工的伊藤之口，清楚地指明資本家的壓榨不只針對台灣人，日本本國的窮人、朝鮮人和中國人也一樣地吃著他們的苦頭[11]；〈頑童伐鬼記〉（〈鬼征伐〉）中，在一個生活環境極為惡劣的泥沼小鎮裡，住有日本人、朝鮮人、中國人和台灣人[12]，這些都顯示在楊逵眼裡，台灣與中國、朝鮮、日本等地的國際無產階級，同樣是帝國主義與資本主義共謀之下的被壓迫者。

一九三七年楊逵第二度前往日本，在東京閱讀中國作家蕭軍《第三代》已發表的內容，感慨由於「國界」的不同，相對於台灣與東京間的距離，近在咫尺的中國大陸卻顯得非常遙遠，甚至連書刊都幾乎無法購得，藉此批判口口聲聲說「東亞東亞」的日本當局，設定了讓人無法苟同的文化界線[13]。一九三八年五月楊逵文友入田春彥自殺，由於被授權處理遺物，入田所擁有東京改造社版《大魯迅全集》成為楊逵「正式」閱讀魯迅的開始[14]。這是楊逵首度獲得系統性與全面性，了解中國現代文學名家的機會，依然是透過日本文學界的仲介。

一九四五年八月十五日戰爭結束，中國一躍而為世界四強之一，不僅迥異於日治時期楊逵筆下的弱勢民族，並將取代日本政權，主導台灣的未來發展。由於日本殖民政府的退去，皇民化運動也正式畫下句點，中華民族主義的時代隨之來臨。面對台灣即將由國民政府接收的局勢，楊逵會採取什麼樣的立場？對於戰後來台的中國人士與中國文化，楊逵的態度又是如何？這是本章重點分析之所在。

二、楊逵對中國接收政府的態度

一九四四年七月一日到大戰結束為止這一年多的時間內，關心時局的楊逵經常請託鍾逸人北上洽公時，赴王添灯在大稻埕經營的文山茶行，打探時局的最新消息。當時連溫卿、王萬得、林日高、蕭來福、潘欽信等楊逵社會運動時期的戰友們，時常躲在文山茶行內院屋子的二樓房間

11　一九三四年十月，東京《文學評論》全文刊出〈送報伕〉時，「朝鮮人和中國人」這些文字因無法通過檢查而被刪除，《楊逵全集》已根據手稿「後篇」復原。請參閱彭小妍主編，《楊逵全集　第四卷・小說卷（I）》（台北：國立文化資產保存研究中心籌備處，一九九八年），頁一〇〇。

12　楊逵，〈頑童伐鬼記〉，原載於《臺灣新文學》一卷九號（一九三六年十一月），日文原文與中文翻譯分別收於彭小妍主編，《楊逵全集　第五卷・小說卷（II）》（台南：國立文化資產保存研究中心籌備處，一九九九年），頁二五五及頁二七二。

13　楊逵，〈《第三代》及其他〉（〈『第三代』その他〉），原載於《文藝首都》五卷九號（一九三七年九月），收於《楊逵全集　第九卷・詩文卷（上）》，頁五五七。

14　《大魯迅全集》由增田涉、佐藤春夫、井上紅梅、鹿地亘等人所翻譯，全套共分七卷，從一九三七年二月至八月由東京的改造社陸續刊行。楊逵說由於被授權處理入田春彥的書籍，「就有機會正式讀了魯迅」。戴國煇、內村剛介訪問，葉石濤譯，〈一個台灣作家的七十七年〉，《楊逵全集　第十四卷・資料卷》，頁二六〇。

裡，偷聽收音機播報時局與台灣前途，並且加以議論[15]。戰爭結束之前，透過鍾逸人帶回台中的訊息，以及《臺灣新報》上有關「波茨坦宣言」的報導，對於戰後台灣的主權即將交付中國一事，楊逵很可能已有所知悉。

值得注意的是臺灣總督府終末資料，一九四五年八月臺灣總督府警務局有關日本戰敗之後台灣治安的報告中，有這樣的一段描述：

從確保治安這點來看，當前的問題主要是令人憂慮的思想要注意人物，以及一般本島人當中保有濃厚民族意識者之動向。前者可能已預料到本島在接收前後會發生混亂，因而企圖在這段期間進行陰謀策畫，這樣的擔心並非不存在。目前這樣令人憂慮的具體情況並未發生，只有楊貴（台中州下在住作家、人民戰線派）預料在接收後，重慶軍閥政權會專恣橫暴，對此的牽制策略是必須先進行穩固同志思想基礎之工作。在此意圖之下，他採取了一些動作，但這僅止於顯示出楊貴單獨之思想的範疇，尚未對外部產生任何影響。[16]

所謂「重慶軍閥政權」即是以蔣介石為中心的國民政府。這段文字顯示本名楊貴的楊逵，對台灣被中國接收的政治趨勢早有心理準備，並已採取先行穩固同志思想基礎的行動，以便將來能對這個「專恣橫暴」的政權進行牽制。

事實上，楊逵對於中國軍系出身的人士向來印象不佳。晚年回憶負笈東京的青年時期，與中國留學生實際接觸的經驗時，楊逵說：

來自中國大陸的學生，除了一般文學校的學生以外，還有武學校如日本士官學校的軍校生。以當時一般的觀點而言，大多數瞧不起這些士官學校的武學生，認為他們多是素質低劣、不學無術的傢伙……（中略）

至於當時發生在中國大陸的左右派之爭，以及國民黨震驚全國的清共行動，也影響到了在日本的中國大陸留學生。記得當時在新田區三崎町的中華會館，即受清共影響而發生內訌，以士官學生為主的右派份子與左派學生大打出手。那些平常滿腦封建帝王思想的軍校學生，平時就看不慣那些關心社會的文學生，雙方在爭論清共事件大打出手並不令人意外。[17]

引文中所說，東京的中國留學生因國內的黨派問題，而引發的中華會館打群架事件，發生於一九二七年四月國民黨清共之後。楊逵將當時的中國學生分成一般的文派與軍校生的武派兩種，並將

15　鍾天啓（鍾逸人），〈瓦窰寮裏的楊逵（上）〉，《自立晚報》，一九八五年三月二十九日，十版。

16　譯自臺灣總督府警務局於昭和二十年（一九四五年）八月的報告「大詔渙發後ニ於ケル島內治安狀況竝警察措置（第二報）」，鈴木茂夫資料提供，蘇瑤崇主編，《最後的台灣總督府：1944-1946終戰資料集》，頁一四九－一五〇。

17　楊逵口述，王世勛記錄整理，〈我的回憶〉，原載於《中國時報》，一九八五年三月十三－十五日，引自《楊逵全集　第十四卷．資料卷》，頁六二一。

中國學生的內訌歸因於，以士官學校武學生為主的封建思想派，與關心社會的左派文學生之間的對抗，言談中透露楊逵對軍校學生與右派份子的負面評價。

一向對武派學生與國民黨不具好感，並以社會主義為信仰的楊逵，對軍人出身的蔣介石領導的重慶政權存有疑慮，自屬理所當然。從現有史料來看，戰爭末期楊逵與經常出入「一陽農園」的青年們共同成立「焦土會」，一起研究時勢與文學[18]。戰火平息不久，楊逵與這群年輕人又共同創辦《一陽週報》，宣傳孫文的革命思想與三民主義。由此可見，當時的楊逵應該是認同三民主義，也知道國民政府以之作為治國綱領，而決定在中國接收之前，以三民主義的宣揚，奠定建設戰後新台灣的思想基礎。

另一方面，為因應台灣脫離日本統治的局勢變化，楊逵在戰爭終結之後，迅即與台灣社會的領導階層進行聯繫。近年間公開的林獻堂日記，在一九四五年八月二十三日中說：

> 楊貴、李喬松十時來訪，並持「解放委員會」之宣傳ビラ示余，余勸其勿輕舉妄動，所謂解放者，對何人而言也，舊政府已將放棄，新政府尚未來，而解放云云對誰而言也，此時惟有靜觀，切不可受人嗾使，以擾亂社會秩序也。彼等略能理解，唯唯而退。[19]

這段記載揭露戰事甫告結束，楊逵即著手策畫組織「解放委員會」，並與李喬松連袂拜訪台灣民族運動領導人林獻堂，尋求支持。

日記中林獻堂認為此時「惟有靜觀」，其實是當時台灣社會對應變局的基本態度。除了前引總督府資料所載，終戰之際台灣民眾的「靜觀」，以及吳新榮一九四五年八月十六日的日記，以「此數日中要謹慎，而靜觀世界之大勢」自我叮嚀以外，王育德在分析日本戰敗之際，台灣有力人士為決定台灣人應走的道路，不斷秘密集會時，始終無法對今後如何具體行動定下方針，原因來自於不清楚同盟國與國民政府的對台政策，「因此一般認為最聰明的辦法是觀望形勢」[20]。比較之下，台灣的主權歸屬渾沌未明之際，楊逵及李喬松等左翼社會運動者，迫不及待想有一番積極性的作為，並已著手從事組織性的政治行動，可說是極為特殊的狀況，由此也具體展現楊逵「行動派」的人格特質。

不過，對於參與組織「解放委員會」的過往，楊逵晚年似乎有所顧忌。一九八二年十一月八

18 楊資崩，〈我的父親楊逵〉，《聯合報》，一九八六年八月七日，八版。這篇文章中，楊資崩說明了每週集會一次的「焦土會」，其宗旨是「寧願變為焦土也不願皇民化」。楊資崩回憶中，有關戰爭末期楊逵以三民主義原版書，向焦土會的年輕人宣傳與講解一事，時間點與鍾逸人的回憶有所不同，目前僅能確定至遲在戰爭結束後不久，楊逵即開始向台灣民眾介紹三民主義。參見鍾天啓（鍾逸人），〈瓦窰寮裏的楊逵（下）〉，《自立晚報》，一九八五年三月三十日，十版。

19 林獻堂著，許雪姬編註，《灌園先生日記（十七）一九四五年》，頁二五三。

20 王育德著，黃國彥譯，《台灣——苦悶的歷史》（台北：草根出版事業有限公司，一九九九年），頁一五四。附帶說明的是書中將「同盟國」誤稱為「協約國」。

日在日本東京接受戴國煇與若林正丈訪問時，戴國煇曾就此事詢問過楊逵，楊逵的回答是：「沒有『解放委員會』那樣的名稱，我確實在着手組織團體，日本警察也對此默認」[21]。兩日後，接受戴國煇與內村剛介訪問時，楊逵改口說：

臺灣總督府向國民政府正式投降的日期是十月二十五日，在這一天以前，我組織了解放委員會，意思是要總督府的統治權停止，我們的要求，特高課長（譯註：指的是臺中州廳警察內的特別高等刑事課課長）是以默認的方式接受了，當他向上面呈報時，上面卻回說不行，因此才想從文化方面做點事，也就是我剛才說的，出版了「阿Q正傳」。[22]

由於「解放」兩字的敏感性，楊逵的反覆其詞應該是顧慮到戒嚴體制下，當局對左翼人士的迫害所致。綜合這兩段話來看，當時的楊逵確實在組織實際參與政治活動的團體，名稱即是「解放委員會」，目的在要求總督府停止其對台統治權。然而此舉獲得臺中州當局的默許之後，由於更高層級的臺灣總督府不准而受挫，楊逵遂轉而從事文化事業，並出版了魯迅的《阿Q正傳》。

九月一日《一陽週報》創刊，楊逵自身的政治理念與動向也在此有所披露。創刊號中楊逵正式宣告：「因為波茨坦宣言的接受，臺灣解放委員會的任務大致完了，該委員會解散，全員聚集協力新臺灣建設運動之統合」[23]。所謂「波茨坦宣言的接受」，係指一九四五年八月十五日廣播的終戰詔書中，日本天皇公開宣布接受「波茨坦宣言」，當然也包括接受「波茨坦宣言」中履行

「開羅宣言」的內容，亦即台灣與澎湖歸屬中華民國。八月十七日，全台唯一的報紙《臺灣新報》介紹了何謂「開羅宣言」，包括其背景、發表共同聲明的各方代表，以及台灣與澎湖群島將歸還中華民國等內容[24]。八月二十七日及九月一日，該報又分別刊登了陳儀被任命為台灣的接收委員與台灣民政長官（指「台灣省行政長官」）的消息[25]。

在此之前的八月二十日，林獻堂與臺灣總督府高層會面時，安藤利吉總督曾親口表示：「凡所要作之事皆無不努力為之，如橋梁之修繕、軍屬戰死者遺族之救恤及武裝解除諸準備，不欲使將來引繼有缺憾之事。」[26]八月二十四日《臺灣新報》報導了安藤總督在本島人有力者來訪時，

21 戴國煇、若林正丈訪問，〈台灣老社會運動家的回憶與展望——楊逵關於日本、台灣、中國大陸的談話記錄〉，原載於《台灣與世界》二十一期（一九八五年五月），收於《楊逵全集　第十四卷・資料卷》，頁二八一。

22 引自戴國煇、內村剛介訪問，陳中原譯，〈楊逵的七十七年歲月——一九八二年楊逵先生訪問日本的談話記錄〉，《文季》一卷四期（一九八三年十一月），頁二八。附帶說明的是《楊逵全集》雖然收有葉石濤翻譯的這篇訪問稿〈一個台灣作家的七十七年〉，但後面一部分未予刊登，此處所引即未見於葉石濤的譯文。

23 譯自《一陽週報》創刊號（一九四五年九月一日），頁一。

24 〈カイロ宣言とは〉，《臺灣新報》，一九四五年八月十七日，二版。

25 〈臺灣に陳儀／接收委員〉，《臺灣新報》，一九四五年八月二十七日，一版。〈臺灣民政長官に陳儀任命〉，《臺灣新報》，一九四五年九月一日，一版。

26 林獻堂著，許雪姬編註，《灌園先生日記（十七）一九四五年》，頁二五〇。

明確表示獨立運動或自治運動絕對不行[27]。顯見當時殖民政府的統治方針，在於恪遵日本天皇投降時的承諾，和平移轉台灣的主權[28]。中華民國接收台灣一事不僅已成定局，台灣民眾亦當已瞭然於心。

由於總督府對於主動解除武裝一事已有腹案，加以前述總督府與林獻堂的不予支持，儘管池田敏雄在九月四日的日記中說：「楊逵（作家）取得臺中州當局的諒解，正在組織『臺灣解放委員會』」[29]，事實上，由於主、客觀條件的未能配合，楊逵不僅在《一陽週報》創刊號中，公開宣布解散解放委員會，由時任林獻堂秘書的葉榮鐘所保存，「歡迎國民政府籌備會」成員名單中，楊逵以本名「楊貴」列名「事務分擔」的「庶務」之一[30]。近年間公開的葉榮鐘史料，也披露一段從未被提及的歷史。一九四五年九月二十四日歡迎國民政府籌備會舉行的會議中，楊逵曾以「街路放其污穢，豈得置之不問嗎？」建議「喚起新生活運動」，並以「使現在之狀況，因人心之頽廢，或道德之淪亡，是以中西提唱新生活運動」為由，獲得與會者討論同意，決定以「歡迎國民政府籌備會新生活運動促進委員會」為名，促進新生活運動的開展[31]。楊逵與往來密切的鍾逸人、何集淮、賴瓊煙、許青鸞等人一同加入該委員會[32]。

從楊逵的發言來看，以中西提倡新生活運動為由，顯示楊逵在台推行新生活運動，係以符合世界性的潮流為號召，並以掃除垃圾與振興道德為方法，促使台灣人用自己的力量治理新台灣。由於新生活運動促進委員會附屬於歡迎國民政府籌備會，遂有「遵奉祖國新生活運動的宗旨」之誓詞，藉由響應蔣介石所領導新生活運動的名義[33]，將楊逵的理念付諸實行。九月三十日「新生

27 〈時局急變と本島の今後——安藤總督談／全島民一丸の團結／誠實熱心・新運命開拓へ〉，《臺灣新報》，一九四五年八月二十四日，一版。

28 彭明敏與黃昭堂於一九七五年提出的研究報告中認為，所謂「開羅宣言」與「波茨坦宣言」應分別稱為開羅「聲明」與波茨坦「公告」，不應視為有法律效力的「條約」。一九四五年九月二日，日本代表在同盟國的「投降文件」上簽名，承諾履行「波茨坦宣言」，但僅在正式條約簽訂之前有效。一九五一年九月四日至八日，和平會議在美國舊金山召開，中華人民共和國與中華民國皆未受邀參加。該會議簽署的「舊金山和平條約」中，日本雖聲明放棄對於台灣及澎湖群島的所有權利，但未提及主權歸屬。一九五二年四月二十八日，日本與中華民國簽訂條約，內容如同「舊金山和平條約」，僅止於確認日本放棄台灣與澎湖而已。詳見彭明敏、黃昭堂著，蔡秋雄譯，《臺灣在國際法上的地位》（台北：玉山社出版事業股份有限公司，一九九五年），頁一二六—一八〇。

29 池田敏雄著，廖祖堯摘譯，〈戰敗後日記〉，《臺灣文藝》八五期（一九八三年十一月），頁一八〇。

30 作者不詳，〈歡迎國民政府籌備會人員名單〉，日據至戰後初期史料，《數位典藏與數位學習聯合目錄》，http://catalog.digitalarchives.tw/item/00/29/4b/c1.html（二〇一五年八月四日瀏覽）。

31 作者不詳，〈1945年歡迎國民政府籌備會會議紀錄〉，日據至戰後初期史料，《數位典藏與數位學習聯合目錄》，http://catalog.digitalarchives.tw/item/00/29/4d/ba.html（二〇一五年八月四日瀏覽）。

32 作者不詳，〈1945年歡迎國民政府籌備會新生活運動促進委員會名單〉，日據至戰後初期史料，《數位典藏與數位學習聯合目錄》，http://catalog.digitalarchives.tw/item/00/29/51/38.html（二〇一五年八月四日瀏覽）。

33 一九四五年九月三十日成立時，新生活運動促進隊代表的〈宣誓〉文說：「我們遵奉祖國新生活運動的宗旨，為歡迎國民政府蒞臺起見，用青年純真的熱情和犧牲的精神，獻身服務市面的美化、秩序的維持、惡習的肅清等工作。」〔按：原文無句讀，標點符號為筆者所加〕。作者不詳，〈1945年歡迎國民政府籌備會新生活運動促進隊代表宣誓文〉，日據至戰後初期史料，《數位典藏與數位學習聯合目錄》，http://catalog.digitalarchives.tw/item/00/29/4c/48.html（二〇一五年八月四日瀏覽）。

活運動促進隊」正式組成[34]，由楊逵親自領導清掃台中市的街道，維持街頭秩序[35]。這些都顯示中國軍隊來台之前，楊逵已聽取林獻堂的建議，放棄個人的組織行動，並配合中華民國接收台灣的態勢。

一九四六年初，曾經是臺灣農民組合重要成員的劉啟光（侯朝宗改名），從中國衣錦返鄉不久，被派任新竹縣長。日治時期社會運動領導階層紛紛被延攬進入縣府，連溫卿、鄭明祿應邀擔任建設局長與教育科長，簡吉亦曾進入新竹縣政府服務。劉啟光原也有意安排楊逵接任社會科長或民政局長，未獲得應允，楊逵的理由是「要做事情不一定要做官，也不一定要上台吆喝」[36]。不過，楊逵曾響應劉啟光先後參與策畫的臺灣革命先烈事蹟調查與遺族的救援。

一九四五年十月三十日「臺灣革命先烈事蹟調查會」於劉啟光寓所決議成立，主要工作在於調查因反抗日本統治而犧牲的先烈事蹟及遺族現況。一九四六年四月二十一日劉啟光又參與籌組「臺灣革命先烈遺族救援委員會」，楊逵擔任常務委員，並以副總幹事的身分前往各地慰問先烈遺族，從事反日運動者及其家屬的援助行動[37]。相關工作告一段落之後的一九四六年六月十七日，由新竹縣政府隆重舉行忠烈祠奉安大典，紀念台灣抗日先烈。當天楊逵發表〈六月十七日前後——紀念忠烈祠典禮〉（〈六月十七日の前後——忠烈祠典禮を紀念して〉）[38]，為台灣抗日運動犧牲者進行平反。

從組織自己的政治團體到歡迎國民政府來台，甚至參與地方官員與民間人士聯合紀念台灣抗日志士的行動，刻意與執政當局保持距離的楊逵，始終以旁觀者的角度觀察接收政府的作為。面對貪污腐敗的種種官場怪象，一九四七年二二八事件爆發後終於忍無可忍，選擇站在武裝對抗的一邊並因此入獄。出獄後楊逵繼續事件前的文化事業，刊行中國與台灣兩地的文學作品，全心投入台灣文化的重建。

34 作者不詳，〈1945年歡迎國民政府籌備會，09月21日～10月10日重點記事日誌〉，日據至戰後初期史料，《數位典藏與數位學習聯合目錄》，http://catalog.digitalarchives.tw/item/00/29/51/37.html（二〇一五年八月四日瀏覽）。

35 鍾逸人曾提及由楊逵所領導，負責清掃街道，維持台中街頭秩序，兼有改造社會理想的隊伍為「新生活促進隊」，並回憶楊逵為組成這個隊伍，曾拜訪歡迎國民政府籌備會的黃朝清（時任籌備會常任委員），黃隨即表示樂於協助。由於「新生活促進隊」與「新生活運動促進隊」之名稱與宗旨雷同，推測兩者應為同一組織。另外，鍾逸人回憶錄中曾記載，「新生活促進隊」成立於一九四五年八月三十一日，也談及楊逵曾為此拜訪歡迎國民政府籌備會的黃朝清。從九月十日歡迎國民政府籌備會才召開首次的籌備會議來看，八月三十一日成立之說應是記憶有誤，正式組成時間當在一九四五年九月三十日。鍾天啓（鍾逸人），〈瓦窰寮裏的楊逵（上）〉，《自立晚報》，一九八五年三月二十九日，十版。鍾逸人，《辛酸六十年》（台北：自由時代出版社，一九八八年），頁二八四。

36 鍾天啓（鍾逸人），〈瓦窰寮裏的楊逵（下）〉，《自立晚報》，一九八五年三月三十日。

37 有關「臺灣革命先烈事蹟調查會」與「臺灣革命先烈遺族救援委員會」之組成，以及楊逵參與相關活動的情形，請參閱筆者，《左翼批判精神的鍛接：四〇年代楊逵文學與思想的歷史研究》，頁二四二—二五五。

38 這篇文章自一九四六年六月十七日起，分兩日連載於《臺灣新生報》，四版。

三、楊逵與中共地下黨員的關係

二二八事件之後，部分對國民黨失望的台灣民眾，轉而對共產黨寄予厚望，甚至加入中國共產黨在台地下組織。一向信仰社會主義的楊逵與地下黨的關係如何，已發表的論述僅有藍博洲的〈楊逵與中共台灣地下黨的關係初探〉直接相關。研究緣起於九〇年代在採集民眾史的現場，藍博洲聽聞中共在台地下黨人辜金良談起：〈和平宣言〉是台灣地下黨領導人之一的張志忠背後推動，而集體完成的一份歷史文件。在相關當事人楊逵與張志忠皆已作古的情形下，藍博洲以所能掌握的《安全局機密文件》[39]等史料進行追查。

調查結果顯示：曾與楊逵往來的中共台灣地下黨人，除了從大陸返台的蔡孝乾與張志忠外，還有日治時期曾前往台中協助《臺灣新文學》雜誌相關事務的辜金良、許分，國民政府接收台灣之前楊逵所主持維持地方治安的「民生會」會長廖金和，以及日治末期「首陽農園」時代便圍繞在楊逵身邊，也是戰後《一陽週報》到「新生活促進隊」核心成員的賴瓊煙、張金爵、張彩雲、蔡鐵城、施部生、呂煥章、何集淮……等人。其中，辜金良因常到台北找參與《臺灣評論》編輯的楊逵，認識了蘇新、王萬得、廖瑞發……等老台共；賴瓊煙與張金爵更是通過楊逵的介紹信，在台北會見台北市工委會第二任書記的廖瑞發，與地下黨組織有了初步的接觸[40]。

藍博洲所謂「中共台灣地下黨」（簡稱「地下黨」），係指一九四五年八月中共中央派任台灣出身的蔡孝乾為台灣省工作委員會書記，回台推展中國共產黨的工作，吸收新成員加入共產黨的秘密組織。《安全局機密文件》收錄〈匪台灣省工作委員會叛亂案〉記載，一九四六年四月張志忠率領首批幹部從上海搭船抵台，同年七月蔡孝乾返台領導組織，正式成立「台灣省工作委員會」。一九四七年二二八事件時僅有黨員七十餘人，事件後大幅成長，一九四八年六月時約有四百人，一九五〇年八月已增至九百餘人。然因一九四九年十月三十一日至一九五〇年二月十六日間，蔡孝乾與陳澤民、洪幼樵、張志忠等重要幹部陸續被台灣當局逮捕，後來蔡孝乾辦理自新，張志忠處以死刑，台灣省工作委員會隨之在數年間徹底瓦解[41]。

這份檔案資料中也記載，蔡孝乾「因離台十八年，對台灣情形隔閡，為恐暴露身份，避免與親友接觸，而從舊台共之關係中，先行設法聯絡，然後作為發展工作之橋梁」[42]。藍博洲的研究

39《安全局機密文件》原為「國家安全局」印刷出版的「歷年辦理匪案彙編」機密文件第一、二輯，內含一九四九年到一九五八年間的一百六十二件軍法審判的匪諜案，李敖審定後以影印方式公開出版。有關《安全局機密文件》的來源與內容概要，詳見李敖，〈安全局機密文件──「歷年辦理匪案彙編」序〉，李敖審定，《安全局機密文件（上冊）》（台北：李敖出版社，一九九一年），頁四─五及頁二二─二五。

40 詳見藍博洲，〈楊逵與中共台灣地下黨的關係初探〉，《批判與再造》十二期，頁四三─四七。事實上，楊逵認識的中共黨員比這份名單更多，例如曾經同在農民組合的簡吉與李喬松。

41 檔案標題為〈匪台灣省工作委員會叛亂案〉，收於李敖審定，《安全局機密文件（上冊）》，頁一一─一九。

42〈匪台灣省工作委員會叛亂案〉，李敖審定，《安全局機密文件（上冊）》，頁一七。

已指出，一九二八年五月七日左傾後的台灣文化協會機關報《台灣大衆時報》創刊時，蔡孝乾擔任記者，楊逵擔任該報特約記者；兩人在文化協會認識，所以楊逵也是蔡孝乾的「舊關係」之一[43]。應該是因為涉及敏感的政治禁忌，戒嚴時期楊逵從未公開提及蔡孝乾。一九八二年接受何眴訪談時首度暢談相關事蹟，對考察楊逵與蔡孝乾的關係來說，遲至一九八五年楊逵過世之後才發表的這份口述紀錄，當然是不可忽視的第一手資料。為能充分貼近楊逵當時的說法，引述如下：

在處理委員會控制台中好幾天時，台共負責人蔡孝乾來找我。他對局勢很有把握，要辦人民日報，並要我負責。我說這是不可能的，台中局勢維持不了多久，一旦國民黨大軍開來，烏合之衆隨即會散去。因此我建議辦流動性的週刊或半月刊，組織的基礎可做通訊員和傳播員；此外我認為，大家集中在市中心雖熱鬧，却一點意思也沒有，一旦軍隊開來，大家就會散掉，因此寫了一篇文章「從速組織下鄉工作隊」，呼籲大家到鄉下去，擴大控制面。我把這篇未署名文章交給一位在「自由日報」任職的朋友。由於記者缺乏經驗，就將該文署我的名字登出來。

「從速……」一文刊出後，孝乾並不贊同，他說，國民黨的軍隊已被接收，改成「二七部隊」，為什麼不能辦日報。我認為大陸地闊有可能，台灣太小不可能。孝乾說，如果不可能辦日報，就去山上組織游擊部隊。我說，台灣環境也不允許，兩人講話不投機。沒兩天，國民黨軍隊開來，大家散光光，我也逃了。起初我不想離開台灣，還想大家一起做些事。孝乾有一個小組織做通訊員，與我聯絡。[44]

這段描述透露二二八事件中，蔡孝乾曾與楊逵面對面共商因應之道，並有一個通訊員負責與楊逵聯繫。然而對於蔡孝乾辦日報、組游擊隊的意見，楊逵明顯意見相左。事實上，「游擊戰」正是〈匪台灣省工作委員會叛亂案〉檔案所載「活動方式」中，盡可能建立「台灣人民武裝」，以配合「解放軍」，「解放台灣」之前，所必須展開的「人民游擊」戰爭[45]。楊逵既無法認同游擊戰的策略，也就表示楊逵並未服膺蔡孝乾的領導，與中共地下黨並非同一路人。

這次的訪談中，楊逵也明確交代自己與蔡孝乾的關係：

蔡孝乾與我是在文化協會上認識的。不久，他就去大陸，加入共產黨，參加了延安二萬五千里長征，後來派他來台做台灣工作委員會負責人。孝乾在台灣是做地下工作，我不是共產黨員，是公開的，我們互相稍微知道一點點，但並不知道他的實在情形，因為我公開，隨時會

43　藍博洲，〈楊逵與中共台灣地下黨的關係初探〉，《批判與再造》十二期，頁四三。文中承襲南天書局一九九五年影印復刊本中的「台灣大眾時報（週刊）總目次」之說，將《台灣大眾時報》創刊日誤記為一九二八年的「三月二十四日」。

44　楊逵口述，何晌錄音整理，〈二二八事件前後〉，《楊逵全集　第十四卷．資料卷》，頁九〇。在此附帶說明楊逵的記憶有誤，引文中的「從速組織下鄉工作隊」，正確篇名應為〈從速編成下鄉工作隊〉。

45　〈匪台灣省工作委員會叛亂案〉，李敖審定，《安全局機密文件（上冊）》，頁一四。

被抓，因此他有事也不讓我知道。[46]

對照談及日治時期台共滲入文化協會、農民組合時，楊逵的說法是：

我大約知道農民組合中何人是台共份子，但未與他們密切接觸。因我對文學仍懷抱一種使命感，我不能轉入「地下」。

另一方面，台共份子也無意向我表白什麼，因為像我這種在運動中奔走的人，時常有被捕入獄的可能，有被逼供出去組織秘密的危險。[47]

以楊逵在台灣文化界舉足輕重的地位，轉入地下對他的文學事業無益；若從地下黨的秘密性質而言，吸收像楊逵這樣公開的人物入黨，恐怕必須承擔諸多不可預測的風險。長年從事白色恐怖歷史記錄與報導，熟悉中共在台地下黨活動的藍博洲也說過：「據了解，台灣省工委的組織原則，基本上不吸收諸如簡吉、楊逵之類身分公開的日據時期社運鬥士；簡吉的入黨主要是基於高山族工作的特殊需要。」[48]因此就目前所能掌握的各種史料，權衡戰後初期的情況來看，楊逵並未加入中國共產黨。

那麼楊逵與蔡孝乾合作的動機又是什麼呢？根據〈匪台灣省工作委員會叛亂案〉檔案資料，蔡孝乾等人事先擬定地下黨活動策略其中之一為：

「緊密團結工人、農民、革命知識份子」，以「反美帝反國民黨官僚，實行民主自治為綱領」，號召「全省各階級人士（包括外省人與高山族同胞），組織廣泛的愛國愛鄉民主自治統一戰線」。先展開「不合作運動」與「反抗運動」，最後實行「武裝起義」，配合「人民解放軍解放台灣」。[49]

比較二二八事件中楊逵的下列意見：

在此爭取民主與自由，在此爭取以自由無制限普選而產生自治政權這階段，除貪官污吏，奸獰惡霸之反對派以外，是可以擴大統一戰線的。在此階段，我們須要包容各界（學，工，農，商，婦女，文化各界）而且也要包容各黨派擴大民主統一戰線。[50]

46 楊逵口述，何眴錄音整理，〈二二八事件前後〉，《楊逵全集　第十四卷・資料卷》，頁九五。
47 楊逵口述，王麗華記錄，〈關於楊逵回憶錄筆記〉，《楊逵全集　第十四卷・資料卷》，頁七九。
48 藍博洲，〈楊逵與中共台灣地下黨的關係初探〉，《批判與再造》十二期，頁五〇。
49〈匪台灣省工作委員會叛亂案〉，李敖審定，《安全局機密文件（上冊）》，頁一二—一三。
50 楊逵，〈從速編成下鄉工作隊〉，《自由日報》，一九四七年三月九日，二版。由於《楊逵全集　第十卷・詩文卷（下）》所收，乃根據王思翔抄錄自原件的文字，比對後發現文字與標點均有出入，尤其「各黨派」誤植為「無黨派」，意義差距甚大，此處引自《自由日報》。

地下黨策略中的團結工農與革命知識分子，反對美國帝國主義與國民黨官僚，不分階級追求台灣的民主自治等策略，確實與社會主義者楊逵呼籲擴大統一戰線，以追求民主自由與自治政權近似。與蔡孝乾合作，無疑體現了楊逵所謂包容各界與各黨派的主張。不過楊逵意見中可團結的對象，僅排除貪官污吏與奸獰惡霸之反對派，顯然更具開放性。

另一方面，蔡孝乾與楊逵的接觸，可能源於楊逵對國民黨違反民主的專權不滿，日治時期並曾實地下鄉領導農民運動，在台灣有一定的人脈關係與影響力。同時，對與謝雪紅為主的舊台共陣營疏離的蔡孝乾來說，與謝雪紅立場有別的楊逵[51]，無疑是可以結盟的對象。二二八事件期間，台中地區時局處理委員會派楊逵負責組織部，隨時印傳單[52]。從張志忠說服謝雪紅與台中的處理委員會合作，借助其中部分人士的社會地位籌措糧食與款項來看[53]，蔡孝乾在事件中主動聯繫楊逵，也是藉此發揮地下黨影響力的同一做法。

值得注意的是王思翔曾指出二二八事件爆發後的三月初，楊逵以化名在《自由日報》發表過一篇長文[54]，就已出土的史料來看，應該就是〈二・二七慘案真因—臺灣省民之哀訴—〉[55]。然楊逵從未提及寫過這篇文章，而且一九四七年一月於《文化交流》發表的中文稿件，還得經過王思翔的少許修改[56]；〈二・二七慘案真因〉文辭之洗鍊、排比句型之眾多，以及成熟順暢的北京話語句，實非楊逵當時能力所及[57]。由於楊逵回憶中提及處理委員會控制台中好幾天時，蔡孝乾曾到台中找過他，後來也有一個小組織做通訊員與楊逵聯絡，研判這篇文章很可能是楊逵起草後，交由蔡孝乾潤飾而成。

51 日治時期謝雪紅曾領導對楊逵的鬥爭，導致楊逵被逐出農民組合的行列，兩人因而產生嫌隙。戰後初期楊逵一家人雖仍與謝雪紅有所往來，彼此之間仍存在著思想路線與性格不合的問題。詳情請參閱筆者，《左翼批判精神的鍛接：四〇年代楊逵文學與思想的歷史研究》，頁二六四—二六九。

52 楊逵口述，何眴錄音整理，〈二二八事件前後〉，《楊逵全集　第十四卷・資料卷》，頁九〇。

53 古瑞雲（周明），《臺中的風雷》（台北：人間出版社，一九九〇年），頁五三。

54 王思翔，〈台灣一年〉，葉芸芸編，《台灣舊事》，頁三五。王思翔也說過，楊逵曾親口告訴他，〈二・二七慘案真因—臺灣省民之哀訴—〉為楊逵所作。參見〈從速編成下鄉工作隊〉文後王思翔的按語，《楊逵全集　第十卷・詩文卷（下）》，頁二四一。

55 一九四七年三月八、九日，〈二・二七慘案真因—臺灣省民之哀訴—〉同時刊載於《自由日報》與《和平日報》。於《自由日報》發表時，三月八日、九日分別署名為「臺中區時局處委會稿」、「一讀者」；《和平日報》發表時，三月八日署名「一讀者」，三月九日部分尚未出土。由於這篇文章是二〇〇三年八月曾健民等人從北京圖書館挖掘出土，二〇〇四年二月二日在南寧召開的「楊逵作品研討會」上首度公開，並收錄於橫地剛、藍博洲、曾健民合編的《文學二二八》（台北：台灣社會科學出版社，二〇〇四年二月），未及收入《楊逵全集》。筆者研究用影本由楊建先生提供，謹此致謝。

56 王思翔說楊逵在光復後寫的第一篇中文稿件是〈台灣新文學的二位開拓者〉，經他做了少許修改而發表在《文化交流》。不過這個說法有兩個錯誤，一是楊逵在戰後以中文發表的第一篇作品，目前所知是〈須以何答此禮物？〉，一九四五年十一月三日刊載於《一陽週報》；二是楊逵在《文化交流》發表的文章是〈幼春不死！賴和猶在！〉，以及有關賴和生平的簡要介紹，同時刊載於該誌的「紀念臺灣新文學二開拓者」專輯。參見王思翔，〈楊逵・《送報伕》・胡風〉，葉芸芸編，《台灣舊事》，頁九三。

57 筆者，《左翼批判精神的鍛接：四〇年代楊逵文學與思想的歷史研究》，頁二六三—二六四。

至於吳克泰根據楊資崩（楊逵長子）生前所說，楊逵晚年蔡孝乾曾赴桃園大溪相見，並說出：「老楊啊，我沒有出賣你呀！」之語，認定「這不是說明蔡孝乾1950年被捕以前同楊逵之間有正式的組織關係嗎？」[58]然而根據葉石濤的證言，七〇年代末期當他向楊逵詢問，有沒有參加過省工作委員會時，楊逵一口否認了。葉石濤也以楊逵「一匹狼」的性格，相信戰後楊逵是獨立作戰的[59]。其次，楊逵接受何昫訪談時曾經表示：如果公佈二二八事件前後的這些事，他會再去坐牢[60]。因此筆者推測蔡孝乾「沒有出賣」之說，可能是指蔡孝乾辦理「自新」時，未曾透露二二八事件期間和楊逵之間的聯繫，使楊逵避開與共黨組織有關的政治禁忌，並非楊逵具備中共黨員的身分。

除此之外，針對藍博洲認為楊逵所草擬〈和平宣言〉，與前述檔案資料台灣地下黨的政策、洪幼樵所寫〈中國共產黨台灣省工作委員會紀念「二二八」告全島同胞書〉，以及一九四八年香港召開台灣工作幹部會議後，章天鳴綜合決議寫成的〈關於台灣工作〉三份文件有其相似性[61]，筆者同意這幾份文件確實都主張民主自治，但展現的是當時台灣人民對國民黨不滿，希望台灣由台灣人自治的普遍性想法。再從〈和平宣言〉僅是一般性的訴求，並未觸及地下黨文件具體提出的「減租減息」、「耕者有其田」，以及黨組織應準備接管工作等細節，加以〈和平宣言〉明確表態，唯恐國共內戰蔓延到台灣來，希望能維持台灣地區性的和平[62]，與中共解放軍以游擊戰配合解放台灣的方針不同，所謂〈和平宣言〉與地下黨有關的證據力極為薄弱。

其次，楊逵本人的說法也應予以重視。楊逵曾多次述及〈和平宣言〉始末，雖然或詳或簡，但說法一致[63]。一九八二年接受何昫訪問時，是楊逵描述最為完整的一次。內容如下：

一九四八年「力行報」找我去編副刊「新文藝」。「新生報」和其他文化界的人士也常常來找我。文化界人士有感於二二八後常發生衝突（雖然很多台灣人遭到士兵修理，但是一般外省人處境都很危險，連外省的文化人士也遭民衆修理。），所以組織了文化界聯誼會來溝通文化界，從而影響民衆，以彌補鴻溝。朋友們叫我起草「和平宣言」。一九四九年，一千餘字的宣言寫好，即油印廿幾份，寄給關心的朋友，他們都是外省人。這時，「大公報」特派員去「新生報」找副刊「橋」的主編歌雷，在那看到「和平宣言」草案，頗感興趣，隨即把

58 吳克泰，〈楊逵先生與「二．二八」〉（廣西南寧：楊逵作品研討會論文，二〇〇四年二月二―三日），頁三。
59 葉石濤，《一個台灣老朽作家的五〇年代》，頁七一。
60 楊逵口述，何昫錄音整理，〈二二八事件前後〉，《楊逵全集　第十四卷．資料卷》，頁九八。
61 藍博洲，〈楊逵與中共台灣地下黨的關係初探〉，《批判與再造》十二期，頁五六―五七。
62〈和平宣言〉說：「現在國內戰亂已經臨到和平的重要關頭，台灣雖然比較任何省份安定，沒有戰，□沒有亂，但誰都在關心着這局面的發展。究其原因，就是深恐戰亂蔓延到這塊乾淨土，使其不被捲入戰亂，好好的保持元氣，從事復興。」引自《楊逵全集　第十四卷．資料卷》，頁三一五。
63 除以下引述的段落外，亦見諸多篇楊逵的回憶紀錄，例如戴國煇、內村剛介訪問，陳中原譯，〈楊逵的七十七年歲月——一九八二年楊逵先生訪問日本的談話記錄〉，《文季》一卷四期，頁二九；楊逵口述，王麗華記錄，〈關於楊逵回憶錄筆記〉，《楊逵全集　第十四卷．資料卷》，頁七二、七五。

「和平宣言」當做消息在「大公報」上報導出來。那時，共產黨已攻入北京，國民黨派去和談的張治中、邵力子也一去不返，南京政府任命陳誠做台灣省主席。陳誠在赴任途中，路經上海，有記者問他關於「和平宣言」的問題。待陳誠抵達台灣開記者招待會時，就對記者說，台中有共產黨的第五縱隊，並說要把這種人送去填海。我見到這個消息，心裡就有警覺，知道這是針對我而講的。[64]

楊逵在此已清楚說明，〈和平宣言〉為參與合組的「文化界聯誼會」所提議，並交由楊逵草擬完成。因此宣言中所展現的意見，實為大陸來台文化界人士與楊逵的集體意志。若楊逵果真與地下黨有組織關係，在戒嚴時期警備總部羅織罪名，寧可錯殺也不願放過的情形之下，一九四九年四月六日被捕後接受審訊超過一年的楊逵[65]，何以能在國民黨密織的天羅地網中成為「漏網之魚」？儘管因為史料的闕漏，「文化界聯誼會」的外省籍成員除了鍾平山與歌雷，其餘不明[66]，無法完全排除地下黨人士隱身其間的可能性[67]；然〈和平宣言〉為楊逵所執筆，代表楊逵當時的想法應無庸置疑。

四、楊逵與大陸來台編輯的合作

戰後楊逵除了與外省籍人士共組文化界聯誼會，面對面交流之外，也曾主動以書信與大陸作家隔海對話。例如一九四六年一月一日范泉在《新文學》創刊號發表〈論台灣文學〉之後，楊逵曾寄贈親筆簽名的日文小說集《鵝媽媽出嫁》（《鵞鳥の嫁入》），傳達願作文字朋友的善意[68]。

64 楊逵口述，何眴錄音整理，〈二二八事件前後〉，《楊逵全集　第十四卷．資料卷》，頁九二—九三。林曙光曾提起，歌雷有一位同學呂德潤是上海《大公報》台灣特派員，很可能就是楊逵口中報導〈和平宣言〉的記者。林曙光，〈感念奇緣弔歌雷〉，《文學台灣》十一期（一九九四年七月），頁二八。

65 一九四九年四月六日楊逵被捕，經台灣省保安司令部軍法審判，一九五〇年五月以叛亂罪處十二年徒刑，〈和平宣言〉被視為罪證。〈三叛亂罪犯判決／楊逵處徒刑十二年／鍾平山陳軍各十年〉，《中央日報》，一九五〇年五月十日，四版。〈楊逵鍾平山陳軍／因叛亂罪被判刑〉，《台灣民聲日報》，一九五〇年五月十日，一版。

66 根據《中央日報》的報導，楊逵草擬〈和平宣言〉後，先交由台中的《臺灣新生報》分社主任鍾平山閱覽同意，才寄發給台北市各文化界人士。另外，楊逵的回憶中，《大公派》特派員是在歌雷處看到草案，才予以報導。由此判斷「文化界聯誼會」的外省來台人士，應包括鍾平山與歌雷，其餘不明。參考〈三叛亂罪犯判決／楊逵處徒刑十二年／鍾平山陳軍各十年〉，《中央日報》，一九五〇年五月十日，四版。

67 二〇一五年一月二十三日，筆者曾以電子郵件詢問楊翠（楊逵孫女），楊逵是否曾清楚交代自己與共產黨的關係，楊翠的回答是「沒有」，但判斷楊逵並未加入台共或中共，與筆者在這裡的推論相同。楊翠也說：「楊逵有強烈的孤鷹性格，他其實不是很適合組織性生活，更何況是兩個權力爭鬥性格極強的組織，他若曾加入，很有可能有一些對話與爭辯，必不會如此寂然無聲。其他人加入都有痕跡可見，為何獨他沒有？」楊翠亦明白表示，楊逵「對蔡孝乾也有意見，我聽他說過這點」。由於楊逵晚年最親近的家屬是楊翠，這些說法極具參考價值。

68 范泉〈記楊逵——一個台灣作家的失蹤〉中，提及楊逵曾親筆簽名贈書，應該是指一九四六年出版的日文小說集《鵞鳥の嫁入》（台北：三省堂台灣分店，一九四六年）。參考橫地剛作，陳映真、吳魯鄂共譯，〈范泉的台灣認識——四二二八事件後，范泉從台灣去的朋友處聽聞楊逵失蹤，曾感慨地寫出〈記楊逵——一個台灣作家的失蹤〉[69]。文中提及黃鳳炎（周夢江）致范泉，描述楊逵鯁直個性的書信，並稱讚戰前楊逵以日文創作時，不曾為日本軍閥的侵略政策宣傳，戰爭結束短短兩年間，已能寫出非常鋒利的魯迅式的雜文，藉此表達如果楊逵在二二八事件中死去，將是中國與台灣文藝界損失的痛惜之情。一九四六年七月，中日文對照版《新聞配達夫（送報伕）》於台北的臺灣評論社上梓，楊逵特地題字並經人送往大陸，向中文版譯者胡風致意[70]。

戰後初期來台會見楊逵的大陸知識分子不少，若論及對台灣文壇的實質影響，則非合作編輯書刊者莫屬。根據楊逵的說法，這些編輯樂於和楊逵接觸的原因在於：

(1)「送報伕」經胡風翻譯，收入「世界弱小民族作品集」，當年流行大陸，他們想必讀過。

(2)光復後，我即編「一陽週報」，並翻譯魯迅、沈從文、茅盾等人作品，日中文對照出版，他們由此認識我。[71]

由於《一陽週報》發行時間不長，楊逵翻譯出版魯迅等人的著作又在一九四七年以後，戰後之初來到台灣的外省籍人士，主要還是透過胡風的〈送報伕〉中文翻譯得知楊逵其人[72]。王思翔就說過，因為〈送報伕〉胡風譯本的刊行，楊逵的名字在三〇年代就廣為大陸讀者所知。一九四六年春天當他以報社記者身份剛到台灣時，便託人邀約楊逵相見[73]。

從現有資料來看，王思翔應該是二二八事件之前，與楊逵往來合作最為密切的大陸來台人士。根據王思翔的現身說法，當年之所以來台，係因一九四五年秋揭發家鄉浙江平陽縣長的苛政與貪污，被誣指為共產黨頭目，不得不逃離家鄉。後偕同表兄弟周夢江，以及浙江義烏出身的朋友樓憲輾轉抵達台灣，任職於《和平日報》。《和平日報》原為台中駐軍的《掃蕩簡報》，一九四六年五月正式在台中創刊。雖然名義上為國防部的機關報，由於缺乏南京《和平日報》本部與台灣軍方的奧援，台灣版《和平日報》成為半官方的地方報紙，必須反映地方讀者的意見與要求，復因謝雪紅安排親信楊克煌等人進入報社工作，以及報社高層與陳儀分屬國民黨內不同派系，使

十年代後期台灣的文學狀況〉，陳映真主編，《告別革命文學？——兩岸文論史的反思》（台北：人間出版社，二〇〇三年），頁九六。

69 范泉，〈記楊逵——一個台灣作家的失蹤〉，《文藝叢刊第一輯：腳印》（上海）（一九四七年十月），頁一六—一七。筆者研究用影本由橫地剛先生提供，謹此致謝。

70 參考王思翔，〈楊逵．《送報伕》．胡風〉，葉芸芸編，《台灣舊事》，頁八八。

71 楊逵口述，王麗華記錄，〈關於楊逵回憶錄筆記〉，《楊逵全集　第十四卷．資料卷》，頁七四—七五。引文中的「世界弱小民族作品集」為楊逵誤稱，正確書名應為《弱小民族小說選》。

72 除了以下所引王思翔的說法外，為刊載於《臺灣文學叢刊》第三輯的〈模範村〉，根據已有的中文譯稿進行改寫的蕭荻，憶及戰後結識楊逵的經過時曾說：「我在上海時已讀過胡風譯介的楊逵名作〈送報伕〉作品，對他心儀已久。」蕭荻，〈回憶與反芻〉，曾健民主編，《那些年，我們在台灣……》，頁一一。

73 王思翔，〈憶楊逵〉，葉芸芸編，《台灣舊事》，頁九五。

得該報勇於抨擊台灣當局，而受到民眾的歡迎[74]。

為爭取台中社會名流廣泛的支持，《和平日報》敦聘楊逵等台中文化界知名人士為「特約撰稿人」[75]，並由楊逵主編「新文學」欄[76]。第一期中，由樓憲和王思翔共同執筆的〈一個開始．一個結束〉[77]，談到日治時期的台灣文學時，一方面稱讚在日本強制灌輸軍國主義，以及出版檢查、壓迫作家等高壓手段下，屹立在這不幸土地上的作家，已經用優秀作品為台灣文學寫上一點光榮的歷史；另一方面，對更多作者和著作因受過重的壓迫，不免有若干歪曲的事實，則表示雖然應該「寄予同情」，也要來一次嚴格的清算與深刻的反省。兩人並倡議新的台灣文學必須歸依於民主主義，到人民中間去，寫出人民的思想，以現實主義作為武器，以文藝工作者的組織為中心，培養廣大的文學青年，藉由集體行動以完成新文學的任務。

一九四六年八月十五日，王思翔、周夢江、樓憲以《和平日報》資料室內，一般人不易見到的大陸報刊為基礎，經由謝雪紅的支持創辦《新知識》[78]。楊逵在此發表〈為此一年哭〉，傳達戰爭結束一年來對政府的失望與不滿。然而雜誌才印好，即因內容觸犯當局忌恨，被台中市政府以未經批准登記的藉口查封。在張煥珪的資助下，王思翔再接再厲，與楊逵合編《文化交流》雜誌，一九四七年一月十五日正式創刊。二二八事件爆發後的三月初，王思翔與楊逵負責每日暫時出版《和平日報》半張，以省市新聞為主要內容，在市內發行。大陸派來的政府軍登陸後，王思翔、周夢江與樓憲為避禍而逃回大陸[79]，和平日報社遭到查封，《文化交流》也面臨腰斬的命運。《文化交流》雖僅出版一輯，整體精神頗能反映戰後的時代氛圍。封面為耳氏（陳庭詩）的漫畫「奶！奶！」，以一個仍穿著開襠褲，背後有「台湾」兩字的小孩，投向寫著「祖國」的母親懷抱，反映出台灣再度收入中國版圖的歷史背景。華山所刻〈仇（日軍的暴行）〉與李樺的木刻〈疎散〉，則是對殘酷戰爭的回顧與批判。此外，鳳炎（周夢江）〈台灣史話〉表現出大陸來台作者，對於台灣歷史的好奇與興趣。然將台灣原住民視為長期滯留在野蠻時代的落後民族[80]，

74 王思翔，〈台灣一年〉，葉芸芸編，《台灣舊事》，頁一一—一三及頁一五—二一。周夢江，〈舊事重提——記《和平日報》〉，《台灣舊事》，頁五八—六二。

75 除楊逵外，被聘為《和平日報》特約撰稿人的還有：林獻堂、黃朝清、莊垂勝、葉榮鐘、張信義、張文環、張煥珪、謝雪紅等人。王思翔，〈台灣一年〉，葉芸芸編，《台灣舊事》，頁一六、一八。

76 王思翔與周夢江的回憶中，均未明確提及楊逵曾編輯「新文學」欄。有關楊逵編輯該欄的說法，係參考林梵，《楊逵畫像》，頁一四五；河原功作，楊鏡汀譯，〈楊逵的文學活動〉，《文季》二卷五號（一九八五年六月），頁五〇。

77 樓憲、張禹（王思翔），〈一個開始．一個結束〉，《和平日報．新文學》一期，一九四六年五月十日。

78 謝雪紅不僅以金首飾支付部分印刷費，《新知識》中並刊有與謝雪紅同居的楊克煌以「楊清華」筆名，以及由楊克煌代謝雪紅執筆而以「斐英」筆名發表的兩篇文章。後來雜誌被查禁，因印刷店老闆幫忙而留下的兩百份，其中一百五十份由謝雪紅祕密分發。王思翔，〈台灣一年〉，葉芸芸編，《台灣舊事》，頁二九。周夢江，〈緬懷謝雪紅〉，《台灣舊事》，頁一二三—一二四。周夢江，〈懷念亡友楊克煌〉，《台灣舊事》，頁一三七。

79 王思翔，〈台灣一年〉，葉芸芸編，《台灣舊事》，頁二八—三〇及頁三四—三六。

80 周夢江認為，「以整個蕃族社會來說，他們的社會組織還是非常的原始，他們的生產手段還是非常的落後，到今天為止，他們還不知道熔鐵和煮鹽，仍舊長期的滯留在社會進化史上的野蠻時代中級階段中，不能進一步發展到高級階段」。鳳炎（周夢江），〈台灣史話〉，《文化交流》一輯（一九四七年一月），頁三四。

卻又刻意強調其與中國南方民族血緣上的關連，隱約可見中華民族主義的文化優越感。

值得注意的是為避免重蹈《新知識》遭查禁的覆轍，《文化交流》設定不談政治，只介紹大陸與台灣文化的原則，主要目的仍在傳播新知識與新思潮[81]，因此所刊載篇章多有弦外之音。例如由王思翔組稿的大陸文化部分，許壽裳藉〈國父孫中山先生和章太炎先生——兩位成功的開國元勳〉，感嘆「中國境內各民族一律平等」，與「實施憲政，還政于民」未經實施，甚且「民不聊生」，傳達三民主義的革命理想仍未完成的缺憾[82]。管明〈老莊學說的分析〉，批判老子「痛絕農民的反抗與騷動」，莊子「只有純粹個人的達觀主義」[83]，表現重視社會底層與入世淑世的立場。另有謝燕堂〈介紹中國現代作家——茅盾〉，簡介茅盾的文學成就，及居中媒介中國與蘇聯的文學交流。于人（王思翔）〈「抗戰八年木刻選集」評介〉，則說明木刻藝術所呈現抗戰時期可歌可泣的歷史，亦宣揚魯迅作為中國木刻藝術播種者的貢獻。負責主編台灣文化部分的楊逵，除策畫「紀念臺灣新文學二開拓者」專輯，以魯迅比擬林幼春、賴和在台灣文學史上的重要地位，重建日治時期的台灣文學史；另執筆〈阿Q畫圓圈〉，諷刺「禮義廉恥之邦」（中國）失信於台灣人民。如果說標榜林幼春和賴和的抗日之志，是楊逵去殖民意志的展現；〈阿Q畫圓圈〉則是借用魯迅名著〈阿Q正傳〉，抗議陳儀政府對台的不當統治[84]。

二二八事件後的一九四七年八月一日，《臺灣新生報》增設「橋」副刊，主編為畢業於上海復旦大學的歌雷。一九四八年三月十五日歌雷在「橋」第九十期刊出〈橋的短信〉，請楊逵以日文重寫所投稿的〈如何再建臺灣文學〉，並表示翻譯時將再把原投稿的篇章內容充實進去。三月二十二日「橋」刊登〈歡迎本省作家投稿〉的啟事。三月二十六日歌雷在「編者・作者・讀者」欄，公開邀請楊逵參與主題為「『橋』的路」的第一次作者茶會。三月二十八日楊逵出席茶會，並呼籲作者應到人民中間去觀察，本省與外省作者應當加強連繫與合作[85]。三月二十九日「橋」刊載由孫達人翻譯，並已綜合楊逵中、日文篇章的〈如何建立臺灣新文學〉。緊接著「橋」副刊以這篇文章為主題，迅速召開第二次作者茶會。總計作者茶會共召開九次，其中多次主題與台灣文學的發展直接相關[86]。而楊逵〈如何建立臺灣新文學〉發表後，也引發了台灣文學重建論爭，

81 周夢江，〈曇花一現的《中外日報》〉，葉芸芸編，《台灣舊事》，頁七二。王思翔，〈台灣一年〉，《台灣舊事》，頁二九。

82 許壽裳，〈國父孫中山先生和章太炎先生——兩位成功的開國元勳〉，《文化交流》一輯，頁一五—一六。

83 管明，〈老莊學說的分析〉，《文化交流》一輯，頁三〇—三一。

84 楊逵詮釋〈阿Q畫圓圈〉的意義時曾說：「因為陳儀那幫人，欠缺一個『信』字，因此，在台灣社會上激盪成一股暗流。這篇文章，不是我個人的主觀，而是當時每個人都感覺到的。」楊逵，〈我的卅年〉，《楊逵全集　第十卷・詩文卷（下）》，頁四三五。

85 〈橋的路——第一次作者茶會總報告（及百期擴大茶會論題徵文）〉，《臺灣新生報・橋》百期擴大號，一九四八年四月七日。

86 除了第二次的「如何建立臺灣新文學」之外，第三次作者茶會的主題是「臺灣文學之路」、第四次「臺灣新文學的道路」、第九次「總論臺灣新文學運動」。《臺灣新生報・橋》一〇五期，一九四八年四月二十三日；一一三期，一九四八年五月十二日；一二九期，一九四八年六月二十一日。

作家們不分省籍熱烈討論台灣文學未來的路向。

楊逵與歌雷的密切互動，不僅促使「橋」副刊向台灣作家開放，在楊逵特意提攜之下，本地青年作者紛紛發表創作，文壇的生態亦因此有所轉變。例如林曙光經由楊逵介紹認識歌雷後，獲邀投稿並翻譯台籍作家的日文稿件，歌雷也在林曙光編輯的學生刊物《龍安文藝》發表作品[87]。由於龍安文藝社的成員幾乎全是台語戲劇社的社員，此舉可說是歌雷對於本省籍青年作者的支持。歌雷還聘請葉石濤、陳顯庭、葉瑞榕協助編務[88]，把「橋」的影響力從台北向台南延伸[89]。毫無疑問，「橋」是二二八事件之後島內作者交換意見的主要據點。歌雷也以此具體實踐〈刊前序語〉所言：「橋象徵新舊交替，橋象徵從陌生到友情，橋象徵一個新天地，橋象徵一個展開的新世紀」[90]，以「橋」副刊作為溝通省內外的橋梁之目的。

「橋」上的論爭仍持續進行之際，一九四八年八月二日《台灣力行報》開闢「新文藝」副刊[91]。該報創辦人為張友繩，一九二二年生於浙江浦江，曾入伍為青年軍，戰後以《掃蕩報》與《大公報》通訊記者身分赴新疆，卻遭到囚禁的命運，又遭逢伊犁事變，輾轉求救才得以返鄉。二二八事件之後，有志於從事文化工作而來台，承購已遷移至台北的原《和平日報》台中廠址，以既有之設備與工人為基礎，加上復原的青年軍同志為班底，於一九四七年十一月十二日創刊四開三日刊的《台灣力行報》，一九四八年八月一日起改為日刊。可能是為了擴大地方影響，爭取台中在地讀者的支持，張友繩邀請楊逵主編「新文藝」副刊[92]。

「新文藝」開設的時間點，與八月十日創刊的《臺灣文學叢刊》極為接近，同樣是楊逵文學

理念的實踐園地。然而《臺灣文學叢刊》的執筆人來自不同世代，日治時期成名作家除了主編楊

87 歌雷發表的作品是〈森林．清晨．隨筆〉，刊於《龍安文藝》一期（一九四九年五月），頁一二─一五。《龍安文藝》為省立師院（今之「國立臺灣師範大學」）的學生刊物，卷末出版日期為一九四九年五月二日，依照當時的出版習慣，實際出刊時間是在一個月前的四月二日。由於甫出版即遭逢四六事件，執筆者中的朱實被當局列入通緝名單，為避免牽連無辜，社員決定全數焚毀。經過五十四年的漫長時間，未被焚毀者終於在二〇〇三年挖掘出土。蔡德本，〈《龍安文藝》終於找到了〉，《文學台灣》四六期（二〇〇三年四月），頁一七五─一七七。

88 參見「編者．作者．讀者」欄之〈南部的橋〉，《臺灣新生報．橋》二二四期，一九四九年二月十八日。

89 詳情請參閱筆者，《左翼批判精神的鍛接：四〇年代楊逵文學與思想的歷史研究》，頁三六九─三七三。以上論述除根據筆者所掌握的史料外，亦參考許詩萱，《戰後初期（1945.8-1949.12）台灣文學的重建──以《台灣新生報》「橋」副刊為主要探討對象》，頁五六─五八。

90 歌雷，〈刊前序語〉，《臺灣新生報．橋》一期，一九四七年八月一日。

91 「新文藝」原為每逢星期一出刊的週刊形態，十月十九日為星期二出刊，十月二十二日為星期五出刊。自十月二十四日（星期日）的第十四期起為三日刊，十月二十八日起每逢星期一、四出版，十二月十九日的第三十期為週日出刊，以後情況不明。台灣僅見由國立公共資訊圖書館保存的一九四八年五月至七月的《台灣力行報》，筆者手中掌握的「新文藝」副刊，是由河原功先生提供《楊逵全集》編譯計畫之用，其中包含河原功先生收藏的第二十六期之部分內容，以及橫地剛先生影印自北京圖書館的前二十期（缺第十八期），黃英哲教授亦提供了第七期與第九期。由於一九四九年四六事件中，《台灣力行報》自發行人以下連同楊逵均遭逮捕，推測「新文藝」副刊持續發刊至該報停刊為止。

92 以上有關張友繩生平與創辦《台灣力行報》的相關描述，參考徐秀慧，〈二二八事件後楊逵的文化活動與《力行報》副刊研究〉，陳器文主編，《2005台中學研討會──文采風流論文集》，頁八三─八七。

逵之外，還有蔡秋桐、楊守愚、吳新榮、王詩琅、廖漢臣、楊啟東六位，新生代作家則有呂訴上、葉石濤、林曙光、朱實、張彥勳五位；「新文藝」副刊的台灣作家除了主編楊逵外，吳新榮（史民）、楊啟東的作品僅見於第一期，其餘以當時仍為文學青年的葉石濤、志仁，以及「銀鈴會」的蕭金堆（淡星）、朱實、子潛（許育誠）、紅夢（張彥勳）、有義（張有義）等年輕一代為主，可見兩者的編輯策略確實有別，「新文藝」副刊在提攜本地文學新秀方面做出更多的貢獻。

除此之外，不可忽略的是由金華智[93]主編的《台灣力行報》「力行」副刊，對楊逵文學主張的回應。一九四八年五月十七日「力行」刊登楊逵的公開信〈尋找文學之路〉，徵求發展健全台灣文學的相關意見。五月二十日，在〈對如何建立臺灣新文藝的幾個基本問題的認識〉中，呼籲各報副刊多多收容日文稿件，然後譯成中文發表。六月一日刊出志仁〈寫作與生活〉，呼應楊逵提出的現實主義文學觀。八月一日，介紹甫出版的《臺灣文學叢刊》第一輯的主要內容，並以「文藝通訊」名義刊載楊逵所主持，由《台灣力行報》主辦的第一次新文藝座談會，將在省立臺中圖書館舉行的消息，並預告討論重心包含：一、以往本省各報副刊（尤其是「橋」副刊）上所討論台灣新文學運動爭論的總檢討，決定確定性的文藝路線。二、實踐文藝新路線的技術與批判觀念的建立。三、參閱楊逵編輯的《臺灣文學叢刊》創刊號，對刊載作品進行檢討與批評[94]。楊逵所主持「新文藝」亦與「力行」互轉部分篇章的內容刊載[95]，顯示楊逵與「力行」主編金華智有緊密的聯繫，不僅以稿件互相支援，也共同推動台灣新文學的重建[96]。

五、楊逵對中國文壇的隔海呼應

戰後台灣與大陸同屬中國領土，楊逵不僅有更多機會閱覽中國文學創作，也透過自己編輯的《一陽週報》、《和平日報》「新文學」、《台灣力行報》「新文藝」等雜誌與報紙副刊，向台灣民眾介紹大陸文壇的現況與作品。其間的一九四七年一月起，楊逵策畫的「中國文藝叢書」陸續出

93 根據徐秀慧訪談《台灣力行報》創辦人張友繩的結果，「力行」副刊主編為大陸來台的金華智。由於曾是張友繩在新疆的青年軍同學，因而來到台灣協助張友繩辦報。徐秀慧，〈二二八事件後楊逵的文化活動與《力行報》副刊研究〉，陳器文主編，《2005台中學研討會——文采風流論文集》，頁九三。

94 預告座談會舉辦時間為八月七日，不過後來真正舉行時間為八月十四日。由於新文藝座談會之舉辦乃配合《臺灣文學叢刊》（「力行」副刊稱之為「文藝叢刊」）正式創刊之宣傳，應是由於《臺灣文學叢刊》出刊時間延至八月十日而改期。〈楊逵先生主持／本報文藝座談會／首次假市圖書館舉行〉，《台灣力行報．力行》八六期，一九四八年八月一日。

95 例如志仁〈覺醒〉原在「力行」副刊連載（始於七十一期，一九四八年六月十六日），只有第十五部分轉至「新文藝」二期（一九四八年八月九日）刊登；葉石濤短篇小說創作〈歸鄉〉上半在「新文藝」三期（一九四八年八月十六日）發表，下半則轉至「力行」一〇二期（一九四八年八月十七日）刊完。

96 以上有關「力行」與「新文藝」兩副刊間的關係，詳情請參閱筆者，《左翼批判精神的鍛接：四〇年代楊逵文學與思想的歷史研究》，頁三一八及頁三六〇—三六一。

版。由於跨越二二八事件前後而出版的這套叢書，是作為同一系列而發行，本書第四章將針對編輯策略進行分析，此處暫且不論。其餘三份報刊則以二二八事件為分界點，逐一說明刊登的篇章內容及其精神[97]。

首先，一九四五年戰爭結束後不久創刊的《一陽週報》，目前已出土資料所刊載的中國現代文學，僅見茅盾的短篇小說〈創造〉一篇。敘述名叫君實的青年，由於找不到性情見解相同的女性為妻，決定娶進一塊可供琢磨的璞玉，親手雕琢來「創造」理想的夫人。但是在誘導妻子嫻嫻留心政治與時事，閱讀自然科學、文史哲與現代思潮等各類書籍，並接觸唯物論的思想之後，嫻嫻的女性自覺與政治意識逐漸醒覺，無法認同「夫者天也」的傳統觀念，轉型成為擁有自己的思想與行動，不再亦步亦趨追隨丈夫的新女性。視認真看待「全民政治」為胡鬧的君實，反倒因思想過於保守，而落在不斷前進的妻子之後。小說中對男性沙文主義的深刻嘲諷，反映楊逵傳布民主新思潮與反對封建思想，從左翼觀點出發以仲介中國文學的立場。

一九四六年五月十日《和平日報》開闢「新文學」欄，中日文並刊，至八月九日停刊為止的三個月間，總計刊行十四期，每一期都有與大陸藝文界相關的篇章。介紹大陸文壇近況方面，第一期即轉載〈中華全國文藝協會上海分會成立宣言〉，表明繼承「中華全國文藝協會」前身「中華全國文藝界抗敵協會」八年團結堅守崗位的傳統，為中國人民的自由幸福而奮鬥，並承諾今後的作品要表現和平、團結、民主的主題，以至誠督促政府開放言論、出版的自由，在未來開出民主文藝的燦爛花朵。第二期刊出中華全國文藝界抗敵協會總會〈慰問上海文藝界書〉，代表大後方及解放區的作家與文藝工作者們，向上海文藝界抗戰時期的不屈不移致以慰問之意，並請求協助調查文化漢奸與蒐集證據。後附上海文藝界代表鄭振鐸等二十四人的〈覆書〉，對於慰問表達感謝之意。另外，節錄自蘇聯戈爾巴托夫致戈寶權先生的信件〈他人所寄望於我們者〉，傳達這位蘇聯對外文化協會文學部副主席，願與中國作家建立更密切的聯繫，促成兩國文學訊息與作品交流的心意。第六期刊出的趙景深〈山城文壇漫步〉，以漫談的方式歷數抗戰時期安徽立煌文壇的重要成果。第十二期的藝文消息〈茅盾編文學叢書／翦伯贊貧病交迫〉，則是介紹茅盾計畫編輯「大同文學叢書」，沈從文已從昆明抵達上海，以及名歷史學家翦伯贊返滬後身罹重病，由《文匯報》開始上海市民紛紛解囊援助的訊息。

文藝評論方面，豐子愷〈藝術與革命〉以革除盲目崇拜皇帝的習慣，知道平等自由才是人類本身的真相，於是發起革命鏟除專橫壓迫者為例，說明這就是藝術的要點與革命精神。節錄自艾青《詩論》的〈關於詩〉，重點包括詩人必須在生活實踐裡汲取創作的源泉，詩人的烏托邦願景包括人民是國家真正的主人等。老舍〈儲蓄思想〉認為文藝並不是天才的專利品，要寫文藝作品必須先儲蓄思想；若任由感情奔放，寫出來的也許只是傷感或成見，與當代人類的苦難與幸福無關。臧克家〈假詩〉批評在虛偽的社會裡連詩都是假的，真正的詩應當是從真的生命裡流出來，貫串起古今，應和著時代。許傑（士仁）的兩篇文章——〈獻身文學的精神〉與〈文藝教育

---

97 以下所述各篇發表之先後順序與情況，請參閱本書之「附錄一：戰後初期楊逵轉載中國新文學一覽表」。

論〉，前者認為文學是接近人生，而且有益於個人與社會的事業，並強調從事文學的起碼條件，就是需要有獻身於文學的精神。後者以文藝工作應該負起與政治、教育同樣轉移社會風氣，甚至改造社會的任務，主張文藝工作者一方面須用生動的筆墨、形象化的技巧，描繪複雜多樣的人生，使人們接受正確的人生見解與是非評價；另一方面，在現實社會中找尋典型的人生，以暴露黑暗並預示光明。

此外，還有兩篇在高爾基逝世十周年紀念會上的談話紀錄。茅盾〈高爾基的作品在中國〉指出蘇俄作家高爾基的現實主義文學，對五四以來的中國文藝界有深刻之影響，並推崇高爾基為追求真理而遭受過無數次的迫害，在艱苦生涯中仍然不斷鬥爭的精神。艾蕪〈高爾基的小說〉推崇高爾基初期浪漫主義的小說，不只是歌頌自由與反抗，也讚美為大眾謀幸福的英雄；後期現實主義的小說則是嚴厲地批判現實，也指出光明的道路，並描寫了革命的新人物，結尾強調高爾基看出能夠改變現實的主要動力，即無產階級所進行的革命。

創作方面，黎丁〈我活着，我看到了勝利——寄臺灣友人〉寫於一九四六年五月十五日，可能也是從大陸報刊轉載而來。內容描寫迎接抗戰勝利的興奮，並表示從今起要再縱橫自己的筆桿。艾青〈詩人〉乃為配合紀念詩人節的「詩專號」而刊載，以詩歌的形式歌頌詩人的作用，包括使屈服者反抗等。何其芳作於一九四〇年的兩首詩歌中，〈工作者的夜歌〉邀請年輕人共同製造人類幸福的未來，〈叫喊〉展現願與受了打擊而不垂頭喪氣，遭遇困難而不放棄鬥爭的人們，一起叫喊前進的意志。陳殘雲〈走人民的道路〉謳歌中國人經歷八年抗戰，終於贏得自由幸福與勝利，就要在殘破的土地上建設民主、科學、富強康樂的新國度。劉白羽〈飢餓〉敘述在制高點的太行山裡，死守陣地的中國軍人與貧弱的老百姓合作，不分男女老少，忍耐著疲乏與飢餓之苦，以僅有的四支步槍投入武裝抗日的故事。郭沫若〈慈悲　外一章〉摘錄自〈斷想四章〉中的最後兩章，分別是批判美國帝國主義侵略中國的〈慈悲〉，詛咒自己對中國人民的哭聲與怒吼置若罔聞的〈詛咒〉。

綜合看來，執筆者除茅盾、郭沫若、艾蕪曾經是中國左翼作家聯盟的重要成員，當時並已兼具中國共產黨員身分之外，艾青、陳殘雲、劉白羽等人也都是已加入共產黨的左翼作家。若考察轉載來源，介紹大陸文壇的篇章除了〈山城文壇漫步〉簡介安徽立煌文壇之外，其餘都與上海文化界密切相關。事實上，該篇作者趙景深時任復旦大學教授，文學評論〈假詩〉的作者臧克家在上海居住，兩人的文章應該也都是在上海發表。再者，兩篇與高爾基相關的談話紀錄，來自於一九四六年六月在上海舉行的高爾基逝世十周年紀念會；一九四六年七月二十六日刊出的郭沫若〈慈悲　外一章〉，則是轉載自同月十五日上海的《文匯報》。儘管其他轉載的創作來源仍有待查考，以目前所知多取自上海的報刊。由於戰前楊逵與中國作家不曾有任何聯繫，戰後台灣當局又嚴格管制大陸書報的進口，推測這些文學資訊很可能是來自《和平日報》的資料室[98]，王思翔在

98 王思翔回憶中曾提及，戰後初期台灣當局嚴格限制大陸書報進入，王思翔與周夢江因《和平日報》資料室的方便，經常可以看到來自大陸的報刊，其中有不少與官方持不同觀點，一般台灣人則無法看到。推測楊逵主編「新文學」的稿

大陸的人脈關係很可能也有所貢獻[99]。

一九四八年八月起，楊逵以《台灣力行報》「新文藝」副刊與《臺灣文學叢刊》，繼續中國文學相關篇章的選刊與介紹。其中，以刊載台灣文學創作為主的《臺灣文學叢刊》，僅在一九四八年九月十五日發行的第二輯，選錄發表於大陸的作品——一九四七年十一月上海《文藝春秋》「邊疆文學特輯」刊出的〈沉醉〉。這篇小說取材自作者歐坦生在台灣生活的親身見聞[100]，曾被楊逵公開推崇為「『臺灣文學』的一篇好樣本」[101]。故事敘述一位年輕的台灣女傭，細心照料在二二八事件中受傷嚴重的外省知識分子，卻遭到對方始亂終棄的不幸命運。由於《文藝春秋》已在一九四七年七月於台北設立總經銷店[102]，楊逵應該是在台灣讀到這篇小說而加以選錄。

「新文藝」副刊部分可確定轉載來源者，一九四八年八月二十三日同時刊登的徐中玉〈作家的進步〉、姚理〈怎樣看今日的詩風〉與石火〈文藝漫談〉三篇，來自同年七月三十一日至八月十四日南京的《展望》週刊第二卷第十三至十五期；一九四八年八月三十日刊出的嘯風〈選舉〉，轉載自同年七月二十四日南京的《大學評論》周刊第一卷第三期，一九四八年九月二十日至二十七日分兩期連載的適夷〈林湖大隊〉，出自一九四八年三月香港刊行的《文藝的新方向》[103]；一九四八年十月四日刊登的茅盾〈馬爾夏克談兒童文學〉，選自一九四八年四月出版的《蘇聯見聞錄》[104]，都是同年間大陸文人才發表的新作。

文藝評論的內容方面，徐中玉〈作家的進步〉一開頭，即引羅曼羅蘭一九三七年寫給蘇聯青年工人作家維而涅夫的一封信，有關作家不能僅僅從事於文學，在還不是社會主義的國家裡，詩人僅能使自己有錢與有閒說起，認為詩人們應該要沒入「人民的海洋」，喜其所喜，哀其所哀，從「人間烟火」中去掘出真實的詩來。接著以美國的革命作家菲列潑（William Phillips）所說，

件來源，極大部分就是來自於資料室的大陸書刊。王思翔，〈台灣一年〉，葉芸芸編，《台灣舊事》，頁一八。

99 王思翔曾為《文化交流》向上海文化界名人，也是楊逵主編《和平日報》「新文學」欄作者中的許傑、趙景深等人寫信約稿，因此推測楊逵可能也透過王思翔等外省來台編輯取得部分稿件。參考王思翔致葉芸芸的書信，〈戰後初期的台中文化界〉，葉芸芸編，《台灣舊事》，頁七八。

100 楊美紅〈來自現實人生的吶喊——丁樹南（歐坦生）訪談錄〉中說歐坦生：「來到台灣後，剛好遭逢二二八事件，當時他住在農林廳的宿舍，便以那間宿舍下女的遭遇，寫出〈沉醉〉，描繪一位外省知識分子，如何逢場作戲，欺騙那位下女感情的故事。」見於《文訊》二二二期（二〇〇四年四月），頁一二一。

101 楊逵，〈「臺灣文學」問答〉，原載於《臺灣新生報．橋》一三一期，一九四八年六月二十五日，引自《楊逵全集　第十卷．詩文卷（下）》，頁二四七。

102 橫地剛作，陳映真、吳魯鄂共譯，〈范泉的台灣認識——四十年代後期台灣的文學狀況〉，陳映真主編，《告別革命文學？——兩岸文論史的反思》，頁九八。

103 這些從南京與香港轉載來的篇章，刊出時多於篇末註明來源。唯石火〈文藝漫談〉文末註：「待明日刊完」，卻未見刊出；適夷〈林湖大隊〉則未有任何附註。橫地剛率先指出，這兩篇分別轉載自南京的《展望》與香港的《大衆文藝叢刊》，經查閱確認無誤。橫地剛作，陳映真、吳魯鄂共譯，〈范泉的台灣認識——四十年代後期台灣的文學狀況〉，陳映真主編，《告別革命文學？——兩岸文論史的反思》，頁一一九及頁一二六—一二七。

104 《蘇聯見聞錄》為曹靖華主編，中蘇文化協會編譯委員會編輯的「中蘇文協文藝叢書」之一，由上海的開明書店於一九四八年四月初版。

普羅作家要從讀者方去獲得煽動性和目的性，提出作家必須向廣大的人民代表——亦即讀者看齊的理念。最後提出作家想要作品讓人民感動，就必須了解人民時時變動的要求，腳踏實地為人民的利益而寫。因此作家不能單憑一己孤獨的幻想，而有與別人共同合作研究之必要，這是作家能夠進步的唯一保證。

姚理〈怎樣看今日的詩風〉審視已發展二、三十年的中國新詩，肯定當前向民間藝術學習，以異常樸素質直的語言書寫，內容是人民生活實錄居多的大眾化路線，並鼓勵愛好文藝的青年朋友動手記錄民間歌謠，創作大眾化的詩歌。文中除了歌頌屈原運用楚國方言與歌謠的自然韻律，提煉出新鮮活潑的詩歌體裁，締造了詩歌創作上的偉大成就之外，也提及陶淵明廣泛地把日常生活寫進詩裡，用自然的樸素語言創作出接近散文的詩篇，以及杜甫記錄時代與人民苦難生活的創作精神，將繼承中國詩歌的優良傳統作為詩創作的新路向。

石火〈文藝漫談〉則是解析「從人民中來，到人民中去」的意義，認為「從人民中來」的意思就是我是人民之一，我懂得人民的需要，所說是人民欲說而說不出的；「到人民中去」則是創作人民所需要的文藝，發揮文藝的戰鬥性結果，使文藝變成推動人類社會的物質力量。因此這句口號的先決條件是，作家必須在感受與認識方面高出於普通群眾。文中也提示人民的內容包含各行各業與學生、士兵等等，認為寫農工才是最前進的實為錯誤觀念。

至於茅盾〈馬爾夏克談兒童文學〉一篇，寫於一九四七年十一月五日，是茅盾專訪蘇聯作家馬爾夏克的第一手紀錄。主要從馬爾夏克如何透過巧妙的運用，使日常口語成為有生命、有力量的文學，以及他給小讀者們看到的是日日在發展的現實世界，說明馬爾夏克所創作與領導的全新的兒童文學，在形式與內容上的兩大特點。文末並述及馬爾夏克關於加強中蘇文化交流與中蘇兩大民族的友誼，應從兒童時代就開始的提議。

小說創作方面，適夷〈林湖大隊〉敘述帶槍的日本士兵闖進林湖村民家，強索酒食與女人，結果遭到山裡來的兩名自衛隊員制服，一死一傷。接著，前來查問兩名士兵下落的大隊日本軍人，不僅對拘禁的村民們虐刑鞭打，還在村子裡打槍放火。正當村子陷入一片火海之際，自衛隊召集民兵以寡敵眾，運用智慧嚇退了日本兵。被解救村民們紛紛加入民兵的行列，因人數眾多而組成林湖大隊，不久即立下顯赫的戰功。嘯風〈選舉〉則是講述一位經常強派捐款，硬拉壯丁的保長，以威脅利誘的手段從事競選活動，順利連任後即向反對者展開報復，逼迫對方不得不以武力進行抵抗。

楊逵在「新文藝」各期的〈歡迎投稿〉啟事中，曾說明其編輯理念為：「歡迎各種投稿，沒有內容的空洞美文不要。反映臺灣現實，而表現着臺灣人民的生活，感情，思想動向的有報告性的文字，特別歡迎。」前述轉載自同年間中國南京、上海，與英國殖民地香港左翼書刊的篇章，評論方面多著重文藝與現實人生的密切關聯，小說創作則採用現實主義的手法，或者如〈林湖大隊〉的團結反抗，或者如嘯風〈選舉〉的官逼民反。整體說來，轉載的篇章洋溢著關懷民生與文藝大眾化的精神。尤其同時刊登徐中玉、姚理、石火三人文章的第四期「新文藝」副刊中，亦有主編楊逵所執筆〈人民的作家〉，正面回應轉載而來的三篇評論，具體展現楊逵對中國左翼文學的密切關注，以及對於台灣現實主義文學的未來期許。

值得注意的是《台灣力行報》「新文藝」副刊轉載來源，包含《展望》與《文藝的新方向》。其中，《展望》雜誌為國民黨統治區域內，中國共產黨的重要文藝據點；《文藝的新方向》乃大陸作家荃麟、馮乃超所創辦《大眾文藝叢刊》的第一輯，該叢刊為中共香港工作委員會文委組織直接領導。楊逵不僅從這兩份推動共產黨文藝運動的刊物轉載作品，連載〈林湖大隊〉的該期起三度刊出啟事〈徵求「實在的故事」〉，又發表〈「實在的故事」問答〉呼應《大眾文藝叢刊》的「實在的故事」[105]，顯示不具備共產黨員身分的楊逵，認同中國共產黨現實主義的文藝理念。

六、結語

一九四五年八月十五日昭和天皇發表終戰詔書，公開宣布接受「波茨坦宣言」無條件投降。在臺灣總督執行天皇承諾的既定原則下，台灣由中華民國政府接收成為無可避免的命運。儘管戰爭一結束，楊逵立即籌組解放委員會，希望以自己的團體實際從事政治活動，由於本地領導階層與臺灣總督府的未予支持而遭受挫敗，於是楊逵轉而經營文化事業，以此致力於新台灣的重建。另一方面，戰後大陸的知識分子大舉來台，楊逵不僅有實際接觸大陸作家的機會，並得以透過彼此的合作，促進台灣文學與中國文學在台灣的實際交流。

雖然楊逵與大陸來台文藝工作者的合作交流，多在國民黨相關的報紙——軍系的《和平日報》、官方色彩的《臺灣新生報》、青年軍復原者創辦的《台灣力行報》，但合作的編輯中樓憲一九三〇年代參加過「中國左翼作家聯盟」，王思翔和周夢江來台前受過國民黨的迫害[106]。尤其王思翔所主編的《文化交流》有關大陸文化部分，包含許壽裳對三民主義理想未曾落實的感慨，周夢江於一九四七年三月四日在上海《文匯報》發表〈台灣最近物價的漲風〉[107]，直指物價飆漲的責任在於台灣當局，顯示王思翔、周夢江與樓憲三人當時雖然具備國民黨員的身分，卻都是反對國民黨腐敗政治的民主派人士。至於張友繩所創辦《台灣力行報》，儘管具有鮮明的反共色彩[108]，所標榜的三民主義信仰與和平建國的信念[109]，與楊逵建設自由、民主、均富、和平的台灣社會目

105 橫地剛作，陳映真、吳魯鄂共譯，〈范泉的台灣認識——四十年代後期台灣的文學狀況〉，陳映真主編，《告別革命文學？——兩岸文論史的反思》，頁一一九及頁一二七註七六。徐秀慧，〈二二八事件後楊逵的文化活動與《力行報》副刊研究〉，陳器文主編，《2005台中學研討會——文采風流論文集》，頁九七—九九。在此必須澄清的是「展望週刊社」的發行社址在南京，上海另有發行所。徐秀慧的論文中，將《展望》的發行地誤記為「上海」。

106 周夢江，〈舊事重提——記《和平日報》〉，葉芸芸編，《台灣舊事》，頁六〇。周夢江，〈緬懷謝雪紅〉，《台灣舊事》，頁一一九。

107 原文附錄於周夢江、王思翔著，葉芸芸編，《台灣舊事》，頁一五六—一五九。

108 由一九四七年十一月十二日的〈創刊獻詞〉中，歌頌「蔣公」奠定國家統一局面，領導抗日勝利，又批評「共匪」為一己利益，公然背叛三民主義，無異為全民公敵，即可見該報鮮明的反共色彩。

109 創刊當日頭版刊登的〈理想之邦（上）〉，一開頭即表達對太平盛世的想望，又標榜三民主義為理想之治。《台灣力行

標一致。

再從文學理念與實際做法來看，王思翔與樓憲共同發表的〈一個開始．一個結束〉，對日治時期台灣文學的同情與理解，倡議文學應以人民立場與民主主義為依歸，和楊逵隨後發表的〈文學重建的前提〉（〈文學再建の前提〉），針對「正確的文學運動」所說：「要繼承祖先的遺產，並經常與踏實的人民的現實生活密切地結合」，「期待自主性的文學團體的誕生」[110]等意見相互呼應。二二八事件之後，歌雷以《臺灣新生報》「橋」副刊的版面與作者茶會，提供不同省籍作家討論台灣文學的未來發展，以及「橋」副刊與《台灣力行報》延攬本地青年作家，收容並翻譯日文稿件的做法，協助年輕世代將創作順利轉換成中文發表，都有助於提振事件後消沉的文壇風氣。

對大陸來台編輯群而言，與台灣知名作家楊逵合作，可能是吸引本地讀者閱覽報紙的有效策略，但也促使楊逵的左翼文學理念，有更多可以揮灑的空間。當時楊逵所刊登中華全國文藝協會相關書信，與介紹中國文壇的歷史和近況等篇，應當有助於台灣民眾認識中國文藝界的成果與動向。經由楊逵之手所轉載文學評論強調的生活實踐，為人民而寫，文學必須肩負改造社會的任務等見解，都與楊逵現實主義的文學理念相符。文學創作則洋溢著在逆境中奮鬥，誓死抵抗強權的高昂鬥志，以及追求民主與美好未來的期待，呈現楊逵日治時期創作〈送報伕〉、〈頑童伐鬼記〉、〈撲滅登革熱〉（〈デング退治〉）等篇中，團結眾人的力量反抗壓迫者終必獲得勝利的信念。〈慈悲　外一章〉對美國帝國主義的不滿，則寄寓批判依附美國政府的國民黨政權之意。至於節錄蘇聯戈爾巴托夫欲與中國文藝界合作的信件，刊載兩篇紀念社會主義現實主義文學開創者高爾基的紀念文稿，以及茅盾訪問蘇聯兒童文學作家馬爾夏克的紀錄，在在傳達楊逵對於共產世界蘇聯文學的持續關注。整體而言，由楊逵所篩選的篇章依然可見左翼的批判精神，跨越二二八事件而輝耀其間。

一九四六年五月二十四日楊逵發表〈臺灣新文學停頓的檢討〉時曾經指出，台灣新文學停頓的原因根源於包辦主義，並提出消弭文學停頓的方法：第一步是民眾以自身的力量保障言論、集會、出版、結社的自由。第二是在創造自己新的文、言一致前的過渡時期，立刻成立一個強而有力的翻譯機構，負責譯介各自以方便的語言所寫成的作品。第三是創造以大眾的支持為基礎、公正不偏的舞臺。第四是以作家的交流、刊物的交換與作品的交換，讓中國與台灣島內文化交流。最後是文藝工作者必須自動自發地大團結，成立自主、民主的團體[111]。楊逵與大陸來台文藝工作者的團結合作，在報紙副刊開闢新的發表園地，從大陸報刊轉載左翼陣線民主主義的創作，與王思翔共同編輯《文化交流》以促進大陸與台灣文化的交流，向大陸來台讀者介紹林幼春、賴和所

報》，一九四七年十一月十二日，一版。

110　楊逵，〈文學重建的前提〉，原載於《和平日報・新文學》二期，一九四六年五月十七日，引自《楊逵全集　第十卷・詩文卷（下）》，頁二二五—二二六。

111　楊逵，〈臺灣新文學停頓的檢討〉，《楊逵全集　第十卷・詩文卷（下）》，頁二二四—二二五。

代表的本地文學傳統，以及一九四八年八月二日起，楊逵在自己主編的《台灣力行報》「新文藝」副刊，陸續發表〈臺灣民謠〉、〈上任〉等多篇台灣話文歌謠，都是前述意見的一步步實踐。

值得注意的是《和平日報》「新文學」欄採用多位左翼作家的作品之後，楊逵在《台灣力行報》主持「新文藝」副刊期間，持續刊載中國左翼知名作家（例如茅盾）之作品[112]，尤其迅速轉載大陸與香港左翼書刊之內容，以「實在的故事」與對岸現實主義文學遙相呼應，顯示該刊不只有培養台灣青年作家之目的。當時的楊逵未必清楚認知到轉載來源中，《展望》與《大眾文藝叢刊》與中國共產黨有關，但兩本期刊的左翼立場以及《大學評論》所標榜：「本刊本進步的知識分子的立場，亦即中國大多數勞苦人民的立場，持客觀、理性、批判的態度，發為公正言論，以促進中國經濟平等及政治民主為宗旨」[113]，都與楊逵的理念不謀而合。推測楊逵很可能想藉由作品與意見的交流，與中國左翼文學形成聯合的統一陣線[114]。在經歷二二八事件死裡逃生的恐怖經驗之後[115]，楊逵不但沒有被統治階級的壓迫擊倒，反而藉由「新文藝」副刊進一步展現，與國際左翼文學結盟更為旺盛的企圖心。

一九四九年間楊逵與外省籍的編輯朋友們共組文化界聯誼會，由楊逵負責起草〈和平宣言〉。這篇刊載於一九四九年一月二十一日上海《大公報》上，以「台灣人關心大局／盼不受戰亂波及／台中部文化界聯誼會宣言」為標題，呼籲政府防止大陸上的國共內戰波及本省，使台灣成為和平建設示範區的文章，觸怒了即將就任台灣省政府主席的陳誠。四月六日，為中華民國政府撤退來台預作準備，逮捕各界異議份子的行動在全島同步展開，楊逵被捕。經過一年的軍法審判，以「共匪」在北平鼓吹局部和平時撰擬〈和平宣言〉，有利於叛徒之宣傳為由，處徒刑十二年[116]。日治時期的文學傳承，因楊逵入獄而正式宣告中斷[117]。四六事件中歌雷與張友繩同遭逮捕，「橋」副刊與《台灣力行報》也就此走入歷史。戰後台灣蓬勃一時的左翼文學，因政治力的強行介入瞬間歸於沉寂。

112《力行報》「新文藝」刊有適夷（樓適夷）的作品，徐秀慧誤認適夷為曾與楊逵共同編輯《和平日報》，二二八事件後逃亡大陸的樓憲（筆名尹庚），因而指稱楊逵未在文後加註轉載出處，其中應該有政治敏感的考量。由於樓適夷曾是中國左翼作家聯盟的重要成員，「新文藝」副刊還轉載知名左翼作家茅盾的作品，因此徐秀慧所謂二二八事件之後，楊逵不再轉載大陸負有盛名的左派作家之作品，顯然是錯誤的。徐秀慧，〈二二八事件後楊逵的文化活動與《力行報》副刊研究〉，陳器文主編，《2005台中學研討會——文采風流論文集》，頁八八、一〇〇。

113〈本刊宗旨〉，《大學評論》（南京）一卷三期（一九四八年七月二十四日），頁三。

114筆者，《左翼批判精神的鍛接：四〇年代楊逵文學與思想的歷史研究》，頁三一九。

115二二八事件後楊逵被捕，原被判處死刑，因新任臺灣省主席魏道明政策轉變，非軍人者改以司法審判，入獄一百零五天。楊逵口述，楊翠筆記，〈我的心聲〉，原載於《自立晚報》，一九八五年三月二十九日，收於《楊逵全集　第十四卷．資料卷》，頁六七。楊逵口述，王麗華記錄，〈關於楊逵回憶錄筆記〉，《楊逵全集　第十四卷．資料卷》，頁八四。楊逵口述，何眴錄音整理，〈二二八事件前後〉，《楊逵全集　第十四卷．資料卷》，頁九一。

116〈三叛亂罪犯判決／楊逵處徒刑十二年／鍾平山陳軍各十年〉，《中央日報》，一九五〇年五月十日，四版。

117陳芳明，《台灣新文學史》（台北：聯經出版事業股份有限公司，二〇一一年），頁二六四。

第三章

楊逵主編《一陽週報》的時代意義

一、前言

戰後面對中國接收的政治新局，為擺脫日本殖民文化的影響，順利與中國文化接軌，知識菁英紛紛投入台灣社會與台灣文化的重建。一九八〇年代葉芸芸在調查國內外各大圖書館與私人收藏後發現，戰後初期從受壓榨的殖民地子民地位中解脫，各式各樣的文化活動蓬勃展開，其中又以期刊雜誌最為豐富，智識份子期望能藉著個人文章，對建設新台灣的事業表達些微見地。研究中並指出，一九四五年到一九四九年間台灣出版的期刊雜誌有四十三種；另有二十餘份未能找到原版，只能從同時期報刊上的廣告與報導文字間接證明其存在。所列四十三份可見到原版者，以楊逵主編的《一陽週報》創刊時間最早，並註明「一九四五年九月間在臺中市創刊。每週六出版。同年十一月十七日出版第九期後停刊」[1]。一九九七年何義麟蒐集戰後初期出版的報紙雜誌後，所得期刊總數雖已遠遠超出葉芸芸當年所知，在介紹台灣民間的新刊物時也指出，「最早出版的雜誌應該是一九四五年九月到十一月間由楊逵主編的《一陽週報》，該雜誌共發行九期」。後附表格中，《一陽週報》列於首位，創刊日標示為一九四五年九月，日期則未清楚註記[2]。

過去僅見由楊逵遺物中發現的「紀念　孫總理誕辰特輯」，也就是前述兩位先行研究者所指最後出版的第九號，筆者透過楊逵家屬取得影本後，曾經針對其內容做過初步的介紹[3]。二〇一一年間筆者參與由國立台灣文學館委託，封德屏女史主持的「《台灣文學期刊史編纂暨藏品詮釋計畫》光復初期階段」，負責撰寫包含《一陽週報》在內的雜誌提要，透過計畫助理獲得國內各大圖書館收藏的《一陽週報》創刊號與第三、七、八、九、十號，以及第六號之部分原件影本，並由計畫助理提供的拍賣網消息，獲悉台中地區私人收藏有第十二號[4]，確認《一陽週報》早在戰爭結束滿半個月的一九四五年九月一日即已創刊[5]，並至少持續發行至同年十二月九日的第十二號，就此推翻了雜誌在一九四五年十一月十七日的第九號之後停刊的錯誤認知。

1 葉芸芸，〈試論戰後初期的臺灣智識份子及其文學活動（一九四五年——一九四九年）〉，《文季》二卷五期（一九八五年六月），頁五—六。

2 何義麟，〈戰後初期台灣出版事業發展之傳承與移植（1945～1950）——雜誌目錄初編後之考察〉，《台灣史料研究》十期，頁四、一八。

3 請參閱筆者，《左翼批判精神的鍛接：四〇年代楊逵文學與思想的歷史研究》，頁二八四—二九〇。

4 創刊號與第三號收藏於中央研究院臺灣史研究所，第六號僅見之部分為臺灣大學圖書館楊雲萍文庫館藏，第七至第九號由國立台灣文學館典藏。第十二號目前未見有任何圖書館收藏，然透過「《台灣文學期刊史編纂暨藏品詮釋計畫》光復初期階段」計畫助理陳怡璇提供的消息，得知曾在露天拍賣網之文獻收藏品進行拍賣，因出價低於底價而未能成交。參見http://goods.ruten.com.tw/item/show?21101315585350（二〇一一年六月八日瀏覽）。

5 根據林瑞明的記載，《一陽週報》於一九四五年九月二十二日創刊。藍博洲一九九三年一月六日及一九九四年三月十五日在台北市許宅採訪許分，也得到同樣的說法。以《一陽週報》創刊號上的發行日期為九月一日來看，九月二十二日顯然是錯誤的。林梵（林瑞明），《楊逵畫像》，頁一四一。藍博洲，〈楊逵與中共台灣地下黨的關係初探〉，《批判與再造》十二期，頁四四。

《一陽週報》正式創刊的九月一日，恰好介於日本戰敗投降的八月十五日與十月五日葛敬恩率領幕僚飛抵台北，臺灣省行政長官公署及臺灣警備總司令部前進指揮所在台北成立前的政權過渡期；往後則經歷了十月十七日中國軍乘美軍艦艇登陸，以及十月二十五日在台日軍受降與中國政府正式接收台灣的過程。其間日本殖民體制完全退場，取而代之的是中國統治勢力籠罩全台。在這樣特殊的時空背景下，隨著國籍身分的轉換，台灣社會的整體氛圍從大和民族主義與皇民化運動，瞬間轉向與日本敵對的中華民族主義與中國文化移動，其快速複雜的歷史變遷與文化環境實不難想像。

中日文並刊的《一陽週報》，目前筆者所掌握的各號中，除了楊逵日治時期的小說〈犬猴鄰居〉(〈犬猿隣組〉)改寫後在此重新發表，並連載中國知名左翼作家茅盾的小說〈創造〉之外，包括〈一陽來復〉、蔡嵩林〈偉大的光明〉與小民〈夢與現實〉(〈夢と現實〉)等新詩體裁的創作在內，絕大多數是政治思想方面的文獻，或與時局有關的報導、感言和評論。當時台籍人士如何應變與思考未來，對於中國國民黨與蔣介石政權的民心向背如何，想必可以藉由《一陽週報》略窺一二。因此本章將針對《一陽週報》的形式與內容兩方面進行分析，揭露楊逵在當時的政治態度與行動，以及台籍人士如何面對戰後政權的更迭。

二、發行概況與創刊之目的

戰事終結後為慶祝「一陽來復」（光復），楊逵把首陽農園更名為「一陽農園」[6]。《一陽週報》發行所為一陽週報社，社址即楊逵住處的一陽農園，刊名中的「一陽」由此而來，兼具發行地與「慶賀台灣回歸祖國懷抱」（光復）[7]的雙重意義。所謂「週報」者，從封面或首頁標明的「每週一回禮拜六發行」、「每週一期星期六」可知，《一陽週報》預定每週發行一次。但第七號之後可能由於經費問題與鉛印排版印刷耗時較久，而有拖延至兩週或三週才出刊的現象。另外，第十二號封面雖仍標明「每週一期星期六」，上印出刊時間為星期日的十二月九日，可能係排版

6 一九八二年十一月八日楊逵在東京接受訪問時曾說：「戰爭中我在台中種地，並將農場取名為首陽農園（從伯夷、叔齊各餓死首陽山的故事中取首陽二字），但在日本戰敗後，又將其易名為『一陽農園』（從一陽來復中取一陽二字）。」戴國煇、若林正丈訪問，〈台灣老社會運動家的回憶與展望——楊逵關於日本、台灣、中國大陸的談話記錄〉，《楊逵全集　第十四卷・資料卷》，頁二八一。

7 楊逵提到《一陽週報》的由來時曾說：「光復初，我辦『一陽週報』，慶賀台灣回歸祖國懷抱。」見楊逵口述，王麗華記錄，〈關於楊逵回憶錄筆記〉，《楊逵全集　第十四卷・資料卷》，頁八一。接受何眴訪問時，楊逵也有創辦《一陽週報》是為了「慶祝台灣光復」的說法。楊逵口述，何眴錄音整理，〈二二八事件前後〉，《楊逵全集　第十四卷・資料卷》，頁八九。

時誤植所致。

以農園為業的楊逵家境貧寒，出版經費想必是不小的經濟負擔。針對《一陽週報》資金的來源，楊逵曾經清楚交代如下：

> 當時，戰後物資匱乏，不過關心文化的人頗多，朋友彼此出資濟助「一陽週報」。每一位贊助者，我都寫上他的芳名及贊助金額於小紙條，貼在壁上，足足貼了兩面牆，戲稱為「添油香」；並買來一部手轉輪印機（二二八事件後被沒收充公）。[8]

由此可見創刊《一陽週報》，有賴於一群朋友們在經濟上給予奧援。因此該刊不只展現出創辦人楊逵面對變局時的行動，也代表著台灣人關心台灣前途的意志。

有關提供資金者的身分，根據楊逵舊識許分的口述證言，「《一陽週報》主要出資者是林幼春之子林培英與李崇禮之子李君晰，其他便是小額捐款」[9]。出身霧峰望族的林幼春是享譽漢詩界的抗日詩人，曾贊助楊逵創辦的《臺灣新文學》足以出版三期的經費[10]。《一陽週報》創刊時林幼春已仙逝，長子林培英繼承乃父之風，義助楊逵的文化運動有其歷史淵源。另一位主要贊助者李君晰為參與創辦彰化銀行的李崇禮三子，事業版圖擴及銀行、飲料水、戲院等，日治時期曾列名《臺灣文藝》文藝同好者之列[11]，應該是由於喜好詩文而與楊逵往來，並支持楊逵的文化事業。

原以刻鋼板及手轉輪印機油印方式發行的《一陽週報》，從十月二十七日發行的第七號起改採鉛字印刷[12]，經費負擔更加龐大。楊逵在週報內為變更成活字版請求捐款[13]，並在第七號所謂「一陽燈添油」中刊載襄助者的名單[14]，除了團體名義資助的小梅農民組合、苑裡同志、布袋同志、三叉（三義）同志之外，其餘六十七人多來自楊逵過去參與文化協會與領導農民組合時，活躍過的台中、彰化與嘉義等地。其中，丁瑞彬是戰後曾經活躍於政治界的成功企業家，林錫金為臺中醫院院長，醫師林糊曾先後加入文化協會、臺灣民眾黨與臺灣文藝聯盟，謝富為臺灣農民組合成員，蔡嵩林曾發表在日本拜訪中國左翼作家郭沫若的紀錄[15]，漢詩人許文葵、李占春、林濤

8　楊逵口述，王麗華記錄，〈關於楊逵回憶錄筆記〉，《楊逵全集　第十四卷．資料卷》，頁八一。
9　藍博洲，〈楊逵與中共台灣地下黨的關係初探〉，《批判與再造》十二期，頁四四。
10　廖偉竣（宋澤萊）訪問，〈不朽的老兵——與楊逵論文學〉，原載於《師鐸》四期（一九七六年一月），收於《楊逵全集　第十四卷．資料卷》，頁一八一。
11　〈文藝同好者氏名住所一覽〉，《臺灣文藝》一卷一號（一九三四年十一月），頁八九。
12　池田敏雄一九四五年十月十日的日記中，記載拜訪楊逵家時從他口中聽說，「『一陽週報』最近要改成印刷版」，在這篇日記之後發行的即是十月二十七日以鉛字印刷的第七號。參見池田敏雄著，廖祖堯摘譯，〈戰敗後日記〉，《臺灣文藝》八五期，頁一八六。
13　參見〈お願ひ〉，《一陽週報》三號（一九四五年九月十五日），頁五。
14　〈一陽燈添油〉，《一陽週報》七號（一九四五年十月二十七日），頁八。
15　這篇文章題為〈郭沫若先生的訪問記〉，發表於《先發部隊》一號（一九三四年七月），頁三六－三九。

波亦列名其中，還有後來成為中共在台地下黨員的女青年賴瓊煙與張金爵。從這份名單來看，楊逵創辦《一陽週報》的背後有不分年齡與階級，來自新舊文學兩大陣營，並包含左右兩派各路人馬的支持，顯示當時台灣各界普遍關切台灣的未來發展。

至於協助創辦《一陽週報》與編輯工作方面，從現存油印版刻鋼板的字跡並非楊逵，而且包含多人的手跡來看，除了代表一陽週報社出席雙十節討論會的葉陶、許青鸞、吳北海[16]，日治末期「首陽農園」時代因認同楊逵理念，圍繞在楊逵身邊的一群年輕人，並參與由楊逵籌組的「新生活運動促進隊」（簡稱為「新生活促進隊」）的成員——賴瓊煙、張金爵、張彩雲、許分、蔡鐵城、施部生、呂煥章、何集淮……等人，也應該都是一陽週報社的核心成員[17]。其中，吳北海、張金爵、許青鸞與賴瓊煙並列名在「一陽燈添油」的名單當中，從提供資金與實際參與社務運作兩方面，給予楊逵最有力的支持。

目前收藏於國立台灣文學館，由楊逵具名的一陽週報社邀稿信函中說：「臺灣光復、當以民為主、新建設多端、而頭腦空虛、深懼作事不得適正、以致禍誤茲、擇左記切實問題、期之公達、盼望先生賜稿示教」，後並附有「主題」、「種目」、「枚數」、「截止」，用以標明稿件的主題，文類為評論、隨筆、小說或詩歌，文稿長四百字稿紙幾枚與截稿日期。中央研究院臺灣史研究所收藏楊雲萍文書中，亦有指明給楊雲萍的同樣書函，發函日期為民國三十四年十二月一日，上有楊逵筆跡指定主題為「新建設」，種目為楊雲萍擅長的「詩」，並限定截止日期為「十二月十日」[18]。再從第三號中的「紙上議會」刊登分別來自台南、新竹兩地，有關台灣人再教育的稿件[19]，該專欄並註明歡迎關於政治、經濟、產業、科學、教育、文化等諸問題建設的提案、批評討論，可知提供一個公開的版面，邀請台灣各界人士以各自擅長的體裁書寫個人意見，集思廣益以謀求台灣社會的重建，這是楊逵創辦《一陽週報》的主要動機與目的。

根據楊逵的回憶，《一陽週報》用以分送昔日農民組合與文化協會的朋友，提供討論的素材，希望能早日重建工農等人民的自主團體[20]。另外，池田敏雄一九四五年九月十八日的日記上

16 參見〈人山人海合歡此日——双十節の盛典を語る〉，《一陽週報》七號（一九四五年十月二十七日），頁一。

17 名單來自藍博洲調查所得，其中除了許分之外，其餘都列名在鍾逸人回憶新生活促進隊的成員中。由於《一陽週報》的創辦與新生活促進隊的成立時間接近，推測列在這兩份名單中的年輕人應該都是《一陽週報》與新生活促進隊的核心分子。藍博洲，〈楊逵與中共台灣地下黨的關係初探〉，《批判與再造》十二期，頁四四。鍾逸人，《辛酸六十年》，頁二八四。

18 《一陽週報》稿約信件為《楊逵全集》編輯完成之後，楊逵家屬從楊逵遺物中發現。僅有一頁，是排版印刷的制式化邀請信函，署名為「臺中市梅枝町一九／一陽週報社／楊逵」。另一份由中央研究院臺灣史研究所楊雲萍文書提供的邀稿信函，樣式及印刷內容一致，但已針對收件人楊雲萍的創作專長，由楊逵本人以手寫方式註明邀稿的主題、種目與截稿時間。筆者在擔任「楊逵文獻史料數位典藏計畫」協同主持人時，負責為楊逵遺物中發現的〈一陽週報稿約〉撰寫資料詮釋，圖片影像檔與詮釋內容請查詢楊逵文物數位博物館。

19 這兩篇在第三號中刊載的情況分別為：林（台南），〈再教育について〉，頁六；賴（新竹），〈再教育対策委員会の設置を要望〉，頁七。

20 參考戴國煇、若林正丈訪問，〈台灣老社會運動家的回憶與展望——楊逵關於日本、台灣、中國大陸的談話記錄〉，《楊逵全集 第十四卷·資料卷》，頁二八一。

說：「楊逵郵寄三份油印的『一陽週報』來。」[21]所謂三份應指九月一日至十五日發行的創刊號至第三號。可見戰後面對中國接收之際，楊逵並未以民族主義的立場排斥日本人，反而有意讓當時身在台灣的日籍文化界朋友了解台灣人的動向，以及他對戰後轉型期中台灣前途的擘畫，藉由創辦《一陽週報》推動台灣的民主建設。

另一方面，前引臺灣總督府終末資料，一九四五年八月臺灣總督府警務局針對日本戰敗之後台灣治安的報告中，有關楊逵為在中國接收後順利牽制重慶軍閥政權，認為必須先進行穩固同志思想的基礎工作一段，可見即使後來接受中國接收的政治現實，參與歡迎國民政府籌備會的運作，楊逵另有制衡當局的盤算。池田敏雄一九四五年十月十一日的日記中說：「再訪楊逵兄，談論有關三民主義的書、以及小說的出版事宜。訪客不絕，充滿活氣。楊氏的運動漸漸上軌道了。」[22]其中所謂楊逵的「運動」前提及「三民主義」，顯示兩者之間關係密切。推測以解放委員會進行實際政治活動的不可行，促使楊逵以《一陽週報》取而代之，配合當局宣傳三民主義的既定政策，在合法性的基礎上推行思想啟蒙的工作。

至於楊逵如何藉由《一陽週報》推動台灣社會的重建，一九八〇年他在〈光復前後〉一文中曾提及：

> 日本天皇親身宣佈無條件投降……（中略）以後我就把「首陽農園」改成「一陽農園」，又得到年輕人的支援，發行「一陽週報」介紹　國父思想與三民主義，那時候，我們就覺得光復

以後，在大家興奮的心情之下，向民族、民權、民生努力建設，臺灣一定可以成為三民主義的模範省。[23]

一九八三年時也說過：「光復初期，我還活躍於當時的臺灣文壇，創辦『一陽週報』，宣揚三民主義」[24]。除此之外，《一陽週報》以「介紹三民主義」、「研究建國方略」、「新建設指南針」三者自我定位[25]，可見楊逵投身建設戰後新台灣的方式，在於透過《一陽週報》介紹孫文思想與三民主義，並以三民主義的政治理想作為規劃台灣未來的範本。

21 池田敏雄著，廖祖堯摘譯，〈戰敗後日記〉，《臺灣文藝》八五期，頁一八三。
22 同上註，頁一八六。
23 楊逵，〈光復前後〉，原載於《聯合報》副刊，一九八〇年十月二十四日，引自《楊逵全集　第十四卷．資料卷》，頁一一三—一一四。
24 楊逵口述，許惠碧筆記，〈臺灣新文學的精神所在——談我的一些經驗和看法〉，原載於《文季》一卷一期（一九八三年四月），收於《楊逵全集　第十四卷．資料卷》，頁三七。文中的一陽「週」報誤植為一陽「周」報，此處的引文已予以更正。
25 賴澤涵總主筆，《「二二八事件」研究報告》（台北：時報文化出版企業有限公司，一九九七年初版七刷）書前所附圖片頁之第三頁。

三、宣揚孫文思想與三民主義

戰後三民主義在台灣曾經大為流行，例如日本學者若林正丈學生時代在回鄉探親乘坐的列車裡，聽聞一名日本陸軍特務系統人士在海南島從事訓練工作時的經歷——戰爭一結束，部下的許多台灣青年立即滿口的三民主義，並十分了解三民主義的內容，實在令人吃驚[26]。池田敏雄一九四五年的日記中也有兩段相關的記載，其中之一是蔣渭川的日光堂改為「三民書局」；另一則是桃園角板山的部落會議上，一名台灣人公醫召集日本人、台灣人、高砂族（原住民），宣稱三民主義就是台灣人、日本人及高砂族「三民」的提攜，當時「三民食堂」、「民生會館」等招牌林立[27]。由此可知，甫脫離日本殖民統治的台灣人對於三民主義極為嚮往；但部分人士對其內涵並不清楚，甚至存在著不切實際的幻想。

從現存《一陽週報》各號刊載的文章來看，介紹孫文及其學說無疑是《一陽週報》最主要的內容。包括直接轉載或翻譯孫文著作中的〈中國革命史綱要〉、〈欲改造新國家當實行三民主義〉、〈農民大聯合〉、〈中國工人解放途徑〉、〈民國教育家的任務〉（〈民國教育家の任務〉）、〈總理語錄〉，並刊載由他人撰寫的〈總理遺訓—関於三民主義—〉、〈孫文先生略傳〉、達夫〈三民主義大要〉等多篇文章，孫文誕辰紀念日當週出刊的第九號特設「紀念　孫總理誕辰特輯」，一口氣刊出執筆人包括主編楊逵在內的五篇紀念文章[28]，鄭重表達悼念與追思之意。

另外，根據《一陽週報》中的廣告，一陽週報社在一九四五年間曾刊行並銷售相關圖書，包括《三民主義解說》、孫文《三民主義演講》、孫文《民權初步》（附五權憲法、地方自治實行法）、孫文《倫敦被難記》、《第一次、第二次合刊中國國民黨全國代表大會宣言》、美國包爾林百克著《孫中山外傳》，以及蔣介石著《新生活運動綱要》等書[29]。同年十一月二十八日，楊逵又以「一陽週報社」的名義出版《三民主義是什麼?》[30]一書。一九四六年復發行金曾澄《民族主義解說》[31]，熱烈傳達了對於三民主義研讀熱潮的回應。

根據楊逵自述，他與三民主義的首次接觸應溯及到東京留學時期。當時是經由日文翻譯來閱

---

26 戴國煇、若林正丈訪問，〈台灣老社會運動家的回憶與展望——楊逵關於日本、台灣、中國大陸的談話記錄〉，《楊逵全集　第十四卷・資料卷》，頁二八二。

27 這兩段分別為一九四五年九月十八日與十月七日的記載，見池田敏雄著，廖祖堯摘譯，〈戰敗後日記〉，《臺灣文藝》八五期，頁一八二及頁一八五。

28 這五篇文章依序是：楊逵〈紀念　孫總理誕辰〉、蕭佛成〈紀念　總理誕辰〉、鄧澤如〈如何紀念　總理誕辰〉、陸幼剛〈紀念　總理誕辰的感想〉、胡漢民〈紀念　總理誕辰的兩個意義〉。

29 書目綜合整理自《一陽週報》七號，頁八；《一陽週報》九號，頁九。然兩期書目略有差異，第七號之《孫中山外傳》在第九號中稱為《孫中山傳》。

30 《三民主義是什麼?》一書筆者未見，而是從賴澤涵總主筆《「二二八事件」研究報告》書前所附圖片頁得知此書。封面註明「初學必讀」，發行所是一陽週報社，地址「臺中市梅枝町一九」係楊逵住處。

31 根據「全國圖書書目資訊網」查詢結果，這本書曾經收藏於國立臺灣圖書館。然前往調閱時，館員表示已佚失。

讀，由此了解中國的國民革命與第一次世界大戰後的民族自決運動[32]。楊資崩（楊逵長子）記得楊逵在戰爭末期組織焦土會時，曾經以中井淳贈送的三民主義原版書教育青年[33]。根據鍾逸人的說法，《一陽週報》中刊行的有關三民主義的學術論著，是金關丈夫與中井淳兩位教授戰時從華南各地的學校與圖書館取得，離台前因無法攜回日本而贈予楊逵[34]。池田敏雄一九四五年十月十日的日記明確記載，當日他帶著有關三民主義的書籍交給楊逵夫人葉陶，夫人大喜[35]。目前尚無法確定楊逵何時開始傳布三民主義，可確定的是戰後楊逵出版《一陽週報》等和三民主義相關的書刊，確曾仰賴日籍友人提供資料。

當時的楊逵之所以會對三民主義充滿信心，據他自己解釋係由於國民黨第一次代表大會強調「扶助農工」，於是在《一陽週報》予以介紹[36]。從《一陽週報》第八號開始連載孫文的〈農民大聯合〉與〈中國工人解放途徑〉，並刊登〈臺灣光復．失地還原〉與〈臺灣光復工要出頭．航空是新建設頭緒〉兩篇文章，分別介紹台灣的農民與工人的階級運動現況，以及第十號的〈總理語錄〉特別收錄有關工人、農人權益問題的談話，足以印證社會主義者的楊逵接受三民主義的原因，與工農階級獲得孫文重視有極大的關係。楊逵晚年也曾經說過：

> 今日台灣要建設「民有民治民享而均富」的三民主義模範省，就要切實記住孔子在「大同篇」所表現的福利社會的構想与「不患貧患不均」的觀念，也要切實記住孫中山先生的「三民主義就是社會主義就是共產主義」的教示。

> 孫中山先生的社會主義——共產主義，雖然不同於馬克司主義——列寧主義，却是繼承孔子的大同思想，以達到均富，福利社會為目標的中國式社會主義——共產主義。[37]

由此可見孫文有關均富、福利社會等主張，符合重視無產階級的社會主義信仰，楊逵是把三民主義作為科學的社會主義，亦即共產主義來接受。

除此之外，《一陽週報》創刊號特別選錄孫逸仙〈致蘇聯書〉，表達國民黨在完成其由帝國主義制度解放中國及其他被侵略國之歷史的工作中，與蘇聯合力共作的期待[38]。「展望」欄並迫

---

32 廖偉竣訪問，〈不朽的老兵——與楊逵論文學〉，《楊逵全集　第十四卷．資料卷》，頁一七七。

33 楊資崩，〈我的父親楊逵〉，《聯合報》，一九八六年八月七日，八版。

34 鍾逸人，〈我所認識的楊逵〉，路寒袖主編，《台中縣作家與作品論文集：台灣文學研討會》（豐原：台中縣立文化中心，二〇〇〇年），頁五二一。鍾天啓（鍾逸人），〈瓦窯寮裏的楊逵（下）〉，《自立晚報》，一九八五年三月三十日，十版。文中將「中井淳」誤植為「中井亨」。

35 池田敏雄著，廖祖堯摘譯，〈戰敗後日記〉，《臺灣文藝》八五期，頁一八六。

36 楊逵說：「當時我對三民主義有『信心』。是因國民黨的第一天代表大會強調『扶助農工』，我在『一陽週報』予以介紹。」陳俊雄訪問，〈壓不扁的玫瑰花——楊逵訪談錄〉，原載於《美麗島》（洛杉磯）一一一期（一九八二年十月三十日），引自《楊逵全集　第十四卷．資料卷》，頁二一二。

37 楊逵，〈「日據時代的台灣文學與抗日運動」座談會書面意見〉，《楊逵全集　第十卷．詩文卷（下）》，頁三九〇。

38 孫逸仙，〈致蘇聯書〉，《一陽週報》創刊號，頁八。

不及待地引述同日《臺灣新報》有關中蘇友好同盟條約的新聞內容[39]，包括蘇聯將提供國民政府軍事的、精神的支援，不干涉中國內政，三個月內完成從滿州撤兵……等[40]，另在第七號的「週報」欄中刊載「雙十節夜晚蔣主席透過廣播對全體國民呼籲，特別強調為了謀求農工業及交通發展，應該學習蘇聯為了實現五年計畫所展示的那種勇猛心。」[41]展現了楊逵對於中蘇兩國攜手合作的期盼，與對蘇維埃共產國度的嚮往，間接證明楊逵所構築戰後台灣的理想願景接近共產社會。

基於以社會主義改造台灣社會的深切期待，並且對於三民主義建設下的台灣未來深具信心，楊逵乃熱衷投入孫文思想與三民主義的介紹。然而隨著時間的推移，眼見中國接收官員胡作非為的種種劣跡，台灣民眾對國民黨所推行的三民主義逐漸失去信心。楊逵說過：

> 戰後我開設「一陽農場」，並發行『一陽週報』，我想宣傳三民主義，印『三民主義』，但發生事件，沒人要看『三民主義』，五千本都成廢紙；朋友出了三萬元，都成廢紙。[42]

憶及戰後台灣人民對於三民主義的認識時，楊逵也說過：

> 簡單地說，民族、民權、民生的大致內容一般都是知道的。然而，在實際政治方面，盡與其背道而馳的情形在光復（台灣回歸祖國）後馬上就出現了。從大陸來台灣的官吏啦，接收委

員啦，甚多人實在是很荒唐的。因此，甚至有人這樣解釋：不管是誰，即使是不清楚詳情的也都認為，三民主義的民族、民權、民生與台灣實際情況相去甚遠，甚至是全然相反。因此，在一般民衆之間，把三民主義說成是「三眠主義」之類的各種說法在擴大開來，對現狀的不滿和反感也在逐漸昇級擴大。[43]

這兩段回憶顯示，由於國民黨的實際作為違背了三民主義的理念，在政治現實與心裡期待差距甚大的情形下，民眾內心的不滿逐漸累積。二二八事件之後，三民主義熱潮迅速退燒，印刷出版的五千本《三民主義》乏人問津，宣傳三民主義的書籍大部分售予臺中圖書館[44]，當時楊逵對國民

39〈對支內政の干涉／中ソ新條約〉，《臺灣新報》，一九四五年九月一日，二版。
40《一陽週報》創刊號，頁四。
41 譯自〈ソ聯が五ケ年計劃實現に示した勇猛心に習へ〉，《一陽週報》七號，頁二。
42 陳俊雄訪問，〈壓不扁的玫瑰花——楊逵訪談錄〉，《楊逵全集　第十四卷．資料卷》，頁二二一。文中所謂「事件」應指二二八事件。戒嚴時期二二八事件為政治禁忌，因此以「事件」兩字代稱之。
43 戴國煇、若林正丈訪問，〈台灣老社會運動家的回憶與展望——楊逵關於日本、台灣、中國大陸的談話記錄〉，《楊逵全集　第十四卷．資料卷》，頁二八二—二八三。由於《楊逵全集》排版時有文字遺漏，引文依原刊的《文季》版補入，結尾更正為「逐漸昇級擴大」。
44 根據鍾逸人的說法，中井淳、金關丈夫致贈楊逵的書籍後來除了文學的之外，大部分售予臺中圖書館。由於這些書的內容有些載入《一陽週報》，應該是在三民主義熱潮褪去後沒人要看，幾成廢物，才被楊逵出售。參見鍾天啓（鍾逸

黨政權的失望之情不難想像。

由於史料缺乏，《一陽週報》停刊時間不明，目前所知最晚出刊者為一九四五年十二月九日發行的第十二號；一陽週報社則在一九四六年間還發行過金曾澄《民族主義解說》一書，顯示該社在一九四六年間仍持續相關的出版活動。由於未見一九四六年後《一陽週報》的發行紀錄，推測陳儀政府政策失當所引起政治、經濟各方面的社會亂象，連帶使得國民黨所標榜的三民主義失去民心，以介紹三民主義為主要內容的《一陽週報》也失去讀者的支持，遂在一九四六年左右面臨停刊的命運。

四、楊逵有關台灣政局的立場

戰後曾有傳言指出，林獻堂與日本在台的一些少壯軍人們共謀，醞釀要以武力為後盾促成台灣的獨立。這件事不僅讓林獻堂遭受很大的指責，與林獻堂往返晤面的楊逵也被波及。由於兩人會談的內容從未對外公開，曾經引起不少的揣測[45]。不過從近年間出版的林獻堂日記中，勸說楊逵放棄解放委員會的記述，以及後來參與籌組歡迎國民政府籌備會的行動，足以證明當時的林獻堂並未倡導台灣獨立。至於楊逵的政治立場，學者蘇瑤崇曾援引總督府史料中，有關楊逵認為重慶政府是專恣橫暴的政權，須先做好鞏固思想基礎的行動，將來才能牽制重慶政府云云，還有池田敏雄所說楊逵有過反對國民政府統治的行動，以及楊逵本人明白表示他將「首陽農場」改為

「一陽農場」，並創辦《一陽週報》，準備站出來自己「和平建國」，將戰後楊逵的政治抉擇指向台灣獨立[46]。如今《一陽週報》創刊號的出土，提供了我們重新思索這個問題的重要線索。

在〈獨立運動反對〉一文中，以「楊」（楊逵）與「張」的問答形式，詳細說明楊逵本人的政治思考。首先，楊逵認為八月十五日戰爭結束之後，台灣獨立運動已失去客觀依據的立場，正推行的是根據孫文三民主義的新台灣建設運動，也是相隔五十年才回歸的中華民國的國民運動。其次，楊逵認為絕大多數人民相信國民黨政府至少會是實踐三民主義的政府，而且極度尊重民意，伸張民權，傾注熱情維持人民的生活安定。楊逵並表示把政治交給政治家的想法違反三民主義，違反民主主義，也違反國民黨的指導方針，而大家聚集在一起議論，從中發現具有創意的指導方針，是民主主義政治的座右銘。還呼籲大家必須捨棄支配、被支配的觀念，為了統一意見，也為了台灣的團結一致，大家必須努力對話，相互理解。最後表示認同「張」所言，為了全島的統一與大同團結，無論是黨派活動或分派行動都應該小心謹慎，並強調非常贊成各地同志前往「國民黨臺灣支部準備會」的意見[47]。

人），〈瓦窰寮裏的楊逵（下）〉，《自立晚報》，一九八五年三月三十日，十版。

45 鍾天啓（鍾逸人），〈瓦窰寮裏的楊逵（上）〉，《自立晚報》，一九八五年三月二十九日，十版。

46 鈴木茂夫資料提供，蘇瑤崇主編，《最後的台灣總督府：1944-1946終戰資料集》，頁四一—四二。

47 〈獨立運動反對〉，《一陽週報》創刊號，頁二—三。

對話中，「張」憂心楊逵若果真從事台灣獨立運動，將會導致台灣的前途陷入大混亂，楊逵對此表示「我有同感」，顯示至少有部分台灣民眾不支持台獨的理由，是希望在安定的狀態下重建戰後台灣社會的新秩序，因而不願與中國接收台灣的局勢相對抗。楊逵明確表示從事獨立運動之說是「謠言」（デマ），證明當時的他無意於追求台灣獨立。因此所謂牽制重慶政權或反對國民政府統治，僅能說明楊逵對國民黨政權存有疑慮。如果從社會主義者的立場來看，楊逵的思想與政黨偏好傾向於共產黨，與之對立的國民黨自然不是他心目中理想政權的首選。而楊逵之所以願意接受國民黨政權，是期許國民黨秉持三民主義的理想，在民主主義的前提下推動台灣社會的重建。

至於所謂「和平建國」的意涵，在此有必要引證相關文獻加以釐清。例如一九八二年五月七日應邀至輔仁大學草原文學社講故事時，楊逵這樣說：

> 八月十五日早晨聽到日本天皇廣播之後，我立即把「首陽農場」的招牌卸下來，換上「一陽農園」，因為這一天我們看到「一陽來復」了。小時候就堅持的「民族自決」與「解放我們的土地」的宿願，已於日本天皇在廣播中向全世界證實了。
>
> 今天談的故事是，在日本殖民統治下的一個小孩的心路歷程，這一年我已經四十歲，早不是小孩了，深深感覺到和平建國的重担正壓在我們的肩上，但我的許多朋友都興高采烈的表示絕不退縮。[48]

楊逵逝世後，於一九八五年五月公佈的生前訪談中也說：

> 一九四五年八月十五日，日本投降之後，我把「首陽農場」改名為「一陽農場」，並且辦了一份「一陽週報」，來慶祝台灣光復，從此我們可以站出來自己和平建國。不過，這段時間搞得亂七八糟，引起二二八事變。[49]

這兩段文字發表時還在戒嚴時期，台灣獨立仍然是不可公開談論的禁忌性話題。曾經身為政治思想犯的楊逵、整理記錄者與發表園地三者，不至於全數缺乏政治敏感度。綜合上下文的脈絡來看，楊逵所謂的和平建國並非台灣獨立，而是脫離殖民統治（即引文中的「民族自決」、「解放我們的土地」）之後合併於中國（「光復」），台灣與從二次大戰中復甦的中國結合，一同為建設新中國與新台灣而努力，其意涵並未指向台灣的獨立建國。

除此之外，《一陽週報》選錄的其他篇章也可以表明楊逵當時的政治態度。例如刊登〈中國國民黨黨歌〉（中華民國國歌）、〈一陽來復〉、蔡嵩林〈偉大的光明〉、〈慶祝〝双十節〞〉、吳北

48 楊逵，〈日本殖民統治下的孩子〉，原載於《聯合報》，一九八二年八月十日，引自《楊逵全集　第十四卷．資料卷》，頁二九—三〇。

49 楊逵口述，何眗錄音整理，〈二二八事件前後〉，《楊逵全集　第十四卷．資料卷》，頁八九。

海〈年輕人的熱血〉（〈若き血潮〉）、小民〈夢與現實〉等篇章，以及由更與（藍運登）擔任主持人，分屬三民主義青年團、學生聯盟、中民青年會、人民協會、一陽週報社等各路人馬共同出席，於三民主義青年團臺中分團籌備處召開的〈人山人海同樂此日——談雙十節的盛典〉（〈人山人海合歡此日——双十節の盛典を語る〉）討論會紀錄等篇章，用以歌頌「光復」，並表達台灣合併於「祖國」的歡欣。其中，〈慶祝〞双十節〞〉一文之後附有「双十節即國慶日、就是十月十日、革命烈士於武昌推翻清朝、建設国民政府、中華民国新生之日」[50]的簡短說明，向對「雙十節」一詞陌生的台灣民眾介紹其歷史意義。

再者，《一陽週報》刊載整理自《臺灣新報》社說大意的〈蔣主席與日本〉[51]，推崇蔣介石是現代中國識日本的第一等政治家[52]；歡迎國民政府籌備會也在楊逵提議下，組成「新生活運動促進隊」，以呼應蔣介石號召的「新生活運動」。另外，陳儀抵台不久發行的《一陽週報》第八號，首頁特別以較大字體刊出「歡迎陳儀長官率領國軍官員抵臺服務」的標語，楊逵也以〈須以何答此禮物？〉回應剛就職的陳儀行政長官在松山機場演講時所言，自重慶帶來的六大禮物——不撒謊、不偷懶、不揩油、激發榮譽心、愛國心、責任心，呼籲喚起六百萬台灣人，協力使台灣成為真正的三民主義模範省，以此信條與實踐為台灣為民國服務，才是答謝陳儀長官最好的回禮[53]。這些在在顯示台灣人面對中國政府接收的喜悅之情，楊逵本人也對蔣介石領導的國民政府釋出善意。

戰後台灣知識菁英紛紛加入三民主義青年團，楊逵說自己雖然也常在台中的三民主義青年團露面，但根本無意參加，而是「想根據自己的想法來建立自己的組織，採取自己的方針」[54]。從史實來看，楊逵果真做了與眾不同的選擇，與妻子葉陶、好友鍾逸人一同接收了台中信用組合，做為國民黨台中市黨部籌備處，夫婦倆並共同參與了國民黨台中市黨部的籌備工作[55]。一九四五年十二月十三日國民黨台中黨員入黨儀式在台中信用組合舉行[56]，楊逵夫婦應該就在此時正式加入中國國民黨[57]。

50《一陽週報》六號（一九四五年十月六日），頁二。
51 摘錄自〈日本と蔣主席〉，《臺灣新報》，一九四五年九月十日，一版。
52〈蔣主席與日本〉，《一陽週報》三號，頁三。
53 楊逵，〈須以何答此禮物？〉，《一陽週報》八號，頁一。附帶一提的是從文句的通順度來看，這篇作品應該是楊逵草擬後，再交由他人潤筆而成。
54 戴國煇、若林正丈訪問，〈台灣老社會運動家的回憶與展望——楊逵關於日本、台灣、中國大陸的談話記錄〉，《楊逵全集 第十四卷．資料卷》，頁二八二。
55 鍾逸人，《辛酸六十年（下）》（台北：前衛出版社，一九九五年），頁四〇〇。鍾逸人在回憶中註解說明，幫忙楊逵夫婦接收一棟日本人的「信用組合」建築，該建築即現在的台中「三信」總社。由此得知所接收者，為日治時期成立的台中信用組合。
56 林獻堂著，許雪姬編註，《灌園先生日記（十七）一九四五年》，頁四二〇。
57 二〇〇三年四月七日楊建先生（楊逵次子）在台中市東海花園接受筆者訪談時，親口證實了楊逵夫婦曾在戰後加入中國國民黨。筆者，《左翼批判精神的鍛接：四〇年代楊逵文學與思想的歷史研究》之附錄六：〈楊建先生訪談紀錄〉，頁五〇六。

鍾逸人曾經表示楊逵不加入三青團，係因不願屈居中部地區推廣團務負責人張信義手下[58]。從《一陽週報》的內容看來楊逵早有定見，是否進入三青團與私人交誼沒有直接關聯。極有可能是在解放委員會運作失敗之後，了解到籌組個人政治團體的不可行，乃選擇進入統治核心的國民黨黨部，藉機發揮自己的影響力。楊逵不僅以此親身實踐支持各地同志前往「國民黨臺灣支部準備會」的主張，《一陽週報》甚至刊有標語「民衆運動是三民主義建國的基礎」[59]，顯然有意經由鼓勵台灣人加入國民黨，促成台灣民眾踴躍參與政治活動，以台灣人集體的力量推動新政府建設新台灣。

儘管史料記載楊逵對國民黨政權頗有疑慮，從《一陽週報》刊載的篇章不難發現，楊逵也曾經對國民黨寄予期待。前述為回應陳儀抵台演講而發表的〈須以何答此禮物？〉中，楊逵說：

> 三民主義是要同時解決民族民權和民生的三大問題。是要同時把民族上、政治上、經濟上的不平等打成平等的。這是孫總理的遺教、又是民主主義的主旨。民有、民治、民享、即國家是人民所共有、政治是人民所共管、利益是人民所共享——這個思想是三民主義的主旨、又是遵奉三民主義抵臺服務的陳儀長官的信條不論政治上經濟上、和社會上的任何特權階級是再不得容許的。[60]

這段文字清楚呈現楊逵對於三民主義的理解，側重全民在「平等」的基礎上，建立民有、民治、民享的理想社會。尤其值得注意的是楊逵並未主張中華民族主義，而是以國內各民族一律平等來理解民族主義的內涵，希望陳儀政府能落實三民主義的建國理念，建設台灣成為有異於殖民體制歧視性差別待遇的平權社會。

五、追求民主自治及其困境

基於對民主自由的追求，楊逵特別關切當局的相關措施。十月二十七日出刊的第七號「週報」中，刊載〈結社是自由〉（〈結社は自由〉），報導國民黨新生會解散之後引發的疑慮，藉由張士德上校在台中接受記者訪問時所說，澄清易與依據中央部指令而組織的結社混淆者雖不予允許，一般民眾團體則不受干預的立場[61]。第八號中還以一整頁的篇幅介紹台灣各地，包括農民協會、飛機公會、民官公吏、學生聯盟等各種不同的民眾組織蓬勃發展的現況[62]。然而台灣民眾不知道的是一九四五年三月十四日核定的〈臺灣接管計劃綱要〉第六十一條，已規定「原有人民團

58　鍾逸人，《辛酸六十年（下）》，頁四〇〇。
59　此標語刊於《一陽週報》八號，頁三。
60　楊逵，〈須以何答此禮物？〉，《一陽週報》八號，頁一。
61　〈結社は自由〉，《一陽週報》七號，頁二。
62　《一陽週報》八號，頁二。

體，接管後一律停止活動，俟舉辦調查登記後，依據法令及實際情況加以調整，必要時得解散或重行組織之。」[63]一九四五年十一月十七日官方頒布〈臺灣省人民團體組織暫行辦法〉，勒令所有團體全部解散再行重新登記，人民集會結社的自由橫生阻礙。

二次大戰結束之後國民黨與共產黨的紛爭再起，楊逵對此尤為關注。第七號「週報」中的〈國共談判協議〉（〈國共交涉妥結〉），轉引了《臺灣新報》日文版上，以蔣介石與毛澤東為中心國共兩黨所進行的談判後，於一九四五年十月十日發表的共同聲明[64]：

一、附〔按：「賦」之誤〕同等之合法制與中國之全政黨
二、黨共兩為防止內亂，在　蔣主席領導下、盡其所能
三、以全國各黨代表構成政治諮問會、本會專任檢討及決定、關于國民大會召集代表之比分等之技術問題
五、允許個人、良心、出版、言論、集會之自由，撤廢阻害此等自由之法律
六、各政黨准有合法的地位
七、國民政府承受中共提議之政治犯人之釋放
八、現在四十八個師之中共軍、縮少至二十個師[65]

楊逵將國共兩黨在重慶發表的共同聲明，作為重要大事予以報導，引述包括保障個人自由與建立

民主聯合政府，以及國共兩黨團結以防止內亂等，與自由、民主、和平密切相關的協議內容，傳達出楊逵對於政局的關心與和平建設新中國的冀望。然而歷史的發展往往出人意料之外，這份協議發表不久，國共兩黨即陷入全面內戰的狀態。

有關台灣政治體制的運作方面，《一陽週報》也提供了重要的思考方向。例如第七號中刊登，一九四五年九月一日回台組織三民主義青年團的張士德，於十月十二日的談話內容：

> 中國三民主義青年團是為抗戰建國而產生、結集了新的力量集中、但是、當此抗戰得勝、還有重大課題在後。是什麼？就是為三民主義的徹底的實現而奮鬪。以三民主義教育代替奴隸教育、開除日本精神的殘滓、提高民族精神、推擴民權、確立自治、充足民生。為達到這等

63〈臺灣接管計劃綱要〉，張瑞成編輯，《光復臺灣之籌劃與受降接收》，頁一一七。

64《一陽週報》記載共同聲明發表時間為一九四五年十月十一日，應該是指協議簽訂後次日報紙刊載的時間。

65《一陽週報》引用報紙日文版者，與原文略有差異，可能是抄寫時的錯誤。此處引自同一日報紙之中文版，並依《一陽週報》原文缺標號四及相關文字：「四、國民會議、延至前條所述之籌備告畢後召集」。〈全政黨に對等の合法性／蔣主席領導の下に極力內亂を防止／國共會談妥協に到達〉，《臺灣新報》，一九四五年十月十四日，二版。〈國、共交涉到達妥協／附與全政黨合法制／蔣主席領導下盡其所能、防止內亂〉，《臺灣新報》，一九四五年十月十四日，一版。

重大的任務、團的結束需要堅固。[66]

其中，「自治」的確立被列為中國三民主義青年團設立的目的之一，楊逵選錄這篇茶話會演講內容當有認同之意。第十二號則不僅選錄〈地方自治機構〉一文列為刊頭，封面也以特大的字體標明「地方自治機構」，將楊逵心目中台灣的理想政治型態明確指向自治。

隨著國軍入台與接收政府正式運作之後，《一陽週報》從最初以〈新建設的基礎〉（〈新建設の礎石〉）[67]呼籲六百萬島民覺悟做為建設台灣的基石，配合政府攜來的計畫，逐漸展露批判的精神，其中不乏借古喻今之意。例如第九號刊載的鄧澤如〈如何紀念　總理誕辰〉，作者在敘述孫文的志業與偉大人格、思想、精神之後，提到負黨國之責者不但不能繼志述事，反而與三民主義背道而馳，不只不能發揚黨國之光榮、反而陷黨國於分崩殘破之局，對不起孫文與同志同胞。又說：「然而中國國民黨為領導國民革命之集團、吾人自不能任彼元惡大兇、陽假黨國之名、陰行其毀黨禍國之事、吾人為救國、救黨計、惟有秉　總理組黨建國之初衷、一致團結、務必芟除此敗類而後已。」[68]不僅大力撻伐黨中的敗類，並強烈建議為了黨國的將來必須予以剷除。

這篇文章之後，緊接著刊載作於孫文誕辰六十八週年（一九三四年）的〈紀念　總理誕辰的感想〉，作者路幼剛在歌誦孫文的革命功業與「大公無我」之後，嚴詞痛斥當時擁有最高的軍權政權的份子，自私自利，排斥異己，不惜賣國固位，罔民斂財，甚於昔日的軍閥；不惜屈膝於外敵，獻媚於軍閥，甚於昔日的官僚。並批判當局斷送東北四省的領土主權，不特不以為恥辱，還壓抑國內抵抗敵人的民眾，來和敵人親善。又說：

三民主義是　總理所殷囑我們同志繼續努力以求貫澈〔按：「徹」之誤〕的。現在做到怎麼樣呢？最高當局既蝎外抑內墮毀國家的人格、摧殘民族的精神、國際地位益有日益低落、民族的自由平等、不知何時可期！軍閥獨裁、支配一切、大有「朕卽國家」的氣概！近便組織所謂什麼中國法西斯蒂的結社、以發展獨裁政治、中央黨部及政府且不能自由行使職權、更有甚麼民權可言！人民外受帝國主義的經濟壓迫、內受軍閥的剗〔按：「剝」之誤〕削、加以貪官污吏的搾取、土匪的蹂躪、不特農村經濟已形崩潰、卽都市經濟亦日趨於衰頹！民日窮、而國家財政愈困、賦歛愈急、挺〔按：「鋌」之誤〕而走險者愈多、互為因果、而民生愈不可救藥。建設的話、更不用說了！[69]

文中直指中國政治體制有極權主義與吏治敗壞之弊，經濟方面則承受財政困頓與民生凋敝之苦。

66〈青年是新建設的原動力─張士德上校於醉月樓茶話會演講要旨─〉，《一陽週報》七號，頁二。

67本文在創刊號發表時以日文刊載，第三號中再以中文重新發表，不管中文、日文都是該號中第一頁的第一篇文章，主編楊逵重視的情形由此可見。

68鄧澤如，〈如何紀念　總理誕辰〉，《一陽週報》九號，頁五。

69路幼剛，〈紀念　總理誕辰的感想〉，《一陽週報》九號，頁六─七。

接著作者呼籲全黨同志團結一致制裁獨裁軍閥，消滅革命障礙的殘餘，完成三民主義的建設。

從文章發表的時間來看，路幼剛批判的對象是時任軍事委員會委員長，並擁有國民政府實際領導權的蔣介石。《一陽週報》刊載〈紀念　總理誕辰的感想〉時，題目之下有楊逵以「編者」身分所加的按語：「此篇系〔按：「係」之誤〕十二年前之作、今日時勢已經不同、但為自肅自勉之戒轉載之」[70]。由此可見，最遲在接收政府實際運作之後，親身體驗了所謂重慶軍閥政權的領導風格，楊逵已深切洞悉國民黨內軍閥專權的根本問題，並深刻了解戰後欲展開新建設必先對抗蔣介石獨裁政權。

除此之外，楊逵在自身撰寫的〈紀念　孫總理誕辰〉中表示：「清明認識先生的思想、鬪志及為人、來規正我們的思想、鬪志及為人、以繼承先生偉大事業。才是先生所喜歡的紀念方法。」又說孫文的偉大與思念孫文之處，在於「始終一貫、必信必忠、在艱難不失志、在榮耀不腐化、堅決守節到底」[71]。以此對照前引鄧澤如〈如何紀念　總理誕辰〉，不難發現其中頗有批判當權者的微言大義。這篇文章中，楊逵也針對台灣正進行著的新建設，說出以下的話：

> 未戰而得勝的臺灣光復、雖是可慶可祝、總是因此若抱着中國革命為如卓〔按：「桌」之誤〕項拿柑之安易感、那就慘了。光復了後的新建設目前多難、民權民生的徹底解決尚有多端、孫中山先生的思想與主義的完善發展全掛在我們肩上。夙夜少刻都不可撒謊、不可偷懶、不可楷〔按：「揩」之誤〕油、始終一貫以總理的思想、鬪志及為人當做羅針自檢自規奮鬪、才得達

到美滿的社會。千萬不可抱着安易感、學日本紳士改裝換面就傲然成了新紳士這樣慘荷。此類是總理始終痛恨唾棄的劣紳。[72]

提醒台灣民眾必須深切體認民權、民生建設之不易後，楊逵再次呼應陳儀初抵台灣，在台北松山機場廣播時所說「不撒謊、不偷懶、不揩油」的勗勉之詞，並勉勵台灣人不可學日本殖民時代的御用紳士，轉而成為新政權的依附者。一方面，傳達對陳儀政府秉持三民主義的理想，以民權主義與民生主義建設台灣社會的期待；另一方面，卻也透露出楊逵對於台灣前途的憂心忡忡。

六、結語

戰爭終止僅僅半個月的時間，中華民國政府軍正式登陸接收台灣之前，楊逵在經常出入一陽農園的青年朋友們支援下，以簡單的油印設備先行創刊《一陽週報》，作為對三民主義建設新台

70《一陽週報》九號，頁五。
71 楊逵，〈紀念　孫總理誕辰〉，《一陽週報》九號，頁二。「榮耀」原誤植為「榮躍」，此處引文已更正。
72 同上註。

灣的迅速回應[73]。從《一陽週報》原先設定的每週一期密集出刊，以及擺脫日本殖民體制出版檢查的束縛之後，身為台灣文壇知名作家的主編楊逵，居然沒有任何一篇新的文學創作發表，在在顯示楊逵投注全部心力於重建台灣社會的急切心情。

就刊載內容來看，《一陽週報》主要在於宣揚孫文思想與三民主義，藉此推動政治思想的啟蒙教育。中國軍隊來台接收前，率先介紹國民政府所標榜的三民主義，可提供一向不熟悉中國政治文化的台灣人，認識與了解三民主義內涵的機會，為新時代的來臨預作準備。再者，重點摘錄《臺灣新報》上的政治要聞，又以「紙上議會」專欄作為公開的園地，更是企圖經由台灣民眾的集思廣益，策畫實際可行的建設途徑，具體展現了台灣人希望在民有、民治、民享的願景下，落實經濟平等富足與地方自治的理想藍圖。

除此之外，日治時期以來即是台灣新文學運動領導人的楊逵，在關注眼前的政治趨勢，讓台灣人認識中國政情之餘，也未曾遺忘文化建設的重要性。連載中國左翼名家茅盾的短篇小說〈創造〉，重刊楊逵日治時期小說〈犬猴鄰居〉修訂版，並刊出蔡嵩林、小民等人的新詩作品，顯示《一陽週報》絕對不是一份純政治性的刊物，而是兼具介紹中國文化與重建台灣文學使命的綜合性雜誌。加上一陽週報社曾刊行《送報伕》（《新聞配達夫》）、《模範村》、《撲滅登革熱》（《デング退治）》三輯日文創作選[74]，由此可見楊逵有意從政治建設、與中國左翼文學的交流、傳承日治時期以來的台灣文學三個層面，同步進行戰後台灣社會與文學、文化的重建。

主編《一陽週報》期間，楊逵不僅在該刊表明無意推動台灣獨立運動，並因為相信國民黨至少會是實踐三民主義的政黨，主動參與籌組中國國民黨台中市黨部，身體力行加入籌備國民黨台灣省黨部的見解，積極投身其所謂依據三民主義的新台灣建設。然而美好前景遲遲未能實現，楊逵對於背離三民主義的國民黨政權逐漸失去認同。一九四五年十一月十七日《一陽週報》發行「紀念　孫總理誕辰特輯」，藉由選錄紀念孫文誕辰的篇章，寄託了批判國民黨內軍閥專權與反民主之意，隱約透露了對於局勢的不滿與憂慮。

尤其值得注意的是《一陽週報》的創辦，有來自台灣新舊文學陣營、左右兩派各路人馬、不分年齡與社會階層的人士鼎力襄助，據此不僅可以考察楊逵面臨政權遞嬗時的思考轉折，也能了解戰後初期台灣的處境，以及台灣人面對變局的基本態度。從《一陽週報》所傳達唯恐獨立將導

73 三民主義一直是國民黨標榜的治國綱領，陳儀被任命為台灣省行政長官後也曾對往訪的記者表示，遵照國父遺教以實行三民主義是台灣省的施政方針。〈三民主義を實行／臺灣省を自強康樂に／陳儀長官談〉，《臺灣新報》，一九四五年九月十九日，一版。

74《一陽週報》所附「本社刊行圖書」的廣告（《一陽週報》七號，頁八）中，這三輯圖書是以「被日官憲禁刊之書」、「楊逵作日文小說選」的名義發行。其中，〈送報伕〉在一九三二年五月十九日至二十七日連載於《臺灣新民報》時僅刊出前篇，一九三四年十月連同後篇於東京《文學評論》版首度刊出時，部分觸犯日本政府禁忌的文字與段落，因無法通過檢查而被挖除。由於該期《文學評論》在台灣仍被禁止銷售，戰前台灣人無緣得見。〈模範村〉則是一九三七年七七事變發生不久，楊逵在日本將〈田園小景〉擴充而成，後因日本政府加緊言論控制，無法順利刊登，原稿被東京的雜誌編輯寄回台灣。另外，〈撲滅登革熱〉是一篇戲劇創作，曾刊載於《臺灣公論》第八卷第一號（一九四三年一月），理應不在廣告中所說「被日官憲禁刊之書」、「楊逵作日文小說選」之列。

致台灣陷入動盪的擔憂，以及所刊登慶祝雙十節討論會紀錄中，台灣人民熱烈歡迎中國政府的心情，揭露了台灣人迎接終戰時矛盾複雜的情緒，以及獨立未能獲得台灣民眾支持的背景因素。從另一方面來看，被日本統治五十年之久的台灣人，戰事終結之際從戰敗國瞬間成為戰勝國之一方，但在中國軍隊上岸正式接收前，實則處於既非戰敗國亦非戰勝國的尷尬立場中。夾處在國際詭譎情勢中的台灣，未能享有住民自決的權利，只能聽任世界強國安排的歷史命運，從《一陽週報》中即已略現端倪。

總括說來，創刊於一九四五年九月一日的《一陽週報》是目前所知二次大戰結束後台灣最早出現的雜誌，在台灣出版界重要的歷史地位自不待言，政局更迭中楊逵的迅速回應亦由此可見一斑。惜因貪官污吏四處橫行，中國接收政府民心盡失，連帶使得三民主義乏人問津，「一陽週報社」約在一九四六年間即已停止運作。二二八事件之後，對中國國民黨灰心至極的楊逵，選擇以黨費未繳的方式自然退出國民黨[75]。回顧楊逵生前，《一陽週報》中所憧憬的三民主義美麗新世界，自始至終未曾來到，然該刊清楚標誌著戰後初期台灣人民對以三民主義建設民主均富社會的熱切期待，足以窺見戰後政治轉型期中台灣的民心歸向，確實有其無法抹滅的時代意義。

75 筆者，《左翼批判精神的鍛接：四〇年代楊逵文學與思想的歷史研究》之附錄六：〈楊建先生訪談紀錄〉，頁五〇六。

第四章

楊逵策畫「中國文藝叢書」的選輯策略

一、前言

一九四五年八月十五日戰爭結束，楊逵立刻積極地參與政治和社會運動，不僅迅速創辦《一陽週報》，介紹三民主義與中國政情，並轉載了中國與台灣兩地的新文學創作。楊逵、葉陶夫婦還一同加入中國國民黨，參與籌組中國國民黨台中市黨部。一九四六年五月楊逵在主編的《和平日報》「新文學」欄，接連發表〈文學重建的前提〉與〈臺灣新文學停頓的檢討〉兩篇文章，呼籲展開正確的文學運動，全力投入台灣社會與台灣新文學的重建。不料陳儀政府對社會團體的嚴厲控制，導致政治參與及社會運動無法開展，建設新台灣的美夢破碎，昔日歡迎國民政府的熱情也瞬間冷卻。對陳儀政府極端失望的情緒，促使楊逵下鄉鼓勵青年投入二七部隊，反抗中國接收政府的暴政，結果換來的是牢獄之災。

二二八事件後的清鄉行動及恐怖的政治氣氛，使得台灣文壇幾乎陷入停滯的狀態。一九四八年楊逵的〈如何建立臺灣新文學〉引爆了《臺灣新生報》「橋」副刊的台灣文學重建論爭，面對眾多外省作家蔑視台灣文學的輕率發言，以及《中華日報》國民黨文藝派的聯手攻擊[1]，楊逵仍高舉「台灣文學」的大旗，創辦《臺灣文學叢刊》[2]，以落實重建台灣新文學運動的理念。戰後短短四年間如此曲折的人生經歷，標誌著楊逵從「回歸祖國」的欣喜，到以悲憤之情從事「武裝反抗」，乃至於被迫進行「文化抗爭」的心情轉折。

值得注意的是創辦《臺灣文學叢刊》前後，由楊逵策畫主編的中日文對照版「中國文藝叢書」陸續上梓，依序分別為魯迅《阿Q正傳》、楊逵《送報伕（新聞配達夫）》、茅盾《大鼻子的故事》、郁達夫《微雪的早晨》、沈從文《龍朱》[3]；另有原擬出版卻始終未見的鄭振鐸《黃公俊的最後》[4]。六輯中除楊逵自己的創作〈送報伕〉外，獲得楊逵青睞而入選者計有魯迅的〈阿Q

1 《中華日報》是國民黨經營的報紙，對楊逵的攻擊主要是質疑台灣文學的討論，有要將台灣文學與中國文學分離獨立的動機。其目的則是要將台灣文學導引到書寫過去的歷史或特殊的風土民情，不批判當前的政治現實。發表這種論點的有三篇文章：杜從，〈所謂「建設臺灣新文學」臺北街頭的甲乙對話〉，《中華日報．海風》三一一期，一九四八年六月二十三日。段賓，〈所謂「總論臺灣新文學運動」臺北街頭的甲乙對話〉，《中華日報．海風》三一三期，一九四八年六月二十六日。夏北谷，〈令人啼笑皆非〉，《中華日報．海風》三一三期，一九四八年六月二十六日。

2 《臺灣文學叢刊》共出刊三輯，出版時間依序是：一九四八年八月十日，九月十五日，十二月十五日。

3 「中國文藝叢書」六輯由台北的東華書局出版，第一至第六輯為《阿Q正傳》、《大鼻子的故事》、《微雪的早晨》、《龍朱》、《黃公俊的最後》、《送報伕（新聞配達夫）》。不過實際發行時並未按照輯數先後順序，各輯之出版時間如下：《阿Q正傳》，一九四七年一月；《送報伕（新聞配達夫）》，一九四七年十月；《大鼻子的故事》，一九四七年十一月；《微雪的早晨》，一九四八年八月；《龍朱》，一九四九年一月。

4 雖然楊逵生前接受訪問時說，「中日對譯本」前後一共出了六輯，下村作次郎在楊逵生前致函請教，「中國文藝叢書」實際上共出版幾輯時，也得到六輯的回答，然而後來下村陸續獲得其中五輯，只有《黃公俊的最後》始終未見，筆者亦未曾聽聞有人見過該書。由於《臺灣文學叢刊》第一、二輯後附該「叢書」廣告處，各輯都有發賣紀錄或「近日發行」，只有《黃公俊的最後》註明「印刷中」，以此推測該輯發行日期應該晚於《龍朱》的一九四九年一月。很可能是由於一九四九年四月六日楊逵被捕，導致《黃公俊的最後》未能正式出版。參見戴國煇、若林正丈訪問，〈台灣老社正傳〉，茅盾的〈雷雨前〉、〈殘冬〉和〈大鼻子的故事〉，郁達夫的〈出奔〉和〈微雪的早晨〉，沈從文的〈龍朱〉和〈夫婦〉；鄭振鐸《黃公俊的最後》雖未見出版，然由書名可知至少收錄〈黃公俊之最後〉一篇。其中，楊逵是唯一的台籍作家，〈送報伕〉也是唯一的台灣文學創作。

戰後初期積極重建台灣新文學運動的楊逵，為何同時編選「中國文藝叢書」？「中國文藝叢書」和《臺灣文學叢刊》兩者間有何關係？本章即由此出發，藉由已正式出版的五輯「中國文藝叢書」，及從楊逵遺物中發現的非楊逵手跡〈龍朱〉中文謄寫稿[5]，最新出土的楊逵遺稿〈鄭振鐸先生〉日語介紹文、〈黃公俊之最後〉（〈黃公俊の最後〉）日文翻譯手稿等第一手史料[6]，配合歷史語境的考察，從被選入的作家之創作傾向、作品內涵、語言與翻譯問題、出版與行銷各方面，對「中國文藝叢書」進行全面性的研究，並以之與《臺灣文學叢刊》互相比較，藉此深入挖掘楊逵的選輯策略與文藝美學，以及擘畫戰後台灣社會文化的理想藍圖。

二、入選的作家與作品

「中國文藝叢書」（以下簡稱「叢書」）收錄的作品中，以日治時期台灣普羅文學代表作而知名的楊逵〈送報伕〉，描寫一位出身於農家的台灣青年楊君，在東京遭到派報社老闆的欺騙與剝削之後，目睹送報伕們團結罷工的行動迫使資本家讓步，因而爭取到合理的工作待遇，乃毅然決定返回台灣，帶領鄉民對抗日本殖民政府與製糖公司的壓迫。這篇小說雖然是一九三四年十月在東京左派雜誌《文學評論》得獎的名作，一九四六年七月台北的臺灣評論社才以中日文對照形式，首度在台全文刊載。「中國文藝叢書」版沿用臺灣評論社版的序文，由於提筆當時正值台人奴化論戰如火如荼展開之際，楊逵以「臺灣青年決不奴化，請看這篇抗日血鬪的故事」[7]作為宣傳，為台灣人已被日本奴化的偏見進行辯駁。

五位入選的中國新文學作家中，魯迅、茅盾和郁達夫三人是中國左翼作家聯盟成立時的創始會員。魯迅向以諷刺中國腐敗民族性的小說，和勇於抨擊時政的雜文而著稱。楊逵在書前的〈魯迅先生〉中這樣介紹魯迅：

> 一直到一九三六年十月十九日上午五時二十五分，結束五十六年的生涯為止，他經常作為受

會運動家的回憶與展望——楊逵關於日本、台灣、中國大陸的談話記錄〉，《楊逵全集　第十四卷．資料卷》，頁二八三；下村作次郎著，邱振瑞譯，《從文學讀台灣》，頁一三八—一三九。

5　非楊逵筆跡，共使用10×20稿紙六十三頁，已隨楊逵手稿入藏於國立台灣文學館。

6　〈鄭振鐸先生〉與〈黃公俊の最後〉為楊逵筆跡，同樣使用印有「臺中市梅枝町一九　首陽農園」的20×20稿紙，〈鄭振鐸先生〉一頁，〈黃公俊の最後〉計九十四頁。〈鄭振鐸先生〉文後標明寫作時間為一九四七年十二月二十日，〈黃公俊の最後〉則未註明翻譯時間。由於這兩篇手稿近年間才出土，未及收入《楊逵全集》，現已入藏於國立台灣文學館。

7　《臺灣評論》一卷二期（一九四六年八月一日）封底「革命文學選」的廣告。

害者與被壓迫階級的朋友，重複血淋淋的戰鬥生活，固然忙於用手筆耕，有時更是忙於用腳逃命。說是逃命，也許會令人覺得卑怯，但是，筆與鐵砲戰鬥，作家與軍警戰鬥，最後，大部份還是不得不採取逃命的游擊戰法。

如此，先生通過這種不屈不撓的戰鬥生涯，戰鬥意志更加強韌，戰鬥組織也更加團結鞏固。[8]

這段文字以社會主義的階級立場詮釋魯迅，從魯迅以作家之筆與軍警的鐵砲對抗，不屈不撓的戰鬥精神，強化了魯迅與受害者、被壓迫階級同在的形象。

引文中「固然忙於用手筆耕，有時更是忙於用腳逃命」，係引述自增田涉〈魯迅傳〉，一九二六年北京軍閥段祺瑞政府發出通緝令，魯迅只得生活在「以腳逃亡甚忙於以手寫」[9]的情況下。〈魯迅傳〉中甚至記載，一九二七年廣東為響應新軍閥蔣介石的「清黨運動」，以白色恐怖戮殺勞動者、農民與智識份子時，不僅魯迅周圍的青年學生們被視為共產黨員或親共派而被捕，就連不是共產黨員的魯迅也受到極端的威壓[10]。當中國接收後的台灣陷入民不聊生的困境時，前引楊逵的這段文字，不僅巧妙地將魯迅和台灣人民一同置於被壓迫階級，而與壓迫階級的政府當局對立起來；魯迅在統治階級壓迫之下的艱難處境，投射出的正是戰後初期楊逵批判中國政權時的自我圖像[11]。

〈阿Q正傳〉諷刺在被列強欺凌之際，仍以「精神勝利法」自我麻醉的中國民族性，同時暴露出革命如何被傳統力量所打敗[12]。楊逵在〈魯迅先生〉中對這篇作品詮釋如下：

> 這裏我所譯的「阿Q正傳」是先生的代表作，它向該詛咒的惡勢力與保守主義宣告死刑。懇請仔細吟味品嚐。只要惡勢力與保守主義不揚棄，吾人就連一步也無得前進。[13]

對照《阿Q正傳》刊行一個月後，二二八事件爆發時，楊逵毅然決然走向武裝反抗之路，不僅發表〈從速編成下鄉工作隊〉，公開呼籲在爭取以自由無限制普選而產生自治政權的這階段，須要

---

8 楊逵，〈魯迅先生〉，原以日文發表於魯迅著，楊逵譯，《阿Q正傳》（台北：東華書局，一九四七年），引自彭小妍主編，《楊逵全集　第三卷・翻譯卷》（台北：國立文化資產保存研究中心籌備處，一九九八年），頁三一。

9 由頑銕翻譯的增田涉〈魯迅傳（三）〉中，「以脚逃亡甚忙於以手寫」即出現兩次，分別見諸《臺灣文藝》二卷三號（一九三五年三月），頁六、七。根據黃得時的說法，這是林守仁（山上正義）問及魯迅為什麼最近作品很少時，魯迅的回答。參見黃得時，〈大文豪魯迅逝世——回顧其生涯與作品〉（〈大文豪魯迅逝く——その生涯と作品を顧みて〉），原載於《臺灣新文學》一卷九號（一九三六年十一月），中文翻譯改題為〈回顧魯迅的生涯與作品〉，收於葉石濤編譯，《台灣文學集2：日文作品選集》（高雄：春暉出版社，一九九九年），頁一一四。

10 增田涉著，頑銕譯，〈魯迅傳（四）〉，《臺灣文藝》二卷四號（一九三五年四月），頁一〇五。文中將廣東施行白色恐怖的年代誤記為一九二六年。

11 關於楊逵如何轉化魯迅精神，詳情請參考筆者，〈楊逵與日本警察入田春彥——兼及入田春彥仲介魯迅文學的相關問題〉，《臺灣文學評論》四卷四期，頁一〇一—一二二。

12 參考黃得時作，葉石濤譯，〈回顧魯迅的生涯與作品〉，葉石濤編譯，《台灣文學集2：日文作品選集》，頁一一六—一一七。

13 楊逵，〈魯迅先生〉，《楊逵全集　第三卷・翻譯卷》，頁三二。

包容除貪官污吏奸獰惡霸以外的各界與各黨派，擴大民主統一戰線，並提議組織下鄉工作隊，到各鄉鎮從事宣傳、組織與訓練工作[14]，楊逵也親自下鄉為二七部隊開拓兵源，鼓勵青年起來投入抗暴的行列[15]，由此當可清楚了解所謂的「惡勢力與保守主義」指向陳儀政府。楊逵不僅將這篇原本對抗封建腐敗國民精神的知名小說，挪用來撻伐陳儀政府內的貪官污吏，也藉此明確宣告向封建腐敗政權宣戰的決心。

戰後初期台灣的魯迅風潮中楊逵佔有一席之地，已經是學界所熟知的事實；相較之下，楊逵曾經透過自己編輯的刊物，多次介紹茅盾的文學活動，則尚未被研究者所注意。除「叢書」收錄的〈雷雨前〉、〈殘冬〉、〈大鼻子的故事〉三篇創作之外，楊逵另外轉載的茅盾作品有小說〈創造〉，以及〈高爾基的作品在中國〉與〈馬爾夏克談兒童文學〉兩篇文章，分別見於《一陽週報》、《和平日報》「新文學」及《台灣力行報》「新文藝」欄，顯見楊逵對這位以現實主義小說揚名的中國作家之偏愛。

在《大鼻子的故事》一書的〈茅盾先生〉中，楊逵的介紹強調了茅盾開拓中國新文化與新文學運動「竭盡心力，毫不退怯」的精神，並以「廣東的國民革命軍開始北伐的時候，他參加政治團體，從事革命運動」，暗指其以共產黨員擔任國民黨中央宣傳部秘書之經歷。文中還特別指出茅盾於一九四六年，「接受蘇聯的對外文化聯絡協會之邀，前往蘇聯考察，最近已回國，他歸國後的文學活動，特別值得矚目」[16]。楊逵對左翼作家茅盾的文學活動，及其加強中國與社會主義國家蘇聯文學交流方面的關注，由此可見一斑。

「叢書」揀選出的三篇茅盾作品，〈雷雨前〉是運用象徵的手法，傳達作者期待新社會誕生的短篇散文名作。〈殘冬〉敘述鎮上的張財主勾結警察為非作歹，又有三個帶槍的人組成三甲聯合隊，收取為數不小的保衛團捐，備受壓迫的貧苦村民，只能將希望寄託於道士所說的真命天子，最後幾位村民合力瓦解三甲聯合隊的邪惡勢力，也揭破了真命天子傳說的虛妄。〈大鼻子的故事〉則以一九三二年上海一二八戰役時失去家庭的孤兒為主角，集中刻畫這位街頭流浪兒的心理，連帶描寫大上海約三十萬至四十萬的孩子們，如何在各式各樣的工廠裡被壓榨，以養活睡在香噴噴被窩裡的孩子及其父母，揭發了帝國主義與資本主義對絕大多數中國民眾的壓迫。故事最後主角在街頭偶遇反日示威遊行，決定追隨隊伍以追求全體中華民族的解放。

值得注意的是《大鼻子的故事》收錄的三篇創作中，只有〈雷雨前〉這一篇短文僅做節錄，

14　楊逵，〈從速編成下鄉工作隊〉，《楊逵全集　第十卷．詩文卷（下）》，頁二三九—二四〇。

15　楊逵曾經在回憶中說：「我和葉陶作農夫農婦裝扮，到鄰近鄉鎮遊走，傳佈消息，鼓勵農村青年起來參加，並加以編組，三三五五一組組的投向市內編制（二七）部隊報到。」鍾逸人關於二二八事件亦有同樣的回憶：「原來楊逵夫婦這些天來竟是下鄉去作宣傳，兼為二七部隊開發兵源。那些從地方前來報到的隊伍中一大部分，可以說都是受到他們夫婦的慫恿鼓勵而來的。」見楊逵口述，王麗華記錄，〈關於楊逵回憶錄筆記〉，《楊逵全集　第十四卷．資料卷》，頁八三；鍾逸人，《辛酸六十年》，頁五一三。

16　楊逵，〈茅盾先生〉，原以日文載於茅盾作，楊逵譯，《大鼻子的故事》（台北：東華書局，一九四七年），引自《楊逵全集　第三卷．翻譯卷》，頁一五一。

缺少的部分為最後的結局，內容如下：

> 你跳起來拿著蒲扇亂撲，可是趕走了這一邊的，那一邊又是一大群乘隙進攻。你大聲叫喊，它們只回答你個哼哼哼，嗡嗡嗡！
>
> 外邊樹梢頭的蟬兒卻在那裏唱高調：「要死喲！要死喲！」
>
> 你汗也流盡了，嘴裏乾得像燒，你手裏也軟了，你會覺得世界末日也不會比這再壞！
>
> 然而猛可地電光一閃，照得屋角裏都雪亮。幔外邊的巨人一下子把那灰色的幔扯得粉碎了！
>
> 轟隆隆，轟隆隆，他勝利地叫著。胡——胡——揣在幔外邊整整兩天的風開足了超高速度撲來了！蟬兒噤聲，蒼蠅逃走，蚊子躲起來，人身上像剝落了一層殼那麼一爽。
>
> 霍！霍！霍！巨人的刀光在長空飛舞。
>
> 轟隆隆，轟隆隆，再急些！再響些吧！
>
> 讓大雷雨沖洗出個乾淨清涼的世界！[17]

由於缺乏原有最後巨人將灰色的幔扯破，以及讓大雷雨沖洗出乾淨清涼的世界之描述，幔內的人終究等不到巨人的再度進攻，只能陷於蒼蠅、蚊子肆虐的痛苦之下。這樣處身黑暗始終不見光明的結局，或許是刊印時遺漏而造成的無心之過，卻真實地呈現出台灣在被中國接收後，不見原先期盼的民族解放，反而因國府統治而墮入更為痛苦的深淵。

魯迅與茅盾之外，另一位左聯重要創始會員的郁達夫，曾於一九三六年來台訪問，因而被台灣文化界所熟知。楊逵晚年接受廖偉竣（宋澤萊）訪問時表示：「郁達夫曾一度到台灣，我接觸過他，但他那種頹廢精神和蒼白生活的描述我不能接納」[18]。《微雪的早晨》中楊逵對郁達夫的介紹，指出其處女作《沉淪》「細微深入描述當時中國青年的病態心理，對中國的舊禮教投下了猛烈的巨彈，震撼當時的中國文壇，而且也廣泛引起一般青年的關心」，側重了郁達夫創作中反封建的性格，還提到郁達夫「曾在上海從事大眾文藝的編輯工作」[19]，強調了他在推廣文藝大眾化方面的貢獻，不僅迴避對於郁達夫作品頹廢與蒼白的負面印象，更進一步地推崇郁達夫創作的現實意義。

至於選錄的〈出奔〉與〈微雪的早晨〉兩篇，都是郁達夫創作後期從浪漫主義轉向現實主義的小說作品，〈微雪的早晨〉並被郁達夫自己認為帶有社會主義的色彩[20]。〈出奔〉以夫妻的決裂

17 茅盾，〈雷雨前〉，原載於《漫畫生活》月刊一號（一九三四年九月），引自茅盾著，《茅盾全集·第十一卷》（北京：人民文學出版社，一九八六年），頁二七八。

18 引自廖偉竣，〈不朽的老兵——與楊逵論文學〉，《楊逵全集　第十四卷·資料卷》，頁一七九；並依楊素絹編，《楊逵的人與作品》（台北：民眾日報出版社，一九七八年），校補排版時遺漏的文字。

19 楊逵，〈郁達夫先生〉，原以日文載於郁達夫作，楊逵譯，《微雪的早晨》（台北：東華書局，一九四八年），引自《楊逵全集　第三卷·翻譯卷》，頁二六五。

20 李玉明，〈關於郁達夫的後期小說創作〉，《齊魯學刊》一九九七年〇五期，頁一九。

影射國民革命軍北伐後的國共分裂，敘述一個懷抱革命志向的有為青年，與資產階級獨生女結婚不久，終於識破岳家藉三民主義之名，宣稱要為佃農工人犧牲的虛假，以及妻子玩弄手段與虐使佣人的惡劣本質，終於在暗夜親手放火燒死妻子全家。〈微雪的早晨〉描述一個勇於批判政治與社會陋習，痛恨軍閥官僚的大學青年，雖然鍾情於青梅竹馬的私塾同學，卻在父母親做主之下與童養媳送作堆。由於心愛的女人將被軍閥強娶為妻而發瘋，最後在服錯藥的情形下斷送年輕的生命。故事中借這位青年之口，揭露了道士的妖言惑眾、經濟分配的不均，以及農家終歲勤勞仍無力支付政府苛稅等社會問題。

其餘兩位入選的中國作家中，沈從文的作品以描繪故鄉湘西的風土民俗為主，在中國現代文學中獨樹一幟。筆者研究用影本缺乏譯者黃燕介紹沈從文的第一頁，但從第二頁的所謂「不管是那一個作品，都是讚美自然，讚美健康，謳歌優美純粹的人性」[21]，足可窺知黃燕對沈從文筆下特殊自然人文之欣賞。關於被選入的〈龍朱〉與〈夫婦〉兩篇小說，黃燕有以下的評語：

> 「龍朱」以苗族王子情竇初開為中心，描寫未開化民族的原始生活，歌詠新鮮潑剌的野性美，宛如現代神話。
>
> 「夫婦」描述一對年輕的農村夫婦經過別村的途中，被晴朗的天氣吸引，躲在稻草後面嬉戲。村人發現正打算動用私刑的時候，城裡的男人救了他們，這個城裡的男人理解這對夫婦的行為有超越常識的魅力。

透過這兩篇文章，我們看見沈從文作品中有著一貫回歸自然的美麗姿態。[22]

這段話表現對於沈從文以純樸之筆，自然描寫兩性情愛的欣賞，然而作品內容實不僅於此。〈龍朱〉訴說白耳族王子龍朱愛上花帕族美麗的女子，但他拒絕以家族的權勢強娶入門，終於以真誠之心獲得美女的芳心。〈夫婦〉則敘述一對新婚的年輕夫妻路經某地，由於露天燕好而被鄉人綑綁，作者以鄉眾商議如何動用私刑時的各懷鬼胎，以及狡猾的練長妄想藉由審問趁機敲詐，深刻批判了偽善的傳統道德觀。

另外，很可能未曾正式出版的《黃公俊的最後》，作者鄭振鐸參與過五四學生運動，提倡現實主義的文學，主張以文藝改造社會。楊逵在〈鄭振鐸先生〉中說：「『八一三』戰事爆發後，許多作家和文化人避走後方，但先生獨自毅然堅守上海，直到最後不向意志低頭的只有先生一個人。」[23]以此突出了鄭振鐸不屈不撓的精神。〈黃公俊之最後〉描寫太平天國時期，黃公俊隻身前往說服曾國荃的湘軍倒戈，卻反遭囚禁的歷史故事。內容敘述黃氏先祖因反抗清廷，在台灣被捕後流放至湖南長沙。由於家族曾經慘遭滿清異族的報復性屠戮，子孫用不求仕進來表示消極的抵

---

21 譯自沈從文著，黃燕譯，《龍朱》（台北：東華書局，一九四九年），頁二。

22 沈從文著，黃燕譯，《龍朱》，頁二。

23 譯自楊逵日文手稿〈鄭振鐸先生〉，一九四七年十二月二十日。

抗。黃公俊為復興民族而自願加入太平軍的行列，既透徹了解鄉紳為保護自身利益，以冠冕堂皇的保鄉守土為名，號召民眾組織鄉勇對抗義軍，也見識到肩負民族復興和經濟鬥爭雙重任務的義軍首領，絕大多數在掌握權勢之後立即腐化。堅持理念的他最終只能一死以求仁得仁，深刻揭發了人性虛偽醜陋的一面。

〈黃公俊之最後〉既非中國新文學的知名篇章，亦非鄭振鐸的代表作品，之所以雀屏中選，想必與故事中的黃公俊為台灣人後代，並且繼承了祖先強悍的反抗精神有極大的關係[24]。以此，楊逵對於一九四八年間《臺灣新生報》「橋」副刊的台灣文學論爭中，有關台灣人是否被奴化一事，再次做了強而有力的申辯。故事中借黃公俊之口，對和尚、道士假借宗教名義混口飯吃，旗人加諸於漢族的歧視和壓迫，以及外國勢力藉機圖謀政治利益等均有所刻劃，傳達了楊逵自身對於宗教迷信、殖民主義、帝國主義之批判[25]。

三、忠於原著的直譯法

「叢書」收錄的文學創作，原作有日文與中文兩種，唯一收錄的日文小說〈送報伕〉是日治時期台灣文學名篇。「叢書」採用的胡風譯文，一九三五年六月首度發表於上海的《世界知識》第二卷第六號，這也是〈送報伕〉的第一份中文版本，在台灣與中國新文學交流史上的重要性自不待言。同時，這份譯本不僅使得〈送報伕〉成為最早被介紹到中國的台灣小說之一，譯者的介紹文還特地將小說中殖民地台灣人民的悲慘生活，比擬成東北四省的中國人民在日本壓迫下的不幸命運[26]，所獲得讀者的感動與回響，也成為胡風持續譯介朝鮮與台灣短篇小說的主要動力[27]。一九三六年四月起，〈送報伕〉又接連收錄於胡風譯《山靈——朝鮮台灣短篇集》與世界知識社編《弱小民族小說選》[28]，而且實際刊印次數應較目前所知為多。

例如《楊逵全集》日文編輯清水賢一郎透過中國友人協助，發現一九三七年四月三十日起連載於《河南民報》副刊「文藝畫刊」的另一種中譯版。作者署名「JANE KUI」，即「楊逵」的羅

24 〈黃公俊之最後〉在描寫黃公俊的形象時說：「他覺得自己有些易感與脆弱，但祖先的強悍的反抗的精神還堅固的遺傳着」。又說：「他身體並不健好，常是三災兩病的。矮矮的身材，瘦削的肩，細小的頭顱。但遺傳的反抗的精神，給予他以一種堅定而強固的意志與熱烈而不涸的熱情」。鄭振鐸，《鄭振鐸全集．第一卷》（河北石家庄：花山文藝出版社，一九九八年），頁三一二。

25 以上有關「中國文藝叢書」收錄作品的內容評述，係改寫並擴充自筆者，《左翼批判精神的鍛接：四〇年代楊逵文學與思想的歷史研究》，頁三〇〇—三〇三。

26 胡風介紹〈送報伕〉時說：「爰特譯出，以便讀者窺知殖民地台灣人民生活底悲慘。讀者在讀它時，同時還應記着，現在東北四省的中國人民又遇着台灣人民的那種同樣的命運了。」見於〈送報伕〉前的譯者說明，《世界知識》二卷六號（一九三五年六月），頁三二〇。

27 胡風，〈序〉，胡風譯，《山靈——朝鮮台灣短篇集》（上海：文化生活出版社，一九三六年），頁一。

28 胡風譯《山靈——朝鮮台灣短篇集》（上海：文化生活出版社）與世界知識社編《弱小民族小說選》（上海：生活書店），於一九三六年四月、五月陸續出版。

馬拼音。譯者為「華南」，真實姓名不詳。清水賢一郎將之詳細比對胡風譯本後，斷定該版係參照胡風譯本改訂而成，譯者極有可能不懂日文[29]。這偶然間發現的版本，證明〈送報伕〉在中國刊行的情況與造成的影響，可能超乎學界原先所知[30]。由於在大陸時即因閱讀〈送報伕〉中文翻譯，而對楊逵仰慕許久，外省知識分子來台後，紛紛前往台中一睹楊逵的廬山真面目，促成了楊逵與大陸作家的彼此交流。戰後在台灣重新刊行〈送報伕〉時，採用曾經在大陸廣被閱讀的胡風譯本，象徵中國文學與台灣文學匯流的新時代就此揭開序幕。

翻譯手法方面，清水賢一郎的研究指出，胡風採用「硬譯」（直譯）的方式，寧可犧牲文字的可讀性，多注重傳達意思的正確性，導致有些地方不太通順。雖然總的來說很少譯錯，仍有少許誤譯之處。以〈送報伕〉手稿「後篇」[31]比對後還發現，胡風嘗試將部分被日本當局刪除的日文補上，高明的「猜讀」功夫令人嘆為觀止[32]。「叢書」收錄的胡風譯文刪去為中國讀者註解處，其餘保持原貌，誤譯之處也不予改動，日文原文被刪除部分則盡量補上[33]，使得日文原文與中文翻譯有不相符合之處。但與戰後由楊逵自行翻譯的版本，加強反抗的姿態並渲染罷工集會事件相較，胡風的中譯版更能呈現日治時期作品的原貌[34]。

其他五輯中國新文學創作中，《阿Q正傳》、《大鼻子的故事》、《微雪的早晨》、《黃公俊的最後》四輯均由楊逵自行翻譯成日文。楊逵曾經說自己得自入田春彥的遺物《大魯迅全集》，成為「正式」閱讀魯迅之始[35]。比較改造社版《大魯迅全集》與「中國文藝叢書」版的〈阿Q正傳〉譯文，可以發現兩者之間有很大的不同。例如魯迅〈阿Q正傳〉原文有一段如下：

29 該版由清水賢一郎的中國友人沈衛威教授（河南大學中文系）以簡體字抄寫自河南省圖書館的微卷，筆者手中有清水教授提供的影印本，標題為〈送報夫〉，連載於《河南民報》（開封）副刊「文藝畫刊」三期至十期，一九三七年四月三十日—六月十日，未刊完。參見清水賢一郎，〈臺、日、中的交會——談楊逵日文作品的飜譯——〉，北海道大学大学院国際広報メディア研究科、北海道大学言語文化部編，《大学院国際広報メディア研究科言語文化部紀要》（札幌）四二号（二〇〇二年三月），頁一七二—一七三及頁一八八之註九。

30 除了清水賢一郎發現的版本之外，曾有一位從大陸回台的青年跟楊逵說，他就讀的學校校刊中轉載過〈送報伕〉；李獻璋也跟楊逵提過，戰爭期間在廣州看到〈送報伕〉在報紙上連載。另根據胡風在中國北京舉行的楊逵先生紀念會上致詞時表示，由他所翻譯的《送報伕》，曾由文字研究會譯成拉丁化新文字本，介紹給中國的工友們閱讀。雖然目前尚無法得知此一版本刊行的時間，〈送報伕〉在中國文壇受到的重視不難想像。楊逵，〈「日據時代的台灣文學與抗日運動」座談會書面意見〉，《楊逵全集　第十卷．詩文卷（下）》，頁三八九。胡風，〈悼楊逵先生〉，《台聲》（北京）「楊逵先生紀念專輯」（一九八五年四月），頁一二。

31 清水賢一郎用來進行版本比對的是手稿〈新聞配達夫（後篇）〉的影本，文末註明完稿時間為一九三二年六月一日，與《文學評論》版的完稿時間一九三四年五月一日不同。近年間「後篇」的楊逵手稿原件已重新出土，可惜第一頁已經佚失。

32 詳見清水賢一郎，〈臺、日、中的交會——談楊逵日文作品的飜譯——〉，《大学院国際広報メディア研究科言語文化部紀要》（札幌）四二号，頁一七三—一七六。

33 胡風中文譯本猜讀處與日文原文還原被刪除部分的差異，《楊逵全集》已在注釋中逐一註明。請參見《楊逵全集　第四卷．小說卷（Ⅰ）》，頁一〇三—一〇四。

34 塚本照和作，向陽譯，〈楊逵作品「新聞配達夫」（送報伕）的版本之謎〉，《臺灣文藝》九四期（一九八五年五月），頁一七八。張恆豪，〈存其眞貌——談「送報伕」譯本及延伸的問題〉，《臺灣文藝》一〇二期（一九八六年九月），頁一四九。

35 戴國煇、內村剛介訪問，葉石濤譯，〈一個台灣作家的七十七年〉，《楊逵全集　第十四卷．資料卷》，頁二六〇。

我曾經仔細想：阿Quei。阿桂還是阿貴呢？倘使他號叫月亭或者在八月間做過生日那一定是阿桂了。而他既沒有號——也許有號，只是沒有人知道他，——又未嘗散過生日徵文的帖子：寫作阿桂，是武斷的。又倘若他有一位老兄或令弟阿富那一定是阿貴了；而他又只是一個人：寫作阿貴，也沒有佐證的。其餘音的編〔按：「偏」之誤〕僻字樣，更加湊不上了。36

在日本東京翻譯出版的《大魯迅全集（第一卷）》中譯為：

私は色々に考へてみた、阿Queiは阿桂〔註三〕だらうか、それとも阿貴だらうかと。もしも彼が月亭といふ樣な號でも用ひたとか、或はその誕生日が八月の幾日だつたとかいふことでもあれば、それはもう阿桂と書いたんだつたに決つてゐる。が、彼に雅號などがあつた筈がないし、たとへあつたとしても知つてゐる者なんかゐはしない。況やその誕生日〔註四〕のために詩文を請ふチラシを撒いたなどといふことがあらう筈もない。だから阿桂と書いては少し獨斷すぎるわけである。或はまた、彼に一人の兄弟でもあつて、それが阿富とでも呼ばれたとすれば、阿貴と書くことに決つてゐるのだが、しかし彼は全くの一人きりであつたから阿貴と書かうにも據りどころがないことになる。その外、Queiと発音する通用の片よつた文字では、なほさら纏りがつかない。37

其中，註解第三與第四分別解釋為：

〔註三〕阿桂、阿貴の桂貴は何れも支那音でQueiに近い。月亭とか八月の誕生日とかいふのは、何れも桂から想起したもの、又阿貴と阿富は富貴に繫がってゐる。さういふ緣故で阿Qの本字を判斷しようとするのである。

〔註四〕所謂名士が自分の誕生日に當り、知友の間に詩文即ち賀札を請ふ帖を配布するが、これ實は賀札即ち金錢を徵するもので、その陋風を諷したもの。38

楊逵的譯文如下：

私は曾つて仔細に考へたのだが、阿Queiとは、一體、阿桂であるか、それとも阿貴であらうか？若し彼に號でもあって月亭と呼ぶかそれとも八月中に誕生祝ひをしたならば、

36 魯迅著，楊逵譯，《阿Q正傳》，頁六。

37 井上紅梅、松枝茂夫、山上正義、增田涉、佐藤春夫譯，《大魯迅全集（第一卷）》（東京：改造社，一九三七年），頁一三三。由於該書為直式排版，引文中的〔註三〕、〔註四〕分別標示於「阿桂」與「誕生」的右側行間空白處。此處引文改標示於須加註的字詞「阿桂」與「誕生日」之後。

38 井上紅梅、松枝茂夫、山上正義、增田涉、佐藤春夫譯，《大魯迅全集（第一卷）》，頁一三五。

必ず阿桂であらう。ところが、彼には號はないし——ひよつとしたらあつたのかも知らぬが、それを知つてゐる人はゐない——誕生祝ひの徵文狀を配つたこともないので、阿桂と書くことは獨斷的である。また若し彼には兄弟でもあつて、阿富と云ふ名前であるならば、きつと阿貴であらう。ところが、彼は一人者だし、阿貴と書く證據もない。その他のQuei、と呼ぶ面倒な文字に至つては、益々當てはめ難い。[39]

以上兩段引文中，日本改造社版《大魯迅全集》附有詳細的注釋，用以說明「桂」（日語音為「けい」）、「貴」（日語音為「き」）兩字中國語讀音同樣近似「Quei」，中文有合義複詞「富貴」，以及生日時假借散發徵文帖索取紅包的中國陋習。除此之外，跟中國新文學相關的人物、期刊等專有名詞（例如：胡適、《新青年》雜誌），這些日本讀者所不了解的中國文化，改造社版《大魯迅全集》也都一一加以註解。但是對於絕大部分接受日本殖民教育的台灣民眾，特別是皇民化運動時期成長的年輕世代來說，由於歷史發展與生活經驗異於中國，部分名詞也是陌生的詞彙，楊逵的譯文卻完全沒有任何註解。相對於《大魯迅全集》的詳細譯註來說，楊逵的翻譯是較為簡潔的直譯法，不追求用字的雕琢和文句的流暢，而以忠實傳達字詞的意義為主要目的。

日本學者下村作次郎研究《大鼻子的故事》時也指出，楊逵使用的版本除有誤植，和印刷時發生的不少漏字現象外，並沒有添筆加墨，而是忠實地以中文對照譯寫。雖然日語譯文稍嫌生硬，整體而言是忠實原著的直譯法，這或許是顧及「中日文對照」語言學習所致。另外，書中仍有兩三處誤譯，反映出當時的出版狀況，以及中文原著誤排偏多的缺點[40]。事實上，對於接受過日本長達五十年殖民統治，慣用日本語文的台灣人來說，直譯法當有利於中日文參照閱讀以學習國語之用。

除了楊逵自身之外，「叢書」還有另一位日文譯者黃燕，負責翻譯沈從文的《龍朱》。由於生平不詳，目前仍無法得知楊逵何以決定由黃燕擔任翻譯。不過正如其他五輯，黃燕也是採取直譯法，用字淺顯。只是在中國少數族群的族名、人名、地名等專有名詞出現時，幾乎會在文字右側以片假名標示中文讀音，例如〈龍朱〉中的「白耳族」之「白耳」為「バイアル」，「龍朱」為「ロンチユ」，「烏婆」為「ウボ」，「七梁橋」為「チーリアンチアオ」，〈夫婦〉中的「八道坡」為「バータオポー」，「窰上」為「ヤオシアン」，在「叢書」各輯中算是獨特之舉。雖然日文假名無法準確地標出國語發音，但對台灣民眾學習國語應當有所助益。

由於戰後初期大陸文藝書刊的輸入極為缺乏，「叢書」轉載與翻譯的中國文學創作所據何來令人好奇。鍾逸人回憶錄中所說，楊逵戰後曾經熱衷於楊克培從上海寄來，以及中井淳等人餽贈

39　魯迅著，楊逵譯，《阿Q正傳》，頁六。附帶說明的是楊逵使用舊式日文，因此引文中的促音「っ」以「つ」來標示，並非筆者打字錯誤。至於標點符號位置與日文用法有所差異，乃因格式統一考量，引文一律轉為標楷體而造成的結果。

40　下村作次郎著，邱振瑞譯，《從文學讀台灣》，頁一三七。

的魯迅、茅盾、老舍等人的文學作品[41]，應該就是賴以刊行的文本。楊克培是日治時期台灣共產黨的重要成員，中井淳原是臺北帝大文政學部教授。「中國文藝叢書」使用楊克培與中井淳所提供的材料，顯示當時楊逵的人際網絡，擴及於居留中國大陸的左翼知識菁英，也具體說明日本文化界居中仲介中國新文學方面的貢獻。

另外，發現自楊逵遺物中抄寫沈從文〈龍朱〉的手稿，對考察「叢書」所根據的資料也提供了重要線索。該手稿並非楊逵筆跡，稿紙上印有「臺灣映畫演劇配給社」字樣，執筆者可能與戰後由其改組而來的「臺灣電影戲劇股份有限公司」有關。文末有「選自《沈從文子集》」標註謄寫所用版本，與正式出版時註明的使用版本相同[42]。手稿抄寫內容原有錯誤之處皆經過仔細校對，並被改以正確文字，應是交付翻譯與排版印刷第四輯《龍朱》之用。由此可見，下村作次郎之所以始終未能確定《大鼻子的故事》中文原文所採用的版本[43]，很有可能即是抄寫過程中產生筆誤，因而導致判別的困難[44]。

四、策畫、出版與行銷

「中國文藝叢書」各輯版權頁清楚載明發行所是「東華書局」[45]，設址於台北市延平路二段五〇號，發行人為張歐坤。目前僅能從極少數的文獻史料獲知，張歐坤是日治時期大稻埕知名富商張東華之三男，畢業於上海復旦大學，戰爭時期攜東洋畫家的妻子周紅綢赴中國經商[46]。東華書局之名，應該是張歐坤以父親張東華之名而設立。根據報載，張歐坤曾參與一九四六年五月十二日「臺灣省旅外同鄉互助會」成立大會，並擔任該會的理事暨常務理事。一九四六年五月二十二日張歐坤又在該會第一次理監事會議，決議分擔工作時負責連絡股[47]。推測他之所以承擔這項工作，極有可能是為了接回滯留中國的眷屬[48]，連帶協助戰後流落各地的台灣人順利返鄉。

銷售方面，楊逵主編的《臺灣文學叢刊》第一、二輯後附「中國文藝叢書」廣告處，註明由台中的「平民出版社」總經售。平民出版社為楊逵所創立，地址在台中市自由路八五號，因此「叢書」實際銷售業務是由楊逵自行負責。平民出版社除經銷「中國文藝叢書」外，亦包括由楊

41 鍾逸人，《辛酸六十年》，頁二九六。
42 〈龍朱〉文末標註「選自沈從文子集」。沈從文著，黃燕譯，《龍朱》，頁五七。
43 下村作次郎著，邱振瑞譯，《從文學讀台灣》，頁一三七。
44 筆者，《左翼批判精神的鍛接：四〇年代楊逵文學與思想的歷史研究》，頁二九九—三〇〇。
45 現今位於台北市重慶南路的東華書局為卓鑫淼於一九六五年創立，與大稻埕之東華書局沒有任何關聯。
46 查詢漢珍數位圖書「臺灣人物誌」有關「張東華」之介紹，並參考張瓊慧，〈周紅綢紀事之一二〉，《藝術家》二〇一期（一九九二年二月），頁三二八。
47 〈省旅外同鄉互助會／きのふ省都で成立大會〉，《臺灣新生報》，一九四六年五月十三日，四版。〈籌款救濟旅外臺胞／擬舉行音樂美展會〉，《臺灣新生報》，一九四六年五月二十四日，五版。
48 根據張瓊慧對楊幸月（周紅綢兒媳）的訪談紀錄，周紅綢直到一九四九年才從中國回到台灣。張瓊慧，〈周紅綢紀事之一二〉，《藝術家》二〇一期，頁三二八。

逵創刊於一九四八年八月十日的《臺灣文學叢刊》[49]。《臺灣文學叢刊》的發行人也由張歐坤掛名，發行所則是「臺灣文學社」。根據楊逵的說法，出版經費是由台北的一位朋友全額支付[50]。除此之外，楊逵文友揚風曾在日記中提及，楊逵有一位朋友擔任東華書局的經理。由於張歐坤身兼「東華書局」與「臺灣文學社」的發行人，揚風所說的那位東華書局的經理是否即為張歐坤，《臺灣文學叢刊》的出版經費是否由張歐坤來支付，他與楊逵的交往情形又是如何，這些仍然是有待解開的謎團。

出版旨趣方面，「叢書」每輯前皆附有蘇維熊（時任臺大外文系教授）所擬發刊序予以說明。序文中首先肯定戰後台灣同胞以認真的態度學習國語，獲得豐富的成績，在全中國普及國語運動上的確值得炫耀和自慰。接著又說：

> 但是，一切的一切正由今日開始。因為受了五十年的隔絕，今後要眞正理解祖國的文化，或者使我們學習得更為正確，我們六百多萬同胞，不能不加緊努力學習。不但要眞確地理解認識祖國的文化，而且要哺育它，使它更為高尚，更為燦爛，使其眞正的精華宣揚全世界……
>
> （中略）
>
> 我希望各位讀者就文學及語學兩方面，能够同時仔細用功，那麼雖是微小的冊子，不但有裨益於讀者諸君，卽是對整個國家文化的提高，亦大有所補。

由此可見「叢書」之出版，在形式上與內容上包含兩層意義：首先是讓接受日文教育且不諳中文的台灣同胞，透過原本熟悉的日語譯文以學習國語；其次，藉由中國文學創作之閱讀，使對中國文化陌生的台灣人正確了解中國文化之精華，繼而哺育之以提高整個國家的文化，自然亦帶有藉此重建戰後台灣文化之意味。其中所謂「眞確地理解認識祖國的文化」，明白宣告「叢書」之出版含有正確介紹中國文化給台灣人之目的。

下村作次郎研究楊逵翻譯的《大鼻子的故事》時，曾經根據蘇維熊序文之內容，簡短歸納出楊逵策畫「中國文藝叢書」的動機如下：

> 這套叢書是楊逵「試圖打破外省籍，本省籍的隔閡和語言上的障礙」的嘗試之作，同時也是台灣人在戰後通過中文的學習，身心一體地尋求「回歸祖國」，為台灣的文化復興與建設，而戳〔按：「戮」之誤〕力以赴的文化性的活動之一。[51]

49《臺灣文學叢刊》一、二輯版權頁。

50 楊逵口述，何眴錄音整理，〈二二八事件前後〉，《楊逵全集　第十四卷．資料卷》，頁九二。

51 下村作次郎著，邱振瑞譯，《從文學讀台灣》，頁一三三。附帶一提的是在前述引文之後，下村作次郎緊接著說：「然而，在後來二二八事件紛亂的局勢中，楊逵遭到逮捕，這些營為悉數挫敗告終。」其實二二八事件前「中國文藝叢書」僅出版《阿Q正傳》一輯，事件後楊逵的入獄雖然造成出版計畫的暫時中斷，但同年八月出獄後，其他各輯的出版仍按原訂計畫進行。即使《黃公俊的最後》最後很可能未曾正式出版，但一九四七年底楊逵為該書撰寫了〈鄭振鐸先針對〈大鼻子的故事〉被收錄於「叢書」之中，下村作次郎推想楊逵獨鍾這篇作品的原因應該是：

> 其作品內容之所以讓人容易聯想，大概是作品的題材，與台灣「光復」時的時代精神相通吧！「打倒××帝國主義！」、「中華民族解放萬歲！」這些口號，充分反映出戰後台灣人民的解放感。[52]

也就是說下村作次郎認為「中國文藝叢書」的出版，既是楊逵復興與建設戰後台灣文化之用，同時也是楊逵藉由學習中文，以尋求「回歸祖國」的具體表現；而「叢書」所收錄〈大鼻子的故事〉，正反映「光復」後台灣人自殖民統治「解放」出來的時代精神。仔細考察楊逵在戰後的經歷，這樣的看法其實有待商榷。

從一九四五年戰爭甫結束，楊逵便迫不及待籌組「解放委員會」，並在《一陽週報》中以「夙夜少刻都不可撒謊、不可偷懶、不可揩油」[53]，熱情回應陳儀抵台時向台灣人民發表的「三不信條」，可以印證日本投降之後，楊逵的確曾經有過解放感。可惜歷時極為短暫，隨後楊逵就不斷以文字批判陳儀政府。例如戰爭結束剛好一周年的一九四六年八月，楊逵在《新知識》發表〈為此一年哭〉，痛陳對接收當局的失望。文中回憶說：「記得去年的今天，我聽着日皇投降的電訊，感動到汗流身顫。是覺着我們解放了，束縛我們的鉄鎖打斷了，我們都可以自由的生活」，結果卻是：「說幾句老實話，寫幾個正經字却要受種々的威脅，打碎了舊枷鎖，又有了新鉄鍊」[54]，最後悲憤的楊逵堅定地表示爭取自由民主的決心。

一九四七年一月楊逵在《文化交流》發表〈阿Q畫圓圈〉，藉魯迅名著〈阿Q正傳〉中的阿Q生怕被人笑話，使盡了平生的力氣，想要把行狀上的圓圈畫圓，結果圓圈還是少了一角，以「禮義廉恥之邦，在這一年來給我們看到的，已經欠少了一個信字」，批判自稱「禮義廉恥之邦」的中國政府連阿Q都不如，感嘆戰爭結束以來一年多的時間建設難成，遂發出「雖有幾個禮義廉恥欠信之士得在此大動亂之下再發其大財，平民凡夫在飢寒交迫之下總會不喜歡他們的」[55]，諷刺陳儀有關台灣新建設的承諾失信於民，再度表達對執政當局的強烈不滿。

二二八事件爆發後的三月八日，楊逵在〈二・二七慘案真因—臺灣省民之哀訴—〉中說：

生〉介紹文，《臺灣文學叢刊》第一、二輯的出書廣告透露出一九四八年八、九月間已付印的訊息。因此二二八事件並未造成楊逵的文化活動「悉數挫敗告終」，真正的挫敗應該是楊逵於一九四九年四月六日被捕，刑期長達十二年。

52 下村作次郎著，邱振瑞譯，《從文學讀台灣》，頁一三六。

53 楊逵，〈紀念　孫總理誕辰〉，《楊逵全集　第十卷・詩文卷（下）》，頁二一二。文中「揩油」之「揩」字誤植為「楷」，筆者已在此處的引文中更正。

54 楊逵，〈為此一年哭〉，原載於《新知識》創刊號（一九四六年八月），引自《楊逵全集　第十卷・詩文卷（下）》，頁二二九。

55 楊逵，〈阿Q畫圓圈〉，原載於《文化交流》一輯，收於《楊逵全集　第十卷・詩文卷（下）》，頁二三一—二三二。

憶起光復當時，我們以萬分的熱情，歡迎陳長官蒞台，以萬分的誠意親近祖國同胞。但他們竟視臺灣為殖民地，看臺胞為可欺，而拚命搾取民膏民脂，儘量搜括公產公地，無權不爭，無利不奪，無路不走，無孔不穿，無官不貪，無吏不污，無軍不惡，無惡不作，實在有集古今東西的萬惡在他們身上之觀了。

又說：

我們看其百惡，察其狠心，而言々句々要求登用臺胞，以便挽救既倒。但是他們藉口不諳國語，不肯登用人才，祇用走狗來掩飾而已。並且這批走狗的地位，也不過空駙馬，毫無實權。[56]

這兩段話所要表現的，正是戰後台灣人普遍感覺再度被殖民的悲憤[57]，及對中國政府歧視性政治體制的失望和抗議。

一九四七年一月「中國文藝叢書」第一輯《阿Q正傳》出版時，正是楊逵重建台灣社會的實際行動受挫，對中國政府極端失望之際。二二八事件時，一向主張和平抗爭的楊逵投身武裝革命，並因此於四月間被補。八月出獄後，楊逵繼續執行其他各輯的出版計畫。十月《送報伕（新聞配達夫）》出版，序文特地介紹〈送報伕〉被查禁的歷史，並感嘆地說：「島內同胞可能很少見過這部作品。而今『光復』，得以跟諸位讀者見面，作者的喜悅，莫此為甚。」[58]表面上，陳述這篇小說問世十多年之後，終於在台完整面世的歡喜之情；事實上，「光復」兩字加上引號予以強調[59]，含蓄地傳達了當時已失去解放感的楊逵，內心對於回歸「祖國」的質疑。十一月《大鼻子的故事》出版時，楊逵才剛被自己所謂的「新鉄鍊」拘繫，並經歷過瀕臨死亡的恐怖經驗，可想而知，當時他心裡的感受必定不是「解放」二字。

其實楊逵生前曾經幾度談到策畫「中國文藝叢書」的動機，一九八二年應邀訪問美國時楊逵

---

56 以上兩段引自楊逵以「臺中區時局處委會稿」名義發表之〈二・二七慘案真因—臺灣省民之哀訴—〉，《自由日報》，一九四七年三月八日，一版，並依同日《和平日報》刊出之內容校補遺漏的標點符號。

57 誠如蔣瑞仁所說：「現行的行政長官制度，使長官掌握行政，立法，司法和軍事四權。這制度在法律學上叫做『外地法』是植民地制度的典型。」又說：「我們反對植民地化的專制々度」。蔣瑞仁，〈向自治的路〉，《政經報》二卷五期（一九四六年五月），頁四。

58 原以日文發表於《新聞配達夫（送報伕）》（台北：臺灣評論社，一九四六年），後又成為「中國文藝叢書」的《送報伕（新聞配達夫）》序文。引自《楊逵全集　第十四卷・資料卷》，頁三〇九。

59 張恆豪研究「中國文藝叢書」的《送報伕（新聞配達夫）》時即已指出，「在楊逵的序文裏，他特別將光復二字，加上了引號，這自有他的深意，顯示了他對所處的時代、所處的環境，有他獨特的觀察。」張恆豪，〈存其眞貌——談「送報伕」譯本及延伸的問題〉，《臺灣文藝》一〇二期，頁一四四。附帶說明，這篇論文修訂後改題為〈鮮活的歷史存證——談楊逵「送報伕」譯本和其延伸的問題〉，收入張恆豪的專書《覺醒的島國》（台南：台南市立文化中心，一九九五年），但此處所引相關論點並無二致。

這樣說：

> 光復後我翻譯了一些魯迅、老舍、巴金、沈從文等幾位作家的作品，刊行了中日文對照的小冊子，目的是為了使像我一樣受日文教育的朋友們，一面接觸到大陸的文藝作品，一面又可以學學中文，尤其是使我自己熟習中文，以改變我過去用日文寫作的畸形現象。[60]

從美國返台順道重遊日本，在接受戴國煇與內村剛介訪問時，楊逵也有過類似的談話：

> 我在十二年的坐牢生活中學了中國的標準語，又從孫兒學習。此外，光復不久我立刻出版了中國語原文和日文翻譯並列的書，魯迅的「阿Q正傳」。這也是為了學習標準語的目的起見所刊行的。[61]

除了目前未見有翻譯老舍、巴金創作的史料，相關說法可能記憶有誤外[62]，綜合兩段引文可知，楊逵當時雖然中文能力不佳，仍不畏艱苦親自翻譯了其中四輯，一方面是希望提供台灣民眾透過日文以學習國語的憑藉；另一方面，亦兼有磨練自身中文能力及配合國語運動之意[63]。

除此之外，更值得注意的是楊逵在美國接受陳俊雄訪問時曾說：

當時許多團體被破壞了，大多活動進入地下了，與共產黨有些接觸。我當時心想不能進入地下，否則文學活動會丟掉；另外我不願離開台灣，應該繼續貢献家鄉，所以我創辦『中國文藝叢書』，翻譯魯迅、老舍、郁達夫、沈從文的作品。我希望以翻譯改進漢文能力，並以日漢文對照，使我們這輩人有學習機會，並接觸先進作家作品。[64]

這段文字透露出「中國文藝叢書」的翻譯出版，源於當時台灣許多已籌組的團體遭到破壞，使得政治參與和社會運動無法再公開進行。為了文學活動的繼續發展，楊逵衡量不宜加入共產黨，因此選擇翻譯中國先進作家的作品，提供包括自己在內的台灣人學習國語和中國文學，繼續留在家鄉貢獻個人心力。換句話說，楊逵的真正目的是以文學活動持續推動社會改造。從「叢書」所收錄的「先進作家作品」多屬左翼陣線，作品內容普遍呈現濃厚的現實主義與抗爭意識，實不難讀

60 譚嘉記錄，〈訪台灣老作家楊逵〉，原載於《七十年代》總一五四期（一九八二年十一月），引自《楊逵全集　第十四卷．資料卷》，頁二二九。
61 戴國煇、內村剛介訪問，葉石濤譯，〈一個台灣作家的七十七年〉，《楊逵全集　第十四卷．資料卷》，頁二六四。
62 楊逵確實曾經介紹老舍的作品，篇名是〈儲蓄思想〉，但不是翻譯成日文，而是以中文原文刊登在由楊逵主編的《和平日報．新文學》七期，一九四六年六月二十一日。至於巴金的作品部分，目前沒有任何資料顯示楊逵曾經加以介紹。
63 筆者，《左翼批判精神的鍛接：四〇年代楊逵文學與思想的歷史研究》，頁二九九。
64 陳俊雄訪問，〈壓不扁的玫瑰花——楊逵訪談錄〉，《楊逵全集　第十四卷．資料卷》，頁二一三。

出楊逵以此承接兩岸新文學運動的左翼傳統，藉由文學文化的重建推動台灣社會重建的理念。

五、與《臺灣文學叢刊》之比較

將「中國文藝叢書」與《臺灣文學叢刊》（以下簡稱《叢刊》）並置比較，可以發現出版時間相近，同樣由楊逵策畫主編，也都由張歐坤擔任發行人的這兩套書刊，其間存在著根本上的差異。例如語言方面，「叢書」的形式統一，同一種作品均採用中、日文並刊的方式；《叢刊》則在北京話文作品，與日文作品的中文譯本之外，兼收在民間流傳已久的台灣民謠〈農村曲〉，與〈黃虎旗〉、〈却糞掃〉、〈上任〉、〈生活〉、〈不如猪〉、〈勤〉、〈營養學〉等多篇楊逵自創的台灣話文歌謠，標記出戰後初期台灣地區多音交響，以及台灣、日本、中國三地文化匯聚於戰後台灣的特殊現象。

一九四六年五月楊逵發表〈臺灣新文學停頓的檢討〉時，曾經針對語言問題表示：

> 新文學是人民的文學，所以最理想的表現方法，應該是用人民自身的語言，也就是用白話文來寫，務求真正的文、言一致。但是，在日本化政策之下，一直禁止我們整理自己的語言，不讓我們創造文、言一致。他們五十年來的政策，雖說終究連我們的語言都無法消滅，但已經遺留下來很大的混亂。也就是說用日語、臺灣白話或是用中國話書寫，在這種嚴重混亂的

時期，創造我們自己新的文、言一致，會是今後長期的一大艱鉅事業。[65]

一九四八年八月二十三日，楊逵在主編的《台灣力行報》「新文藝」欄發表〈人民的作家〉，仍然強調「人民的作家應該以人民的語言寫作」[66]。單就使用的語言來看，收錄了數篇台灣話文歌謠的《叢刊》，顯然比「叢書」接近楊逵以台灣民眾的語言從事文學寫作的理想。

收錄作品方面，相較於「叢書」收錄戰前新文學創作，與戰後台灣人民的實際生活無直接相關；《叢刊》的「歡迎投稿」中明白表示：「本刊歡迎反映臺灣現實的稿子，尤其歡迎，表現臺灣人民的生活感情思想動向的創作，報告文學，生活記錄等」，又註明「歌功頌德、無病呻吟、空洞夢幻的美文不用」[67]，因此作品多描繪戰後台灣的社會現況，及百業蕭條、民生凋敝的悲慘景象，間接控訴了當局施政之不當。尤其較早策畫的「中國文藝叢書」，把台灣文學內含於中國文學，表現了政治上台灣再度併入中國領土的客觀現實；《臺灣文學叢刊》則以作品體現「台灣文學」必然是以台灣經驗為題材，凸顯了「台灣文學」和「中國文學」定義與內涵上的差異，展

65 楊逵，〈臺灣新文學停頓的檢討〉，《楊逵全集　第十卷．詩文卷（下）》，頁二二四。

66 楊逵，〈人民的作家〉，原載於《台灣力行報．新文藝》四期，一九四八年八月二十三日，引自《楊逵全集　第十卷．詩文卷（下）》，頁二五八。

67 《臺灣文學叢刊》一、二輯之版權頁。

現了楊逵獨立自主發展台灣文學的主觀願望。

除去上述的差異之外，這兩套書刊之間其實有著諸多雷同之處，呈現特殊的意義。在執筆作家方面，「叢書」包含戰前兩岸新文學運動時期的重要作家，分別是魯迅、茅盾、郁達夫、沈從文、鄭振鐸等五位中國新文學家，以及日治時期台灣新文學運動重要領導人的楊逵；《叢刊》則包含戰後在台灣的楊逵、蔡秋桐、楊守愚、吳新榮、王詩琅、廖漢臣、楊啟東、呂訴上、葉石濤、林曙光、朱實、張彥勳等十二位台籍作家，以及揚風、蕭荻、黃榮燦、歐坦生、鄭重、俞若欽、章仕開、洪野、鴻賡、陳濤等十位大陸來台作家。從橫向的地域分布來看，分別容納中國（外省）與台灣（本省）作家，並有多位左翼作家列名其中；縱向發展來看，則是戰前到戰後的兩岸新文學家兼而有之。若把兩套合併來看，恰巧呈現戰前兩岸新文學運動在戰後台灣匯流的歷史系譜，以及省內外作家在台同時進行文學活動的地理圖景。

收錄創作部分，「叢書」與《叢刊》有部分創作恰好形成明顯的對照。例如：「叢書」中的〈龍朱〉以誠意博得美人芳心，對比《叢刊》中歐坦生〈沉醉〉敘述外省知識分子對本省籍年輕女傭的始亂終棄。「叢書」中的〈夫婦〉描述路過的一對年輕夫妻白日燕好，竟遭到好事的鄉民捉來打算加以處罰，《叢刊》中張彥勳的〈葬列〉則以出殯行列的浮誇做作，嘲諷中國文化拘泥於虛榮的儀式，兩者不約而同批判了中國偽善的傳統道德觀，側面回擊戰後初期外省作家以其優越感貶低台灣文化的刻板印象，呈現台灣人對中國文化的思考與反省。

再者，「叢書」中有對國民黨官僚與革命軍反感的描寫，例如〈殘冬〉裡鎮上財主倚仗官府勢力作威作福，帶槍的三甲聯合隊藉機收取高額的保衛團捐，〈出奔〉的角色中有藉三民主義之名以蹂躪鄉民者，〈微雪的早晨〉裡中國軍閥強娶民女為妻，〈夫婦〉中的練長妄想從審問過程中圖謀不義之財，〈黃公俊之最後〉裡革命軍首領獲得權勢後的腐化；《叢刊》中則有接收官僚壓迫台灣人的描繪，例如章仕開〈X區長〉描寫外省來台官員假公濟私而致富，陳濤〈簽呈〉中政府機關人員的貪污舞弊和攀親引戚，楊逵〈上任〉所描繪走後門謀求公職的怪現象，〈勤〉裡的官商勾結等腐敗的官場文化。「叢書」與《叢刊》收錄的創作，雙雙映照出台灣當時的民心向背，寄寓楊逵對當局的批判之意。

另外，「叢書」中的〈送報伕〉所表現台灣人對日本殖民主義的抵抗，以及〈黃公俊之最後〉裡台灣人後裔反抗滿清政府的形象，顛覆了戰後台灣人已被異族的日本奴化的負面印象。《叢刊》中葉石濤〈復讎〉的郭懷一反抗運動，廖漢臣介紹的〈臺灣民主歌〉與楊逵〈黃虎旗（民謠）〉歌詠台灣抗拒割讓給日本的歷史，〈模範村〉中台灣知識分子投入對抗日本殖民統治的行動，重構出迭遭外來政權壓迫下，台灣人民爭取自由解放的歷史，具體證明一九四六年官方污衊台人接受日本奴化教育，以及一九四八年「橋」副刊論爭中，雷石榆指控台灣社會存在日本遺毒的插曲[68]，全都是沒有事實根據的歧視與偏見。

68　一九四八年五月三日刊於《臺灣新生報》「橋」副刊一〇九期，由大陸來台作家雷石榆執筆的〈女人〉中，將陳彩雪母女被遺棄一案，斷定為「日本的倫理意識倒把本省部份的男子毒害了」。本省作者彭明敏撰文回應，舉男子蹂躪女至於使用的語言方面，「叢書」收錄原作有中文與日文兩種，並採用中日文對照方式出版；《叢刊》除了北京話文之外，兼有日文翻譯成中文的作品，具體實踐了楊逵在〈臺灣新文學停頓的檢討〉中所呼籲：「立刻成立一個強而有力的翻譯機構，負責譯介各自以方便的語言所寫成的作品」。而前述同時選錄兩岸作家與創作，更是體現了該文提出的「作家的交流」、「作品的交換」各點意見，以及〈如何建立臺灣新文學〉中「使省內外的作家及作品活潑交流」的建議[69]。藉由這兩套書刊的編選，楊逵接續了《文化交流》未竟的工作，為兩岸搭起溝通的橋梁。

一九三六年楊逵創辦的台灣新文學社負責銷售《臺灣民間文學集》，書後附有《臺灣新文學》雜誌、《新文學月報》，以及預計出刊的《臺灣新文學叢書》（實際上未見出版）的廣告頁，右邊、左邊各列有標語：「動員全島作家文化人——開拓臺灣新文學」，「連絡中國內地文學者——建設臺灣新文學」，說明楊逵以台灣新文學社為中心，結合台灣、中國、日本內地文學界，以引領台灣新文學運動的旺盛企圖心。一九四六年五月楊逵在〈文學重建的前提〉中說：

> 種子一旦落地，受到地熱與溼潤等自然條件的影響，就會膨脹而呈現發芽的狀態。倘要讓它發芽茁長，則必須予以灌溉、施肥。同樣地，倘要文學繼續健康發展，正確的文學運動是必要的條件。
>
> 所謂正確的文學運動，是要謀求海內外文學交流的順暢，也要繼承祖先的遺產，並經常與踏實的人民的現實生活密切地結合；唯其如此，正確的文學運動才能成功地扮演施肥的角色。[70]

「叢書」與《叢刊》同時繼承兩岸新文學運動的成就，開啟了以現實主義建設戰後台灣文學運動的可能性，也展現了主編楊逵藉此團結省內外左翼作家，將台灣文學與中國文學左翼傳統連結的既有規劃。

尤其值得注意的是「叢書」與《叢刊》的經銷皆由平民出版社負責，楊逵曾自述成立該出版社之目的，在於「推廣平民文學，提昇大眾知識水平」[71]。筆者曾經論證楊逵創辦《臺灣文學叢刊》之目的，在於團結省內外現實主義文學作家，致力於台灣新文學之重建，以推動左翼精神之昂揚，對抗統治階級的壓迫，最終在於追求台灣人自治之權利[72]。換言之，《叢刊》負有政治啟蒙的責任，以喚醒民眾起而對抗來自統治者的壓迫。由此看來，當時楊逵所謂的「平民文學」，

子的消息「光復以來」特別增多，國內（大陸）報紙也不斷看到更凶惡的為證，認為陳彩雪案「與其說是『日本的遺毒』，毋寧說是現在中國一般社會風氣所致的」，並評論雷石榆的看法是「典型的表現着一部份人士對本省社會抱有的成見」。彭明敏，〈建設臺灣新文學．再認識臺灣社會〉，《臺灣新生報．橋》一一二期，一九四八年五月十日。

69 詳見楊逵，〈臺灣新文學停頓的檢討〉及〈如何建立臺灣新文學〉，《楊逵全集　第十卷．詩文卷（下）》，頁二二四及頁二四四。

70 楊逵，〈文學重建的前提〉，《楊逵全集　第十卷．詩文卷（下）》，頁二一五。

71 楊逵在提到平民出版社創辦之目的時還說：「不過還未實施就因事被捕」，可見他對於經營成效並不滿意。楊逵口述，許惠碧筆記，〈臺灣新文學的精神所在——談我的一些經驗和看法〉，《楊逵全集　第十四卷．資料卷》，頁三七。

72 詳情請參閱筆者，〈楊逵與戰後初期台灣新文學的重建——以《台灣文學叢刊》為中心的歷史考察〉，《臺灣風物》五五卷四期，頁一三六—一四〇。

即是戰前「文藝大眾化」的理念，是反映民眾真實生活情況和表現抗爭姿態的創作，並不是通俗文學；其所賴以「提昇大眾知識水平」者，即是批判現實的文學與文化之植入。

由此不難理解，「叢書」收錄的創作與《叢刊》同樣充滿批判性格，乃基於相同的政治目的。從〈阿Q正傳〉、〈出奔〉與〈微雪的早晨〉等作品，台灣人可以認識到中國官僚軍閥的惡劣本質，以及國民黨資產階級所謂的「革命」，根本是以施行三民主義為幌子的虛偽伎倆，洞悉當時台灣人民與全中國民眾都無法倖免於國民黨政權之危害。因此〈送報伕〉中宣揚不分種族的團體抗爭，終於戰勝壓迫階級，以及〈大鼻子的故事〉最後流浪兒的走進人群，追隨隊伍高喊「中華民族解放」，都在為台灣人的解放指引明確的方向——那就是聯合省內外被壓迫階級，推翻貪污腐敗的統治階級。〈黃公俊之最後〉中台灣人後代的黃公俊之捨身成仁，楊逵欲藉以歌誦台灣人具有堅強的抵抗性格，鼓舞台灣民眾勇敢反抗的用心亦不難想見。

六、結語

日治時期為發展新文學運動，《臺灣民報》系統與《南音》、《臺灣文藝》等台灣新文學雜誌，都介紹了中國新文學作家及作品；透過東京文壇的中介，台灣作家還可與中國作家郭沫若、雷石榆等人直接對話。但是由於殖民政府壓抑漢文政策及出版法的管制，以及當局對書商的特別監視，經營進口中國書刊的環境相當艱困[73]。尤其皇民化運動雷厲風行的戰爭時期，日本殖民當局對文學和文化活動的箝制，導致台灣與中國新文學運動間的交流更形困難。

戰後台灣在脫離殖民統治，與回歸「祖國」的歡欣鼓舞氣氛下，瞬間帶動學習國語和中國文化的熱潮。為因應台灣民眾認識中國之需要，坊間相關書籍紛紛出籠。但是在政策與經濟等多方面因素干擾下，兩岸新文學與文化的交流，並未因國界藩籬的移除轉為順暢。一九四六年十月七日《民報》以約半版的篇幅，報導輸入的中國書刊價格太高的消息，指責書賈蠹害文化界，導致台灣民眾在接受祖國文化上的障礙。報導中還指出，本省出版業面臨印刷成本和工資提高等問題，文化界面臨著嚴重的危機[74]。一九四六年十月二十五日起廢止報紙雜誌的日文欄，中文書刊又不能輕易得手，「中國文藝叢書」在此之後陸續發行，除了因應台灣民眾學習國語之需要，還能稍解台灣日語世代精神上的苦悶[75]，在戰後台灣與大陸兩地文學與文化之交流方面，以及台灣

73 有關日治時期出版業的研究可參考蔡盛琦，〈日治時期臺灣的中文圖書出版業〉，《國家圖書館館刊》九一卷二期（二〇〇二年十二月），頁六五—九二。

74 詳見〈書賈蠹害文化界／輸入的刊物價高，教科書也太貴／燈火雖可親奈沒書本何〉、〈老闆賺得太多呀！／定價加乘卅四倍太過貴／權威說：中間搾取要撤廢〉、〈精神糧荒更嚴重呀／大、中、小學都叫着買不起書〉、〈文化界危機／書店面，儘是看書的人多、買書人少的很！〉等報導，《民報》，一九四六年十月七日，三版。

75 蔡盛琦的研究指出：「戰後臺灣的圖書出版，面臨語言轉換問題，這期間習慣以日文創作的作家，出版品銳減，因此即使由臺灣本土出版的圖書，大都也是中日文對照，這剛好符合習慣閱讀日文，又要學國語民眾的需求。」蔡盛琦，〈戰後初期臺灣的圖書出版——1945至1949年〉，《國史館學術集刊》五期（二〇〇五年三月），頁二三一。

文化的重建上應當有過不小的貢獻。

從「中國文藝叢書」收錄的作家與作品來看，經由主編楊逵篩選出來者，除了楊逵《送報伕（新聞配達夫）》與沈從文《龍朱》之外，其餘作品都是由楊逵所翻譯，這四輯的作家介紹文也都由楊逵執筆。楊逵在介紹時分別提及魯迅的階級性格和戰鬥意志，茅盾以作家的身分介入政治，郁達夫的推動文藝大眾化，以及鄭振鐸不屈服的抵抗精神，由此可以了解楊逵對魯迅、茅盾、郁達夫、鄭振鐸四人的肯定。而所收錄的創作，特別是由楊逵親自撰寫與翻譯者，都蘊含著強烈的反抗精神——針對宗教迷信、封建社會、資本主義與帝國主義的反抗，傳達了楊逵一貫反對迷信、反封建、反壓迫、反帝國主義的社會主義階級立場。可見楊逵所謂的「先進作家作品」，偏重左翼陣營的現實主義創作，展現出戰鬥的姿態和抵抗的精神，這就是楊逵的左翼文藝美學。

日本殖民時代楊逵曾經嘗試以台灣話文創作，因效果不佳而改用日文[76]，並以日文小說在日本左翼文壇獲獎，從此奠定在台灣文學界的地位。戰後一年日語文學失去發表園地，在達成以台灣民眾的口語寫作的目標之前，楊逵以中日文對照方式策畫出版「中國文藝叢書」，並親自翻譯了其中四輯，具體表現了他在創作工具上的彈性運用，與「非二元對立」的開放性觀點。值得注意的是楊逵學習中國語文，並不是為了依附新來的統治威權，而是便於掌握新的語文工具，持續發揮左翼文學針砭時局的批判力量，其間彰顯的正是楊逵身為台灣新文學作家的主體性。

除此之外，把「中國文藝叢書」與《臺灣文學叢刊》並置對照，不難發現兩者的異同及時代意義。一方面，它們同時網羅了中國（外省籍）與台灣（本省籍）作家，並且收錄創作同樣以現實主義為主要表現手法。兩套書刊所串聯出的省內外作家同時分布於台灣的橫向地理圖景，以及兩岸新文學運動以來的縱向作家歷史系譜，勾勒出戰後初期台灣在政治上合併於中國，兩岸新文學運動也在戰後初期於台灣短暫合流的歷史意義。另一方面，「叢書」與《叢刊》所展現的正是日治時期從〈送報伕〉以來，不分族群地聯合作家建設台灣新文學，團結被壓迫階級反抗壓迫階級的理念。由此可以清楚看見楊逵如何承接兩岸新文學運動的左翼傳統，如何藉由現實主義文藝運動以推展民主運動，以及楊逵欲藉此從事啟蒙教育，鼓勵人民推翻腐敗官僚與軍閥暴政的用意。

雖然稍晚策畫的《臺灣文學叢刊》著重於呈現戰後台灣社會的真實情況，台灣話文歌謠及所蘊含的台灣社會底層文化，凸顯了台灣文學相對於中國文學異質性的存在，使得《叢刊》比起「中國文藝叢書」來，有著更為濃厚的台灣在地性與現實意義，也較為接近楊逵以人民的語言創作文學的理念；不過「叢書」把日治時期對抗殖民政府的舊作接引到戰後，並引介中國五四新思潮以來的新文學創作到台灣，借古喻今地批判國民黨的專政與貪污腐敗，置於戰後台灣的特殊時空環境來看，充分表現楊逵以台灣前途為思考對象，對中國政府歧視性政治體制之抗議，以及面

76 楊逵在以〈送報伕〉成名之前曾經嘗試台灣話文創作，身後遺留〈貧農的變死〉與〈剁柴囝仔〉兩篇早年的小說創作手稿是重要證據。請參考筆者，〈楊逵與賴和的文學因緣〉，《台灣文學學報》三期（二〇〇二年十二月），頁一五四—一五九；筆者，《左翼批判精神的鍛接：四〇年代楊逵文學與思想的歷史研究》，頁四六—五一。

臨全盤中國化時有所抉擇的堅定態度。「中國文藝叢書」的配合國語運動，只是在形式上賦予它符合國策的正當性；楊逵的選輯策略清楚標識著戰後重建台灣文化之際，台灣知識菁英堅持台灣主體性的既定立場。

第五章
楊逵與大陸來台作家揚風的合作交流

一、前言

一九九六年十二月《楊逵全集》編譯計畫正式展開運作，筆者負責辨識手稿作者的身分，用以編製《楊逵全集》與「資料卷」附錄之〈楊逵作品目錄〉。其間發現有分別署名「揚風」、「楊風」、「楊靜明」者，以及數頁未署名的無題草稿[1]，詳細比對考證之後，確認作者即是以「揚風」為筆名，參與一九四八年《臺灣新生報》「橋」副刊台灣文學論爭的大陸來台作家[2]。值得注意的是署名「楊風」，以「壓」為標題的日記手稿中[3]，三月二十九日的記載留下與台灣作家楊逵初次見面的重要歷史紀錄：

在茶會中，碰到了楊逵，他是本身（按：「省」之誤）作家，以前他用日文寫著的『送報伕』，經胡風翻譯成中文。這倒是一個進步的本身（按：「省」之誤）文藝作家。我同他聯絡了一下，約明日午後2時會面，交換一點意見。

文中的「茶會」指《臺灣新生報》（簡稱《新生報》）「橋」副刊的作者茶會。根據「橋」副刊「編者．作者．讀者」欄內編輯歌雷的啟事，第一次作者茶會於三月二十八日（星期日）下午六時半於台北中山堂舉行[4]，因此揚風首度會見楊逵的正確時間當在一九四八年三月二十八日，事後補記時誤植為三月二十九日[5]。見面當天，揚風即主動邀約翌日午後單獨面談。

隔天的日記中，揚風寫明和楊逵二度會面的情形如下：

> 我去看了楊逵，可惜的是：我們言語不通，否則可以交換更多的意見。我們用筆談，談到當前的台灣文藝界，和今後展開和推動台灣的文藝活動。我們都迫切的感覺得我們需要一個自己底自由的園地，我們在新生報投稿，第一被束縛了，不能大膽的寫，第二，我們反做了官報的啦啦隊，這實在是不必要，而且顯得無聊的事。但在目前我們沒有自己的園地前，可以借新生報這個小副刊做一種文藝的啟發運動，可以造成文藝的空氣，然後，再從這許多作者中去分別我們的敵人和友人，聯合一些進步的文藝作者，組成一個堅強的陣線，再來自己辛

---

1 手稿有日記、詩歌、小說、隨筆、評論等各種文類，含已發表的作品原稿，以及尚未查考到發表紀錄的遺稿；另有未標明題目、隨手塗鴉的片段感言。部分手稿已隨楊逵家屬捐贈的楊逵手稿資料，入藏於國立台灣文學館。

2 筆者，《左翼批判精神的鍛接：四〇年代楊逵文學與思想的歷史研究》，頁四〇三—四〇四。

3 日記始於一九四七年十二月二十日，止於一九四八年六月五日，並非天天記述。原件已由國立台灣文學館典藏。從首日的記載所說：「『壓』的日記已開始寫第二本了」，可知現存是第二本題為「壓」的日記，第一本去向不明。

4 「編者．作者．讀者」欄內歌雷的啟事，《臺灣新生報．橋》九五期，一九四八年三月二十六日。

5 日記缺乏三月二十六、二十七兩日的記述，二十八日的記載之前又附註說明：「補記二十八、二十九、三十日三日未記日記」，因此與楊逵見面時間乃事後補記時出錯。

苦的耕耘自己的園地，這樣去展開和推動台灣的文藝運動，才有一條正確的路線。楊逵說有一個東華出版社的經理是他的朋友，現正在出文藝小叢書，可以設法出文藝刊物。我約他下次茶會時，我們一同去看這位朋友。同時我還想我這幾篇短篇小說，可以加入這個文藝叢書之內的。但我只提起了我有幾篇小說，和我那已出版了的一本「投鎗集」。[6]

從這兩段記載可推知揚風在認識楊逵之前，已因〈送報伕〉的胡風譯本在中國流傳，而先獲知作者楊逵其人，並有「進步的作家」這樣的印象。顯然是因為楊逵慣用台語（台灣閩南話）和日語，與外省籍的揚風語言不通，兩人乃以筆談交換意見[7]，並決議共同推動台灣的文藝運動。方法則是先藉由台灣省政府機關報的《臺灣新生報》，從「橋」副刊上發表文章的作者中區別敵我，再聯合理念相符之人經營文藝園地，以便在不受官方束縛的情況下，自主性地謀求台灣文學的正確發展。對話中，楊逵也提及可以請任職東華書局（揚風誤記為「東華出版社」）經理的朋友，協助出版文藝刊物的腹案，兩人的合作已有具體可行的方向。

楊逵和揚風原本素昧平生，促成兩人二度見面就決定結盟的原因是什麼？兩人對於台灣文學的未來有什麼樣的共同規劃？後續合作的計畫如何付諸實現？解開問題的謎底之前，揚風文學資料的整理無疑是必須進行的首要工作。為此，筆者除了將目前掌握到的揚風手稿編成目錄[8]，復從戰後發行的報紙與雜誌上廣泛搜尋其作品。借助這些第一手史料，本章嘗試描繪揚風的身世經歷與文學生涯，再進一步比較楊逵與揚風思想內涵之異同，釐清兩人展開合作的背景因素。最終希望能一窺戰後初期台灣文學重建的關鍵時刻，楊逵與大陸來台作家揚風各自懷抱的文學立場，以及彼此共謀建設台灣文學的理想藍圖。

二、展轉流徙的文藝青年

揚風本名楊靜明，四川人，約生於一九二四年[9]。一九四六年六月首度來台，二二八事件前離開。一九四七年下半年間二度來台，一九四八年八月再度離開，從此消失於台灣文壇。來台之前的第二次世界大戰期間，揚風從軍抵抗日本對中國的侵略。一九四五年初，在東南戰區的福建北部隨軍工作。接著前往南平，在極端困難的經濟條件下，與朋友合辦鉛印的軍中簡報。五月福州克復之後，隨師部到福州，繼續辦報。因編輯的報紙受到士兵歡迎，與政治部辦理的簡報形成競爭的態勢，又刊出一篇抨擊部隊扣餉扣米與未醫治生病士兵的文章，遭政治部誣指「包容奸匪

6 補記於一九四八年三月三十日的日記中。由於是在茶會的次日會面，正確時間應在三月二十九日。

7 楊逵晚年回憶戰後初期與大陸來台人士接觸的經驗時說：「其實，在當時，我不但國語不會說，連聽也不會。和外省籍朋友的接談和參加座談會，全靠通譯或筆談。」這段話應該頗能呈現楊逵和揚風會談時的狀況。楊逵，〈我的卅年〉，《楊逵全集　第十卷・詩文卷（下）》，頁四三六。

8 筆者所編製「揚風作品目錄初稿」，分成「戰後初期已發表作品」與「手稿」兩種，詳見本書之附錄三。

9 詳細考證過程見筆者，《左翼批判精神的鍛接：四〇年代楊逵文學與思想的歷史研究》，頁四〇三。

混入部隊工作，吞食公款」，被撤職查辦並羈押[10]。

戰爭結束之後的一九四五年九月間，揚風隨部隊從江西的上饒出發，經浙江的江山，再開拔到杭州[11]。在此擔任政治部指導員的揚風，因看不慣同事的腐敗和頹廢，請長假而自動離開，卻因此失業兩個多月。寒冬中啟程前往南京，來回奔波於南京與上海間，終於找到軍中文化工作研究班新聞系時的老師給予協助，在南京的《和平日報》謀得工作[12]。由於隨軍駐紮過的南平、上饒兩地，都是中國東南文藝運動的重要據點[13]，戰爭期揚風也已開始從事寫作，並有劇評在報紙發表[14]，據此推論來台之前，揚風不僅接受過東南文藝運動的洗禮，很可能也親身參與了東南文藝運動。

一九四六年六月，揚風以南京《新中華日報》記者的身份來台。九月十四日，與吳漫沙、丁文治等計十五人共同發起組織「台北市外勤記者聯誼會」，並於首度的外勤記者座談會中被推選為籌備委員[15]。十月四日，台北市外勤記者聯誼會於中山堂召開成立大會，揚風獲選為監事[16]。隔天，在重建日報社籌備處樓上舉行的理監事聯席會議中，當選為常務監事[17]。十一月起，台北市外勤記者聯誼會為促進戲劇運動並籌募基金，於台北、台中等地公演曹禺的話劇名作《雷雨》[18]。豈料警備總部因此認為該會太活躍了，有「問題」，決定派人參加這個外勤記者聯絡感情的自主團體，揚風也因而親身體驗到台灣當局對於文藝活動的箝制[19]。

來台後，揚風除以本名「楊靜明」擔任南京《新中華日報》記者，活躍於台北市的記者圈，也以筆名「楊風」和本名「楊靜明」發表作品[20]。一九四七年一月，選錄了近一年間執筆的十九

10 揚風，〈伙伴〉手稿。

11 整理自揚風手稿〈行軍〉。

12 綜合整理自揚風，〈半月飄泊〉，《臺灣新生報．新地》五十九—六十四期，一九四七年一月二十七日—二月二十五日；揚風，〈飄泊記〉，《台灣力行報．新文藝》十四—二十期，一九四八年十月二十四日—十一月十五日；〈半月飄泊〉手稿。手稿中揚風將就讀的科系簡稱為「軍文研究班新聞系」。

13 對日抗戰時期在中國控制之下，且形勢孤立的東南戰區，曾經獨立發展過文藝運動，史家稱為「東南文藝運動」。當時有鼎足而立的三個中心：浙西南的金華—麗水文藝中心，閩西北的永安—南平文藝中心，贛東南的上饒—贛州文藝中心。有關東南文藝運動的歷史，請參考王嘉良、葉志良著，《戰時東南文藝史稿》（上海：上海文藝出版社，一九九四年）。

14 揚風，〈窮途〉手稿。

15 姚冷，〈外勤記者的大結合〉，《大明報》，一九四六年九月二十三日，二版。

16 〈台北市外勤記者聯誼會／開成立大會〉，《民報》，一九四六年十月五日，三版。

17 〈市外勤記者會／昨開理監事會〉，《民報》，一九四六年十月七日，三版。

18 〈外勤記者聯會定期公演雷雨〉，《民報》，一九四六年十一月四日，三版。〈台中雷雨演出，頗獲各界好評〉，《民報》，一九四六年十二月一日，四版。

19 楊風，〈冬初話台灣〉，《文匯報》，一九四六年十一月二十一日，六版。

20 目前所知，一九四六年間揚風在台灣的報紙上發表了三篇作品，依序為：楊風，〈窃鈎者誅——『清明前後』讀後感〉，《和平日報．新世紀》二五期，一九四六年七月三日。楊靜明，〈準．狠．穩——怎樣去找你想找的新聞——〉，《民報》「台北市外勤記者聯誼會成立大會特刊」，一九四六年十月四日，四版。楊靜明，〈上海的文章交易所——新亞茶樓的形形色々〉，《和平日報．新世紀》六四期，一九四六年十月七日。

篇雜文，以「楊風」的筆名出版《投鎗集》[21]。全書內容大致可分為三方面：首先是對中國社會的政治壓迫與官僚貪污腐敗的不滿；其次，呼籲國民黨與共產黨在戰後復原之際，切莫再以「人民的軍隊」為藉口殘殺人民，而應站在國家民族的立場停止內戰；再者，對國民黨政權依賴美國的扶植，縱容美國人在中國目無法紀並進行經濟侵略的直言批判。

關於《投鎗集》的內容風格與創作動機，〈後記〉中有這樣清楚的說明：

> 魯迅先生在野草這本書裡，有篇文章，題名叫『舉起投鎗』，這本集子取叫『投鎗集』，也是這個意思。希望着在這本集子裡的十幾篇不成熟的東西，像針刺，像利刃，像投鎗，直向那些醜惡的偽善者和儈〔按：「劊」之誤〕子手們身上投擲。雖然明々知道，我不能和魯迅先生——這位近代中國文壇上逝去的巨人比擬，但我覺得，我在跟着魯迅先生所指示的道路在走，在學習，在前進。[22]

文中所指《野草》中的「舉起投鎗」一篇，應該是數度出現「但他舉起了投槍」的散文詩，正確標題為〈這樣的戰士〉[23]。正如〈這樣的戰士〉戳穿所謂「慈善家，學者，文士，長者，青年，雅人，君子」這些擁有美好頭銜的偽善者，以「學問，道德，國粹，民意，邏輯，公義，東方文明」為包裝協助軍閥[24]，藉由《投鎗集》對於魯迅文學的學習，揚風朝向以「民主」為幌子的偽善者，在內戰中屠殺人民的劊子手，以及統治階級的禍國殃民持續進行攻擊。

事實上，《投鎗集》不僅書名和所收〈投鎗輯〉的篇名與魯迅作品相關，置於全書首篇的〈『無花的薔薇』〉篇名來自魯迅雜文〈無花的薔薇〉[25]，〈也談『抄靶子』〉則是將魯迅〈「抄靶子」〉[26]的篇名略作修訂而成。揚風在〈『無花的薔薇』〉文前特別說明：「『無花的薔薇』這句題目，是借用魯迅先生的，不敢掠美，先作聲明。仍舊借用魯迅先生的意思加以銓〔按：「詮」之誤〕釋。沒有花的薔薇是有刺的。」[27]在這篇譏諷抗戰勝利後中國社會種種怪象的雜文中，揚風不僅以猶如薔薇細刺的筆尖，毫不留情地刺向趨炎附勢者的假面具，也刺穿貪官污吏的無恥謊

---

21 楊風，〈後記〉，《投鎗集》（台北：文烽出版社，一九四七年），頁五四。附帶說明的是這十九篇中的〈窃鈎者誅——讀『清明前後』感掇〉一篇，在「目次」中誤排為〈窃鈎者誅〉與〈談『清明前後』感掇〉兩篇文章。

22 楊風，〈後記〉，《投鎗集》，頁五四。

23〈這樣的戰士〉首度發表於《語絲》周刊五八期（一九二五年十二月二十一日），收入魯迅，《魯迅全集·第二卷》（北京：人民文學出版社，二〇〇五年），頁二一九—二二〇。

24 魯迅在《野草》的英文譯本序裡說〈這樣的戰士〉，「是有感於文人學士們幫助軍閥而作」。引自《魯迅全集·第二卷》，頁二二〇之註一。

25 首刊於《語絲》周刊六九期（一九二六年三月八日），收入魯迅，《魯迅全集·第三卷》（北京：人民文學出版社，二〇〇五年），頁二七一—二七五。

26 最初是以「旅隼」筆名發表於《申報·自由談》，一九三三年六月二十日，收入魯迅，《魯迅全集·第五卷》（北京：人民文學出版社，二〇〇五年），頁二一五—二一六。

27 揚風，〈『無花的薔薇』〉，《投鎗集》，頁一。

言。其中一則甚至模仿〈狂人日記〉結尾的「救救孩子」，為在醜惡社會中備受戕害的青年請命，大聲疾呼：「救々青年」[28]。

另一篇〈也談『抄靶子』〉從魯迅的〈「抄靶子」〉談起，揭露戰後中國一躍成為世界五強之一，抄靶子的風氣在上海卻依然興盛，政府的便衣四處穿梭，隨時可以對人民盤查搜身。接著提及蔣主席（蔣介石）有五項諾言，也宣佈過人民的身體、言論等的自由；以此對照民主的二十世紀在中國首善之區的上海，老百姓雖然號稱為國家的「主人」，竟比抗戰以前中國人在洋人做主的上海租界區，猶如奴隸的時代還不如。暗批蔣介石的承諾，終究不過是無法兌現的虛偽謊言。

除此之外，一九四六年七月至一九四七年一月間，揚風以「楊風」與「楊村」的筆名，為上海《文匯報》提供多篇稿件[29]，介紹在台採訪觀察的紀錄與心得，並對陳儀政府施政之不當進行猛烈的抨擊。可能肇因於直率敢言的通訊報導觸怒當局，隨之而來的政治壓力導致文化工作的夢想破碎，並有被逮捕的危險，揚風不得不離開台灣，二二八事件前回到上海。三月四日起接連兩天在《文匯報》發表〈台灣歸來〉，再度痛斥陳儀政府控制言論，並襲用日本高壓的殖民體制榨取台灣資源，使得台灣民眾依然是被壓制著的奴隸，也掀開了台灣的米被當局大量運往蘇北和華北等地，充做中國內戰的軍糧，迫使原為日本糧倉的台灣居然鬧起飢餓米荒等黑幕[30]。

一九四七年五月上海的《文匯報》被國民政府查封而停刊，原本為該報撰稿的揚風於下半年間再度來台[31]，經由朋友的介紹，擔任臺灣省立宜蘭農業職業學校（今「國立宜蘭大學」前身）的國文教師，並以閱讀與寫作排遣閒暇時光。一九四七年十二月二十六日的日記中透露新年的讀書方針，包含《政治經濟學大綱》、《新經濟學大綱》與《新哲學大綱》三本馬克思主義政治經濟學與哲學論著。一九四八年一月七日還記載著：「看胡繩的理性與自由，上面提到唯物辯證法，我對這一近代的新哲學理論，只有一個模糊混沌的概念，沒有更深的認識，打算也要涉獵點才行」，由此不難看出揚風的思想已經有左傾的現象。

此後，因為宜蘭的生活平靜但寂寞空虛，沒有碰到真正愛好文藝的人，加以對校方高層人士的行政措施不滿，揚風曾有轉換工作的打算。後來更不時浮現接受朋友的建議，到北平看看，走向北方廣大自由天地的念頭。卻因擔心將會妨礙寫作和工作，而且缺乏路費，始終在「走」與

---

28 同上註，頁三。

29 筆者於二〇〇六年十月二十七日在日本福岡拜訪橫地剛先生時，承蒙橫地先生惠賜除〈台灣歸來〉以外，《文匯報》刊出揚風與楊村六篇文章的報紙影本。當時，橫地先生提及《文匯報》所刊載筆名「楊村」者應為揚風。雖然目前缺乏直接證據，由作者「楊村」名字前有「台北通訊」或「台灣通訊」字樣，署名「揚風」的部分稿件標明「本報台灣通訊」，以及各篇論述觀點的統一與文句之近似，筆者認同橫地先生的判斷，「楊村」應為當時身在台灣台北的揚風另一筆名。

30 揚風，〈台灣歸來〉，《文匯報・筆會》一八五—一八六期，一九四七年三月四—五日。

31 現存揚風作品中，可確定是在二度來台前執筆，並且創作時間最晚的是手稿〈新的日子〉。篇末自註：「36 5/7 夜京」，表示一九四七年（民國三十六年）七月五日夜間寫於南京。目前已知二度來台後最早發表的是〈請走出「象牙塔」來——評稚眞君的『論純文藝』〉，刊於一九四七年十一月七日的《臺灣新生報・橋》四〇期。由此可證明揚風二度抵台時間，當在一九四七年七月到十一月之間。

「留下」兩種念頭間不停擺盪。日記顯示，當時的揚風從台北的朋友處獲知，自己已成為台灣省警備總司令部追蹤調查的對象[32]。期末因宜蘭農校人事異動，揚風收到解聘的通知，於一九四八年七月十七日到台北，暫住朋友家中[33]。

意料之外的遭到解聘一事，顯然促成了北平之行的付諸實現。遠渡台灣海峽前，揚風先專程至台中楊逵家，寄放裝著文稿與書籍的兩箱行李[34]。八月十六日抵達北平後捎來〈北平通訊〉[35]，描述在當地親眼目睹戒嚴的肅殺氣氛之下，北平人民被束縛與缺乏自由的現狀，以及幾所大學被包圍，學生出入必須接受檢查，並且已有好多學生列入黑名單遭拘捕的不合理現象。而這篇刊載在楊逵主編的《台灣力行報》「新文藝」副刊上的文章，也是揚風留給台灣的最後一個訊息。

三、戰後台灣的紀實報導

揚風以記者身分首度來台時，雖然只停留八個半月的時間[36]，但他在上海《文匯報》陸續發表的〈接收半年後的台灣〉、〈從台北看台灣〉、〈台灣的「民主」〉、〈冬初話台灣〉、〈台灣的文化〉、〈祖國啊！祖國！〉，對台灣的政經局勢有極為深入的觀察，為當時的台灣社會留下彌足珍貴的紀實文字。同時，這六篇文章也延續了《投鎗集》勇於批判中國社會黑暗面的作風，揭發中國接收官員「集體搶劫」（劫收）之後台灣百廢待舉、物價飆漲、駐軍擾民，以及菸酒專賣、鹽糖統制、思想管制、言論封鎖等不當政策下，台灣人被來自官方的桎梏緊緊縛住手腳的社會現實。尤其難能可貴的是從大陸來台的他，對於中國政府接收後台灣人的處境，始終抱持著同情與理解的立場。

一九四六年七月四日揚風發表〈接收半年後的台灣〉，一開頭即指出台灣的現狀是：

32 揚風一九四八年一月四日的日記中提到前一次去台北時，「老朱」說電台裡一位同事問他可知道揚風，聽說揚風已又到台灣了，並說是警備部的一位朋友託他打聽，由此可知當時的揚風已是台灣省警備總司令部注意的對象。由於揚風曾使用印有「臺灣廣播電台」的稿紙，這位稱為「老朱」的朋友可能也是任職於該電台，顯示揚風與該電台頗有淵源。根據這些線索，筆者曾設法追查揚風的生平履歷，可惜截至目前為止，尚未能有任何新的發現。

33 一九四八年九月十五日發行的《臺灣文學叢刊》二輯「文藝通訊」欄，揚風在〈我已解聘了／另找工作中〉說：「我於十七日去臺北，暫住在一個朋友家裡，學校因人事上的變動，我已解聘了。現正準備另找工作中。」（頁一三）再依一九四八年九月六日出刊的《台灣力行報．新文藝》六期，刊載揚風的〈北平通訊〉，說自己十六日到北平，往前推算，揚風於一九四八年八月十六日抵達北平，暫住台北朋友家中的時間起於七月十七日。

34 揚風寄放在楊逵家的行李中，有包含魯迅、郁達夫等中國新文學作家著作在內的書籍，大約在一九五〇年左右，警備總部搜查已入獄的楊逵家時被帶走。請參閱筆者，《左翼批判精神的鍛接：四〇年代楊逵文學與思想的歷史研究》之附錄六：〈楊建先生訪談紀錄〉，頁五〇七。

35 發表於《台灣力行報．新文藝》六期，一九四八年九月六日。

36 揚風離台返回上海後發表〈台灣歸來〉，一開頭就說：「到台灣整整八個半月」。見《文匯報．筆會》一八五期，一九四七年三月四日。

像東北一樣，台灣也是國內人士所最關懷的地方。雖然台灣不像東北那樣，勝利後就燃起一把內戰的烽火，使許多善良的民衆奔波流離，但台胞却在經濟上套上「統制」的枷鎖，嘴巴也被高壓政策緊緊的封住了。層層壓榨，束縛。使台胞的心裏對現在的行政設施燃起了憎恨的火焰。假使政府當局對台灣的政治上，經濟上的一切設施和措置，不重新攷慮的話，台灣將會演變成什麼樣子，實在是不可逆料的事。[37]

在這段文字之後，揚風坦率地指出工廠變成廢物，造成台灣人心離心傾向，內心對值錢的東西經過「接收」即成為私人財產的詛咒，從歡迎七十軍與「祖國」的熱忱，到駐軍與民眾的糾紛加深彼此之間的裂痕等，觀察到台灣民心的向背在接收半年多後急遽地產生變化。

緊接著在七月二十六日揚風又發表〈從台北看台灣〉，從台灣政治中心的台北觀看全台的政治動向。文中痛批火車票和油電漲價，以及長官公署與極少數人藉「專賣局」公開來做生意，名為充實省公庫，實則苦了老百姓等政治手段。接著指出因管理不當，工廠成為廢物，火車經常誤點，新聞封鎖和言論統制等官方的負面作為。末段則描寫台灣人的反應說：

經濟統制和政治壓力，使台灣民衆不能自由的呼吸一口氣。思想統制和言論封鎖，使台灣民衆看不到一臉明朗的陽光。生活在這塊土地的人，在心理是感到苦悶和焦燥〔按：「躁」之誤〕的。有人說：『台灣民衆有三望，一是希望，二是失望，三是絕望』。現在的台灣民衆，就已現走『絕望』這條路了。這一點，我們可以從台灣民衆的『不合作』上看出來，就是台灣民衆對政府的一切政治上的漠視和冷淡。這情形，假使再要繼續演變下去的話，台灣將變成怎樣一個世界實在是不敢逆料的事。[38]

根據篇末註記的「七月六日台北」來看，揚風到台灣還不到一個月的時間，就已深刻觀察到台灣人民不見天日的絕望，繼而對政府與政策抱持著不合作的冷漠態度。對台灣未來可能會有巨大的變動，揚風也再次表現出他的憂心忡忡。

八月二十七日揚風發表〈台灣的「民主」〉，開頭就說：「上海或南京一帶來過台灣的新聞同業們，十九都是搖着腦袋，嘆着氣走的，理由是『台灣甚麼都弄得一團糟』！」接著再以傳言陳儀將被撤換，「這消息多少給台胞們一點精神上的鼓舞」，傳達台灣人對於陳儀施政的極端不滿。然後談及隸屬行政長官公署的宣傳委員會，對報社記者自由報導的威斥等種種反民主的行為，以及台南憲兵隊一樁五十餘日本人秘密集會案還在偵查中，台北又有近千未解除武裝的日軍逃避到深山，與「蕃人」（原住民）勾結，有所企圖等傳言。揚風據此指出：

37　楊風，〈接收半年後的台灣〉，《文匯報》，一九四六年七月四日，三版。

38　楊風，〈從台北看台灣〉，《文匯報》，一九四六年七月二十六日，三版。

在表面上看來，台灣是平靜的，沒有大的騷亂，但我們綜合着這些日子來有關日人活動的消息和傳說，覺得這平靜或只是暴風雨前的一剎吧！

八月十五日是日人投降的週年紀念日子，此間除了街上懸掛着幾張褪了顏色的國旗外，空氣很沉悶，看不出台胞對這個歷史上的日子，有多少感念！去年今日，台胞的熱情澎湃，歡欣鼓舞，那種盛況，已成歷史的陳跡。相對的比較，實在令人深省，耐人尋味！[39]

在這篇寫於八月十五日的文章中，揚風用街上懸掛的「褪了顏色的國旗」，象徵歡迎中國政府的熱情轉眼成為過往的歷史陳跡。戰爭結束屆滿一週年之際，台灣人的「祖國夢」在陳儀主政之下迅速破碎，日本人的影響力似乎有逐漸復甦的跡象。

一九四七年一月十四日揚風發表〈祖國啊！祖國！〉，表達對中國接收一年多後，台灣的光明前途竟遙遙無期的感慨。他說：

台灣「光復」已整整一年又三個月了，然而說到今日台灣的現狀，「光」「復」兩字該是個多麼冷峻的諷刺！一年多來，台灣不但不敢希望她「復」原，並且是每況愈下，愈久而愈糟糕愈混亂。台灣的「光」明啊，究竟要待到什麼時候？又在什麼地方？

一年來，台灣是經過很大的變化的，這變化不但表現在事物世象等等有形的東西上，更基本的，是表現在無形的世風丕衰，人心向背上面。我們收復台灣一年，也失去人心大半！

> 只要你不是穿軍人的服裝或普通公務員的裝束，而且你說話的聲音少一點火氣多幾分同情和柔婉，那麼在全島中心的省都台北也好，在鄉下農村裏也好，你隨便拉台灣人來問問他們對「光復」以來的感想，假如不是例外，你所聽到的起始總是幾聲輕嘆，接着就是「唉，日本時代……」，「日本時代一定是……」。「日本時代」是台灣人掛在嘴邊的口頭禪，說的時候，照例又是「不勝嚮往」；接着就是一大串對現實的不滿。[40]

刻意將「光復」兩字加上引號的這段描繪，頗能顯示台灣人親身體驗接收政權的施政措施，並將之與日本殖民統治比較過後，對日本時代從否定到重新評價，以及對中國政府逐漸升起的負面觀感與情感上的背離。

文章的最後也談到台灣人對於民主的渴望，揚風說：

> 最近相繼揭幕的台灣省及各縣市參議會上，都是一片要求「省市縣長民選」，要求「實行地方自治」，要求「大量登記錄用台灣人，台灣人建設新台灣」的呼聲。雖然，這些省縣市參議員都不是直接民選的，但是身為台人，除了少數點綴太平，另作夤緣之想的人物外，大部

39 楊風，〈台灣的「民主」〉，《文匯報》，一九四六年八月二十七日，五版。
40 楊村（揚風），〈祖國啊！祖國！〉，《文匯報》，一九四七年一月十四日，六版。

分卻都申訴了民間的疾苦和不滿。

但是，把這一點點看作是台灣「民主」的先聲，那無疑是過分的誇大。當官僚政治由中央一直伸張到地方的時候，我們是不能對任何一個地方人民生存條件的改善作過度的樂觀的。這也同時說明了，只有祖國的民主進步的勝利，台灣才不致再是無「光」未「復」的「光復」，而是自由幸福的澈底的解放。41

這段文字指出，除了少數想藉由攀緣權貴以求自身飛黃騰達者外，台灣人普遍要求中央政府給予台灣人民主自治，使台灣人能有機會用自己的力量建設理想中的新台灣。不過，揚風也洞悉台灣再度成為中國的屬地之後，除非中國走向真正的民主自由，否則台灣人也無緣享有政治上應有的權利。

因政治力壓迫不得不回到上海之後，揚風在一九四七年三月四日發表〈台灣歸來〉，感性地抒發自己對台灣土地與台灣人的熱愛，也藉機抒發了他對陳儀政府殖民式統治的專制獨裁之下台灣未來的局勢，以及台灣人和外省人間日益產生的磨擦與隔閡之憂慮，他說：

台灣的民衆，在性格上具有熱帶人的熱情單純和忠厚，在日本人的經濟壓制束縛下，他們學會了吟苦耐勞和儉樸。剛收復時，台灣民衆幾十年積壓着的熱情，沸騰了起來，幾十年渴念祖國的想念，才實現了。對光復，台灣民衆是懷着過大的希望的，希望祖國能解除日本人加在他們身上的一切經濟的政治的束縛。台灣民衆這項純眞的希望，從光復後這一年多來，被現實殘酷的擊得稀碎。他們由希望失望而絕望，對現存的政府，在心裏積壓着很深沉的恨，這心理，甚至轉移給每一內地去的人。假使一個內地去的人同一個台灣人口角，會有一大羣台灣人幫着叫罵辱罵。以前台灣人對內地去的稱『祖國來的』，現在大多改叫『中國人』了，這情形愈來愈普遍，這心理感染着每個台灣人的心。這也就是台省行政長官公署整個政治的反映，假使再不設法對台灣整個的行政設施作通盤的改變檢討，這積壓在台灣民衆心裏深沉的恨，會像火山一樣的爆發，到那時，會弄得整個的局面難於收拾。[42]

對來自大陸的人從「祖國來的」改稱為「中國人」，有意將「台灣人」與「中國人」劃清界線的態度，可見台灣人的「祖國」認同正逐步消退當中。

文末註記「二，二十八，夜，上海」[43]，執筆時間正是二二八事件爆發當天的夜晚。遠在上海的揚風預言台灣民眾對陳儀政府的恨，將會像火山一樣爆發，弄到難以收拾的局面時，顯然還未獲悉，台灣民眾已經因為前一日大稻埕緝菸血案忍無可忍，二月二十八日遊行到行政長官公署

41　楊村（揚風），〈祖國啊！祖國！〉，《文匯報》，一九四七年一月十四日，六版。
42　揚風，〈台灣歸來〉，《文匯報・筆會》一八五期，一九四七年三月四日。
43　揚風，〈台灣歸來（續）〉，《文匯報・筆會》一八六期，一九四七年三月五日。

前抗議，卻遭到士兵的槍枝無情地射擊，沸騰的民怨隨之引爆，瞬間化為全島的反抗行動，長久以來對官方的不滿也轉嫁到數起對外省人的毆打洩憤上。事件中當局對台灣人進行屠殺的處置方式，以及事後大舉捕殺台灣知識菁英的恐怖行動，更是造成了日後難以化解的省籍情結，影響深遠。

四、基於改造社會的合作

二度來台之後，揚風參與了《臺灣新生報》「橋」副刊上的兩次論戰。一九四七年十一月三日稚眞在「橋」副刊三八期發表〈論純文藝〉，主張「為文藝而文藝」，引發了「純文藝」論爭[44]。四天後，「橋」刊載了揚風的〈請走出「象牙塔」來——評稚眞君的『論純文藝』〉，質疑稚眞「為文藝而文藝」的論點，揚風說：「『文藝』，不是為『文藝而文藝』，還有它更高更大更遠的目的。這也并不是『文藝』身上的附件『功利』或『倫理』。文藝應該是大衆化的，大衆的語言、大衆的痛苦、歡樂、能為大衆所瞭解接受的。」[45]楊逵從大眾的立場描寫大眾苦樂的文學觀。隨後，揚風對上稚眞與淩風，進行激烈的言詞交鋒[46]。其中，〈評「再論純文藝」〉以「為人生而藝術」的基本態度出發，特別標舉「文藝大眾化」與「新寫實主義」才是中國文藝理論的新思潮。

一九四八年三月二十六日揚風發表〈新時代，新課題——台湾新文藝運動應走的路向〉，對展開台灣新文藝運動提出四個建言，主要內容是：一、文藝統一陣線：大陸來台的文藝工作者與台灣當地的文藝工作者普遍合作，並討論出台灣新文藝運動統一的路向。二、開拓文藝園地：在當前沒有定期文藝刊物的情形下，希望《新生報》等報的副刊編者，盡量向報館爭取副刊篇幅，始能多容納文藝作品；文藝工作者組成統一戰線，拚出自身的力量來出版定期的文藝刊物，作為主動地推動台灣新文藝運動的基幹。三、「大眾化」問題：文藝的大眾化應該寫的是大眾，不應該屬於一個小角落，或僅作個人情感的發揮等。四、爭取寫者空間：希望當局在不背叛國家政府的大原則下，放大寫者的空間，並鼓勵及扶助新文藝運動的展開，對文藝作品檢禁的尺度，也願儘量的放寬；再者，文藝工作者自身應不斷地向當局據理力爭寫作的自由[47]。

44 有關「純文藝」論爭的經過與雙方的主要意見，請參考劉孝春，〈「橋」論爭及其意義〉，《世界新聞傳播學院人文學報》七期（一九九七年七月），頁二九七—二九八；許詩萱，〈戰後初期（1945.8～1949.12）台灣文學的重建——以《台灣新生報》「橋」副刊為主要探討對象〉，頁七〇—七一。

45 揚風，〈請走出「象牙塔」來——評稚眞君的『論純文藝』〉，《臺灣新生報．橋》四〇期，一九四七年十一月七日。

46 在〈請走出「象牙塔」來——評稚眞君的『論純文藝』〉之後，揚風公開發表與「純文藝」論爭有關的文章，還有〈評「再論純文藝」〉與〈雜話批評——兼答凌風致編者信——〉兩篇，分別發表於《臺灣新生報．橋》四八期，一九四七年十一月二十八日；《臺灣新生報．橋》六六期，一九四八年一月十二日。另外，揚風寫給歌雷的一封長信，其中一段談到凌風〈文藝與批評〉一文，由歌雷冠以〈揚風致編者的信〉為標題，發表於《臺灣新生報．橋》六〇期「編者作者讀者」欄，一九四七年十二月二十六日。

47 詳見揚風，〈新時代，新課題——台湾新文藝運動應走的路向〉，《臺灣新生報．橋》九五期，一九四八年三月二十六日。

面對二二八事件之後蕭條沉寂的台灣文壇，推展台灣新文學運動已經是大陸來台作家與台灣作家共同關切的議題。三月二十九日楊逵發表〈如何建立臺灣新文學〉，文中有六項具體建議，其要點為：一、團結在台灣的文藝工作者，不問本省人或外省人，召開全省文藝工作者大會，研討台灣新文學再建的方策。二、真正的文藝工作者結成一個自己的團體，發行介紹各方面文藝活動的文藝雜誌及文藝新聞，成為一個文藝的舞臺。三、各地的文藝工作者集合愛好文藝同志鼓吹並召開文藝座談會，由各文化雜誌編者擬題鼓動關於新文學諸問題的討論、創作與批評，同時將各座談會的消息及報告在各雜誌揭載。四、由各報副刊編者協助物色翻譯人員，以翻譯並揭載用日文撰寫的文藝作品。五、使省內外作家及作品活潑交流。六、鼓勵民眾參加文藝工作，提倡寫實的報告文學等[48]。

楊逵的這篇文章發表後，戰後初期最大的一次文學論戰就此引爆，作家不分省籍熱烈討論台灣文學的發展方向。論戰中揚風發表四篇文章[49]，重申「文藝大眾化」與「新寫實主義」的理念，並且反覆地加以闡述。例如〈『文章下鄉』談展開台湾的新文學運動〉中指出，當前整個中國的進步的文藝運動是「現實主義的大眾文學」，並重提中國對日抗戰期間「文章下鄉」的口號，揚風說：

> 我們應該從書房裡走出來，從沙發上站起來，從都市裡走到鄉間去，走到廣大的農村去，同那些以前被我們忽略了的苦老百姓們生活在一起，感覺他們所感覺的，并大聲的喊出來，大

膽的寫出來。能如是，我們的文學運動，才會得着更多人的共鳴和支持，才有它堅強而廣大的基礎。才不致使文學運動的種子就在那枯竭了的都市裡發芽，含苞，而開出一朵病態的慘白的花來。50

作家應從都市與書房走進農村，藉由與百姓實地生活了解他們的思想與情感，並大膽地將民眾的心聲寫出來。揚風認為以廣大的鄉間作為寫作的源泉，才能使新文學運動與民眾走在一起，也才能獲得更多民眾的共鳴與支持。

〈五四．文藝寫作——不必向『五，四』看齊〉一文中，揚風曾經清楚指出，「所謂新寫實主義不但與『浪漫主義』有別，就是與『寫實主義』（或現實主義）也有着很大的差異。因為新

---

48 詳見楊逵，〈如何建立臺灣新文學〉，原載於《臺灣新生報．橋》九六期，一九四八年三月二十九日，收於《楊逵全集　第十卷．詩文卷（下）》，頁二四四—二四五。

49 依序為：〈『文章下鄉』談展開台湾的新文學運動〉，《臺灣新生報．橋》一一七期，一九四八年五月二十四日。〈五四．文藝寫作——不必向『五，四』看齊〉，《臺灣新生報．橋》一二三期，一九四八年六月七日。〈新寫實主義的眞義〉，《臺灣新生報．橋》一三二期，一九四八年六月二十八日。〈從接受文學遺產說起〉，《臺灣新生報．橋》一三六期，一九四八年七月七日。附帶說明的是〈五四．文藝寫作——不必向『五，四』看齊〉在「橋」副刊一二三期刊出，當天的報紙將期號誤植為一二四。

50 楊風（揚風），〈『文章下鄉』談展開台湾的新文學運動〉，《臺灣新生報．橋》一一七期，一九四八年五月二十四日。

寫實主義是社會主義的現實主義，是主張階級文學的（卽文學階級性）」。又說：「新寫實主義的『情感』，也只是廣大勞動人民求民主，反專制，求解放，反獨裁的積極的行動和怒潮。新寫實主義的『個性』是廣大勞動人民的『群衆性』。」[51]在〈新寫實主義的眞義〉一文中，揚風更針對「新現實主義」的內在意涵，繼續申論說：

新寫實主義是主張文學的階級性的，就是說，文學要為大多數人所屬的那階級服務。固然我們不一定要硬寫那大多數人所屬的那一階級如何如何，喊出幾條口號，或公式化了的「教條」就算是新寫實主義的文學了。我們更可以尖銳的暴露諷刺統制者群的腐化，專制，殘暴，和它沒落的必然趨勢及統制者群中內部的矛盾衝突等⋯⋯。只要是為了那廣大的人群所屬的階級而服務的文學，我們都能將它概括在新寫實主義這一文學範疇內的。[52]

綜合上述可見，揚風主張的「新寫實主義」就是「社會主義現實主義」，有其階級性，必須為被壓迫階級的眾多人民而寫，要能反映群眾對於民主自由的追求，並揭發統治階級腐化與殘暴的一面，以及專制政權必然滅亡的趨勢。

比較揚風〈新時代，新課題——台湾新文藝運動應走的路向〉與楊逵〈如何建立臺灣新文學〉分別提出的幾點建議，可以發現有諸多不謀而合之處[53]。包括文藝工作者不分省籍地團結在一起，討論台灣文學的發展路向，發行文藝雜誌等呼籲。揚風所說文藝工作者應爭取寫作自由空間的意見，也跟楊逵在一九四六年五月發表的〈臺灣新文學停頓的檢討〉中所說：「我們民衆以自身的力量保障言論、集會、出版、結社的自由，如此才是踏出消弭文學停頓的第一步」[54]，同樣把文學發展奠基於自由民主的言論空間之上。

至於論戰中揚風所主張「文藝大眾化」與階級性的「新寫實主義」，也是做為社會主義者的楊逵從日治時期以來一直堅持的文學立場。只不過為了避免「社會主義現實主義」落入意識形態的爭論，楊逵改稱之為「真實的現實主義」[55]。至於揚風所說文學可以「暴露諷刺專制者群的腐化，專制，殘暴，和它沒落的必然趨勢」，跟楊逵一九三〇年代創作的〈送報伕〉、〈頑童伐鬼

---

51 揚風，〈五四．文藝寫作——不必向『五，四』看齊〉，《臺灣新生報．橋》一二三期，一九四八年六月七日。

52 揚風，〈新寫實主義的眞義〉，《臺灣新生報．橋》一三二期，一九四八年六月二十八日。

53 從楊逵〈如何建立臺灣新文學〉發表時，所附孫達人的「譯者後記」執筆於三月二十四日晚間可知，楊逵這篇文章寫成時，揚風的〈新時代，新課題——台湾新文藝運動應走的路向〉尚未刊登。

54 楊逵，〈臺灣新文學停頓的檢討〉，《楊逵全集　第十卷．詩文卷（下）》，頁二二四。

55 楊逵，〈新文學管見〉，原以日文發表於《臺灣新聞》，一九三五年七月二十九日—八月十四日，收於《楊逵全集　第九卷．詩文卷（上）》，頁三一八—三一九。附帶說明的是《楊逵全集》將楊逵所說「眞實なるリアリズム」譯為「真實的寫實主義」，為呈現楊逵左翼文學觀所強調的反映社會現實，並與揚風所謂「社會主義的現實主義」用詞相符，筆者在此譯為「真實的現實主義」。

記〉等多篇小說中，揭發日本殖民政權與資本家聯手壓榨台灣人民，並藉由被壓迫群眾團結反抗的成功，將結局指向未來理想的社會近似。

除此之外，不僅揚風曾經藉由創作傳播魯迅的文學精神，楊逵在戰後初期的魯迅熱潮中尤其佔有一席之地。一九四六年十月十九日魯迅逝世十周年當天，楊逵在《和平日報》「新世紀」副刊與《中華日報》，分別以中、日文發表〈紀念魯迅〉（日文原題〈魯迅を紀念して〉）的詩作[56]，歌頌魯迅勇敢朝向惡勢力前進的精神，日文詩作更進一步提到魯迅的至誠與熱情有其繼承者，以此宣示面向黑暗現實積極戰鬥的意志。

一九四七年一月，目睹陳儀政府的貪污舞弊之後，楊逵在《文化交流》發表〈阿Q畫圓圈〉，藉魯迅〈阿Q正傳〉諷刺陳儀建設新台灣的承諾失信於民。〈阿Q畫圓圈〉發表的同時，由楊逵策畫翻譯的中日文對照版《阿Q正傳》正式發行，楊逵在書前所附的〈魯迅先生〉中，強調魯迅作為受害者與被壓迫階級之友的立場。當時正是台灣人民對陳儀政府深惡痛絕之際，楊逵無疑是將魯迅與被陳儀政府壓迫的台灣人民置於同一階級，也隱約傳達出身為作家的自己認同魯迅與軍警槍砲戰鬥的精神。

《阿Q正傳》出版一個月後二二八事件爆發，對陳儀政府的暴政忍無可忍，終於促使一向堅持和平抗爭的楊逵走向武裝反抗之路。由此可見，楊逵從魯迅的戰鬥生涯投射出與統治階級對抗的自我形象，以及與被壓迫階級的台灣人民共同對抗統治階級的堅定立場。相對於揚風借用魯迅的文學創作，為自己的《投鎗集》與收錄其中的幾篇雜文命名，以及學習魯迅雜文的批判之筆，對戰後中國各種不公不義現象的口誅筆伐，楊逵借魯迅精神「以古喻今」的詮釋方式有些差異。但與廣大受到壓迫的被統治階級站在一起，勇於挖掘社會的病態，抗議專制政權的封建腐化方面，楊逵與揚風實有其共通之處。因此以文學改造社會的理念相同，希望藉由文學批判現實，建設自由民主的理想世界，應該就是兩人決定合辦雜誌，在文學運動方面結為盟友的背景因素。

五、台灣文化與中國量尺

仔細觀察揚風與楊逵的文學觀點，儘管有許多相通的見解，但也並非毫無歧異之處。在〈新時代，新課題——台湾新文藝運動應走的路向〉中，有關大眾化問題方面，揚風有以下的說法：

> 文藝的大衆化要使不能看的人聽得懂，不能聽的人看得懂。我決不同意於用臺灣語來寫所謂『方言化的文藝』。因為這第一、阻碍了語文統一的進展。第二、臺灣語不像蘇浙等省的土語，臺灣話的本身就感語彙不夠，假使再形諸文，勢必更感別扭。[57]

56 楊逵，〈紀念魯迅〉，《和平日報．新世紀》六八期，一九四六年十月十九日。楊逵，〈魯迅を紀念して〉，《中華日報》，一九四六年十月十九日。兩篇詩作收於《楊逵全集　第九卷．詩文卷（上）》，頁一一二—一一七。

57 揚風，〈新時代，新課題——台湾新文藝運動應走的路向〉，《臺灣新生報．橋》九五期，一九四八年三月二十六日。

無法使用台語的揚風批評台灣話的語彙不夠，自然是因不懂而來的偏見。所謂阻礙語文統一的進展，則是以中國的國語文學為標準。反觀楊逵在日治時期嘗試台灣話文書寫失敗之後，一九四八年間再度挑戰台灣話文創作，不僅以簡短的歌謠體書寫台灣歷史，也藉此揭發民生凋敝的社會現實[58]。楊逵以實際行動支持台灣話文，顯示他不僅比揚風重視台灣文學語言多樣化的特殊性格，也更為重視居於社會底層的台灣民眾。

其次，「橋」副刊有關建設台灣文學的論議熱烈進行之際，在一片認識台灣的呼聲中，揚風發表〈『文章下鄉』談展開台湾的新文學運動〉，堅持台灣文學必須去配合中國與整個世界文學運動的趨勢，他說：

> 談到展開臺灣的新文學運動，許多人都開出了若干不同的單方，有人說要重新認識臺灣，是的，應該而且必需將臺灣認識清楚後，才能去談：「展開臺灣的新文學運動」這我認為是對的。但我愼重的提醒這些開單方的先生們，認識了臺灣還不够，更要認識整個中國，整個世界的文學運動是怎麼一個趨勢了，進步到了甚麼程度，在臺灣的文學運動應該怎樣去配合？如何去趕上？假使這些我們不認識清楚，只盲目的死抱着臺灣如何，如何，等於在家裡關起門作皇帝，外面的天地還廣大的很啦！[59]

揚風覺得只認識台灣是「盲目的死抱着臺灣」、「等於在家裡關起門作皇帝」，要求台灣的文學運動要「配合」並「趕上」中國，顯示他認為相對於台灣文學，中國文學有更開闊的視野，中國文學也是比台灣文學更先進的學習典範。

揚風如此主張，主要是對於日治以來的台灣文化有所不滿。一九四六年底發表的〈台灣的文化〉，文章標題下有摘要：「日人五十年的統治，帶給台灣文化以一片空白；勝利後初生的嫩苗，又遭遇了暴君的摧殘」。儘管文中對於戰後台灣當局的箝制言論妨礙台灣文化之發展有所批判，但也不乏鄙視台灣文化的負面說法。例如他說：

若要把國內的尺度拿到台灣來，則台灣根本無「文化」可言。日寇五十年的奴役統治，把台灣文化窒死了。光復以後，很多文化界的朋友們懷着獻身的熱誠，渡海來希望從事精神的墾荒。這工作無疑是絕對需要的，因為雖僅一水之隔，但台灣人居然國內一切的眞相，全屬茫然。中國大陸上的洪潮巨浪，轟動了全世界，但是，一過了窄狹的台灣海峽，竟歸於甯靜寂滅，了無迴聲。

58　一九四八年八月二日，楊逵在《台灣力行報．新文藝》發表戰後的第一篇台灣話文創作〈臺灣民謠〉，敘述李鴻章簽約割讓台灣給日本，以及台灣人自行成立台灣民主國以對抗日本的歷史。在此之後，楊逵又陸續於《臺灣新生報．橋》與《台灣力行報．新文藝》發表多篇台灣話文歌謠，揭發民生凋敝的現狀。請參閱筆者，《左翼批判精神的鍛接：四〇年代楊逵文學與思想的歷史研究》，頁二七七。

59　楊風（揚風），〈『文章下鄉』談展開台湾的新文學運動〉，《臺灣新生報．橋》，一七期，一九四八年五月二十四日。

又說：

> 日人五十年的奴化，帶給台灣文化以一片空白裡死般的寂靜，這與台灣的物質建設比起來恰恰是一個鮮明的對照。這也許是日本人的成功。在一定限度內物質生活的安定，養成了台灣人精神領域的貧乏和枯槁，在文化活動上表現為十足的孱弱，比之於祖國受胎於災難的折磨，苦痛的掙扎和希望的鼓舞而誕生的文化的「百刼千珍圖」來，台灣眞只是一塊素白而脆薄的紙片。最近台北舉行過一次「台灣美術展覽」，所展覽的畫幅，大都是虫魚鳥獸，秋菊夏荷或是「靜物」、「少女像」之類，這就是日人五十年來對台灣人民精神奴役最眞切的訴狀。60

從揚風的眼睛看來，日本對台灣的物質建設有其成功之處，但精神領域卻相對地貧乏。比較中國在戰爭與苦難中掙扎而發展出來的文化活動，揚風認為台灣「根本無『文化』可言」，呈現「一片空白裡死般的寂靜」。這樣的論點僅僅是以中國文化為標準，認為日治以來的台灣未接受中國文化的薰陶，對中國大陸的文化風潮一無所知。

戰後中國接收台灣，對這塊重新領有的土地，大陸的文化界人士難免有所關注。正如前引揚風所言：「光復以後，很多文化界的朋友們懷着獻身的熱誠，渡海來希望從事精神的墾荒。」揚風初次來台，不到一年的時間被迫返回上海後，曾經這樣描述自己的心情：「去台灣時，我懷着理想希望和打算，計劃着在那塊剛收復的土地上，做一些切實的文化工作。但當政治的壓力迫得不得不離開台灣時，我又只好懷着這個沒有實現的理想希望和打算，回到上海來」[61]，以此明確表達自己在台從事文化工作的主觀意願，及因外在環境的客觀因素未能如願的遺憾。自我期許在文化工作方面為台灣貢獻心力的揚風，採訪時當然會特別注意考察台灣的文化建設，〈台灣的文化〉就是以此為主題的觀察紀錄。由於以「中國之眼」觀看台灣文化，以「中國文化」為標準衡量台灣文化的現況，不能合乎「中國」尺度的台灣文學自然很難令人滿意。「純文藝論爭」期間揚風就曾經針對台灣的文學環境，發出過「臺灣這塊文藝園地荒蕪的土地」[62]的評論。

揚風有關台灣文學的負面說法，其實是戰後大陸來台作家頗為常見的現象。主要是因為台灣接受過日本五十年的殖民統治，戰爭結束之前與中國大陸呈現長期分治的局面，戰後從大陸來台的作家對台灣歷史不熟悉，又有語言方面的隔閡，通常不了解台灣發展過自己的新文學運動，導致有關台灣文學或文化的發言經常有失允當。一九四七年間，《臺灣新生報》「文藝」副刊為此爆發過一次小型的論戰。在沈明、江默流對台灣文學「一片未被開墾的處女地」、「真空的文藝界」、「文藝的處女地」的稱呼下，台灣作家王錦江（王詩琅）與毓文（廖漢臣）不得不現身說

60 以上兩段引自楊村（揚風），〈台灣的文化〉，《文匯報》，一九四六年十二月六日，七版。

61 揚風，〈台灣歸來〉，《文匯報．筆會》一八五期，一九四七年三月四日。

62 揚風，〈請走出「象牙塔」來——評稚眞君的『論純文藝』〉，《臺灣新生報．橋》四〇期，一九四七年十一月七日。

法，介紹日治時期台灣新文學運動的成就[63]。一九四八年間「橋」副刊爆發的論戰中，仍可見相同的論調。無怪乎楊逵在參與討論時，必須時時岔出發展方向的主軸，介紹曾經親身參與過的台灣新文學運動史，也為台灣有自己的新文學傳統進行辯護。

一九四八年四月三日「橋」副刊的第二次作者茶會召開，以楊逵引發論戰的文章〈如何建立臺灣新文學〉為題進行討論。楊逵的發言集中在「過去臺灣文學運動的回顧」，著重說明台灣新文學運動的特殊性在於「語言上的問題」，至於「在思想上的『反帝反封建與科學民主』這一點，與國內却無二致」，明白指出台灣文學與中國文學兩者間的差異，在於形式上的語言，而非內容上所蘊含的思想與精神。接著楊逵再談到戰爭結束將近三年，應要重振的台灣文學界的消沉，原因在於台灣人使用被日本政府禁絕十多年的中文很難充分的表達，以及政治上的變動使作家感到不安、威脅與恐懼[64]。顯然有意讓與會的大陸來台作家了解，眼前一片蕭條的台灣文壇其實有過輝煌的歷史，而當前的「荒蕪」感乃肇因於政治恐懼，以及政權遞嬗連帶語言轉換所引發的負面效應。

由於「橋」副刊第二次作者茶會的簽名紀錄上，清楚可見揚風的筆跡[65]，推測當時在場聆聽與會者發言的揚風，應該已經透過楊逵認識到日治時期台灣新文學運動的概況。可惜三月二十八日結識楊逵後兩人間的往來與晤談，是否促使揚風對於台灣文化的負面印象有所轉變，因史料之不足目前不得而知。若就推動戰後的台灣新文學運動而言，從前述五月二十四日發表的〈『文章下鄉』談展開台湾的新文學運動〉中，所謂單認識台灣還不夠，還要「配合」並「趕上」中國文藝運動的趨向云云，顯示揚風在這次的茶會之後，仍堅持以中國文學作為台灣文學的標準，並以中國文學的發展趨勢作為台灣新文學運動前進的標竿，與楊逵一再強調台灣文學的特殊性，呼籲對台灣的文學與文化運動想要有所貢獻的人，必須深刻地了解台灣的態度，有其根本上的差異[66]。

一九四八年八月十日，揚風與楊逵計畫合辦的雜誌《臺灣文學叢刊》，按原定計畫正式創刊。作品內容或者重構台灣人反抗外來殖民政權的歷史，或者再現台灣社會現實以批判腐敗政權，傳達兩人對於民主自由的共同期待。由於叢刊收錄多篇楊逵創作的台灣話文歌謠，以及在民間流傳多時的〈農村曲〉等，與揚風先前反對建立台灣方言文學的立場不同，加以當時的揚風已離開台灣，日記中亦未見任何實際參與編輯活動的敘述，《臺灣文學叢刊》的編輯方針是楊逵個

63 論戰詳情可參考李瑞騰，〈《橋》上論爭的前奏〉，《新文學史料》二〇〇一年〇一期，頁五二—五八。

64 〈如何建立臺灣新文學——第二次作者茶會總報告〉，《臺灣新生報．橋》百期擴大號（一九四八年四月七日），收於《楊逵全集　第十四卷．資料卷》，頁一四六—一四七。

65 第二次作者茶會的簽名單刊於《臺灣新生報．橋》百期擴大號，一九四八年四月七日。

66 楊逵認為相較於中國其他各省，台灣的特殊性除了文學創作需刻畫地方色彩、適當使用方言之外，還有自然、政治、經濟、社會教育、思想感情的差異，也談及省內外隔閡中有關文化高低的爭辯，都是肇因於對台灣民間的認識不足。楊逵並強調「對臺灣的文學運動以至廣泛的文化運動想貢獻一點的人，他必需深刻的瞭解臺灣的歷史，臺灣人的生活、習慣、感情，而與臺灣民衆站在一起」。楊逵，〈「臺灣文學」問答〉，原載於《臺灣新生報．橋》一三一期，一九四八年六月二十五日，收於《楊逵全集　第十卷．詩文卷（下）》，頁二四七。

人意志貫串的結果，應無庸置疑[67]。

然而在實踐兩人的合作計畫方面，揚風也並非毫無貢獻。創刊號中揚風的〈小東西〉以首篇的醒目位置予以刊載，可見楊逵對這篇小說的重視。第二輯的「文藝通訊」欄中，還有揚風以簡短文字報告的生活近況[68]，楊逵對揚風未來動向的關注由此自然呈現。其中，〈小東西〉以小說形式重現聰明上進的十五歲台灣少女，最後不幸淪落風塵的真實際遇[69]，符合第一、二輯版權頁內所揭示：「本刊歡迎反映臺灣現實的稿子，尤其歡迎，表現臺灣人民的生活感情思想動向的創作，報告文學，生活記錄等」的刊載原則。

除此之外，揚風曾在《臺灣新生報》「新地」副刊連載，因二二八事件爆發而未能刊完的〈半月飄泊〉[70]，以〈飄泊記〉修訂稿重新發表於由楊逵負責主編，作為重建台灣文學另一重要陣地的《台灣力行報》「新文藝」週刊[71]。揚風取材自台灣社會現實的〈小東西〉，以及戰後從杭州到南京、上海間流浪求職的〈飄泊記〉，所體現的正是楊逵一九四八年間所提倡「真實的故事」的文學精神[72]。揚風不僅以提供稿件的方式支持台灣文學的重建，也以此支援楊逵的文學志業。

六、結語

一九四六年揚風秉持在台灣從事文化工作的志願從大陸來台，以南京《新中華日報》記者的身分四處採訪時，親眼目睹台灣民眾在政權更迭之後，政治、經濟各方面遭受到的種種壓制，遂將台灣的社會實況逐一在上海披露。揚風對戰後台灣社會發展的忠實紀錄，了解台灣人的國家認同逐漸產生變化，對政府激憤不滿的情緒，高漲到隨時可能產生重大變局的預言，恰恰與當局推諉二二八事件的責任於台人奴化，或共產黨作亂形成強烈的對比，也間接成為台灣人在官逼之下，民不得不反的有力證詞。

一九四七年間再度來台後，揚風兩度投入《臺灣新生報》的文學論戰，積極參與有關台灣文學的討論。一九四八年三月底，在「橋」副刊的作者茶會與楊逵結識之後，基於社會主義現實主

67　筆者，《左翼批判精神的鍛接：四〇年代楊逵文學與思想的歷史研究》，頁四〇六。

68　揚風，〈我已解聘了／另找工作中〉，《臺灣文學叢刊》二輯，頁一三。

69　一九四七年十二月二十日〈小東西〉的初稿完成，揚風在日記中說：「這篇東西，我自信很成功，因為都是我生活過來的事，決沒有虛空架設的事」。

70　連載於《臺灣新生報．新地》五十九—六十四期，一九四七年一月二十七日—二月二十五日。二二八事件爆發後，「新地」暫時停刊，一九四七年五月一日復刊，未完部分不再刊出。

71　從一九四八年十月二十四日出刊的十四期開始連載，至少連載至十一月十五日出刊的二十期，因史料缺乏，刊完期號不明。

72　一九四八年楊逵主編《台灣力行報．新文藝》時，於九月二十日出刊的第八期首度公開徵求「實在的故事」。楊逵在徵稿啟事中說：「客觀認真的態度，才是『新文藝』的出路，也是文藝大衆化的捷徑」。一九四八年十月十一日刊出的「新文藝」十一期中，楊逵還發表了〈「實在的故事」問答〉，藉由評論兩篇徵求來的故事說明自己的理念。〈「實在的故事」徵稿〉啟事與〈「實在的故事」問答〉收入《楊逵全集　第十卷．詩文卷（下）》，頁二五九—二六二。

義的文學理念，希望透過批判現實的文學達到改造社會，以追求自由民主的理想世界，兩人決定經由合辦刊物的方式，共同推動新一波的台灣新文學運動。面對兩岸人民同樣在國民黨專政之下被支配的命運，楊逵與揚風的攜手合作，無疑是〈送報伕〉中被壓迫階級不分族群的團結抵抗，以推翻壓迫階級這一理念的付諸實踐。其間之異，僅僅在於日治時期創作的小說〈送報伕〉最後所暗示，藉由經濟弱勢的世界無產階級的大團結，協助被日本殖民的台灣人對抗資本主義與殖民主義的雙重壓迫，將結局同時指向台灣人的階級解放與民族解放；戰後初期楊逵與揚風所共同關切的對象，則是威權體制之下全中國的被統治階級。

另一方面，在復併入中國領土的台灣重新開展其文化建設之際，揚風雖然成為楊逵重建台灣文學時的重要夥伴，彼此的文學立場卻存在著差異。做為新一代中國知識分子的揚風，期待台灣文學以中國新文學為師，曾經公開表示不支持發展台灣話文；台灣本地知識菁英的楊逵，則是一再強調台灣有別於中國的新文學傳統，一九四八年間也以歌謠體再度嘗試台灣話文創作。當時的楊逵對「台灣文學」名稱的堅持，曾經引來《中華日報》上國民黨陣營的大肆攻擊，站在同一陣線上的揚風對於台灣文學的發展方向，又有著與楊逵不盡相同的規劃藍圖，戰後初期台灣文壇的複雜情況可想而知。

一九四八年八月十日楊逵與揚風預定合辦的雜誌《臺灣文學叢刊》正式發行，收錄作品傳達出台灣人對於自由解放的憧憬，以及兩人對於民主自由的追求與嚮往。值得注意的是其中多篇台灣話文歌謠的編輯策略，展現了台灣文學多音（語）交響的特殊性格，也彰顯了楊逵在推動台灣文學重建時的主導權，使得該刊不僅成為楊逵有關「台灣文學」定義與內涵的實踐園地，楊逵也藉此具體回應執政當局亟欲將台灣全盤中國化的時代氛圍。一九四八年八月間揚風離台之後，楊逵持續著手《臺灣文學叢刊》的編輯與出版。然而原訂每月出刊一至兩本的計畫[73]，一九四八年九月十五日出版第二輯後，在通貨膨脹的艱困環境中遲遲未見新刊發行。拖延三個月後的十二月十五日第三輯終於出版，但該刊也就此走入歷史。

二次世界大戰結束之後台灣的政權轉換，促成了兩岸新文學運動在台匯流，締造了接受過東南文藝運動洗禮的新進作家揚風來台，和曾經參與領導台灣新文學運動的楊逵之間合作交流的機會。儘管對於台灣新文學的建設滿懷熱忱，揚風在遭到宜蘭農校解聘之後離開台灣，《臺灣文學叢刊》在混亂的政經局勢下，成為僅發行三輯的短命雜誌，楊逵與揚風的合作計畫終究未能臻於圓滿。後來分隔兩岸的這兩位文友在詭譎的政治局勢下，居然有著極為相似的命運。一九四九年四月六日當局對異議人士展開思想的整肅，楊逵遭到逮捕，〈和平宣言〉成為唯一的罪證。一九五一年移監綠島，被隔離在台灣本島之外的楊逵，文學生涯不僅遭受到前所未有的重挫，所推動的台灣新文學重建，也因為政治力的介入劃下句點。一九五〇年代韓戰爆發後，遠在北京的揚風被送往新疆勞改，從此音訊全無[74]。曾經攜手共同奮鬥的兩位文友，竟分別獻祭於戰後瞬息萬變

73《臺灣文學叢刊》第一輯版權頁「歡迎訂戶」下曰：「本刊予定每月出一本至二本」。

74 二〇〇六年十月二十七日，筆者在日本福岡請教橫地剛有關揚風的下落時，橫地先生表示聽吳克泰說過，一九五〇年

的政治鬥爭之上。

一九四八年六月二日，「橋」副刊的台灣文學論爭如火如荼進行之際，揚風在日記中寫下：「我在台灣一天，我總得替台灣的新文學運動盡一番力，這是一個忠實的文藝工作者應該有的態度。」戰後初期跟揚風一樣，有志於從事文化工作的大陸來台作家為數不少。後來因為各式各樣的原因，有人離開，有人留下；在台停留的時間或長或短，各不相同。置於台灣文學的歷史長河中來看，揚風滯台時間兩次相加還不滿兩年，可說是歷時短暫的一位過客。勾畫揚風在台的文學活動及與台灣作家楊逵的合作交流，除了用以填補楊逵研究與台灣文學史的罅隙外，大陸來台作家在台灣文學史上如何定位，或許揚風的例子可以引發重新思考的契機。

代韓戰爆發後，吳克泰曾於北京巧遇揚風，揚風告知即將被遣送新疆勞改，此後音訊全無。附帶說明的是吳克泰（一九二五—二〇〇四）為宜蘭人，本名詹世平，二二八事件後逃往中國大陸。一九四六年間因先後擔任《自由報》與《人民導報》記者，在採訪中經常遇到而認識揚風。吳克泰，《吳克泰回憶錄》（台北：人間出版社，二〇〇二年），頁一七一—一七六。

第六章

結論

戰後初期短短四年多的時間，無疑是台灣歷史上變動最大的一個時代。台灣從日本殖民統治交由中國接收，台灣人也從戰敗國日本殖民地的本島人，轉眼成為戰勝國中華民國的台灣省民；戰前雷厲風行的皇民化運動正式告終，中華民族主義的時代隨之來臨。台灣人如何在這樣劇烈的變化中自處，如何面對中國政府接收台灣的國際局勢，如何規劃中國統治下台灣社會的將來，對「中國化」的配合與接受程度又是如何，日治時期以來就是台灣社會運動與新文學運動領導人的楊逵，無疑是台灣知識菁英中一個重要的觀察對象。

一九八二年十一月十日楊逵在東京接受戴國煇與內村剛介訪問結束前，曾經感慨地這樣說：

想來，二二八事件以來的種種事情，漏掉沒有寫的，還有許多許多。我既然特意搞的是文學，通過文學，我來把要說的話說出來。四十到八十之間的事情，我想一定要把它的一切寫出來。[1]

然而楊逵辭世之前，由於涉及二二八事件等禁忌性話題，有關戰後初期的社會運動與文學活動，楊逵公開談論者甚少，留下的訪談紀錄也極為有限，終究未能有一個清楚的輪廓。戒嚴時期為避免政治干預，相關研究亦多略而不談。一九八七年解嚴之後，學術風氣日趨自由，加以文獻史料的陸續出土，楊逵的圖像才得以一次又一次細細地被描繪，戰後初期楊逵的身影日漸清晰，左翼楊逵的臉譜也日益真實與鮮明。

從現有史料來看，一九四五年八月十五日戰爭結束之後，楊逵立即與李喬松籌組解放委員會，尋求台灣人民的真正解放。由於國際間對於台灣交由中國接收已有共識，政權順利轉移之前，臺灣總督不允許島內有任何政治性的活動，加以台灣社會領導階層靜觀時局的審慎態度，未能獲得廣泛支持的楊逵，只能放棄籌組自己的政治團體，藉由一陽週報社發行三民主義思想文獻，以此迎接新時代的來臨。從《一陽週報》刊載的內容包含政治思想、茅盾的文學創作與楊逵的小說作品，可以了解楊逵有意從政治啟蒙、中國文學的傳播，以及傳承日治時期的台灣文學三個層面著手，並以三民主義的民有、民治、民享為目標，推動台灣社會與文化的重建。

考察戰後初期楊逵的社會運動與文學活動之後，不難發現無論是政治啟蒙、中國文學的傳播，或傳承日治時期的文學遺產，都不是各自獨立的三個層面，而是楊逵在追求理想世界的行動中，為順利建設自由、民主、均富的新台灣，緊密扣連的三個環節。為了有效達成目標，戰後面臨全盤中國化之際，楊逵對於中國事物從來不是照單全收，而是採取有所選擇的堅定立場。這點可以從楊逵對接收政權的態度，楊逵對中國文學的接受，以及楊逵與大陸來台作家的交往中清楚看見。

從戰後楊逵最初的行動來看，基於孫文對工農階級的重視，三民主義就是共產主義的認知，

1 戴國煇、內村剛介訪問，陳中原譯，〈楊逵的七十七年歲月——一九八二年楊逵先生訪問日本的談話記錄〉，《文季》一卷四期，頁三〇。

並相信國民黨至少會是實行三民主義的政黨，楊逵不僅參與籌組台中市黨部，也公開呼籲台灣人共同籌備國民黨台灣省黨部，以台灣人集體的力量參與政治。從《一陽週報》所揭露當權者的專制腐化，楊逵在國民黨相關報紙擔任編輯期間，與擁有國民黨背景的大陸來台編輯充分合作，當可了解楊逵反對的是軍閥專權，以及國民黨高層與民主原則背道而馳的作風，而非單純反對國民黨的執政。因此二二八事件中楊逵原想藉由武裝反抗，逼迫台灣當局進行政治改革，落實由台灣人管理台灣的民主自治。不料大陸派來的軍隊上岸後，隨即對台灣人展開殘忍的報復行動，灰心至極的楊逵乃以退出國民黨，表達內心最深沉的抗議。

為鞏固同志的思想基礎，對國民黨發揮制衡的作用，楊逵不僅經由《一陽週報》宣揚政治理念，也透過中國文學的傳播提倡現實主義的文學，並藉由描寫弱勢者勇敢奮起的小說創作，鼓舞被壓迫的民眾團結反抗，以自身的力量爭取自由民主。從一九四五年創辦的《一陽週報》，到一九四八年主編的《台灣力行報》「新文藝」副刊，楊逵持續展現對於蘇聯願與中國建立密切連繫，讓作家與作品彼此交流的密切關注，由此當可透視楊逵對於共產世界的憧憬。然而二二八事件後，對國民黨已不抱任何期待的楊逵，並未加入中共在台地下黨，而是持續引進所謂的「先進作家作品」，投注全部的心力於文化抗爭。楊逵不僅接引五四時期的中國新文學，以古喻今地撻伐腐敗政權，一九四八年間轉載南京與香港左翼刊物之舉，更表現出楊逵積極尋求與國際左翼文藝同步邁進，追求台灣人真正解放的強烈企圖心。

楊逵說過：「日據時代，在那黯晦的世局裏，我為了去發現一條路，使得我對整個台灣，整個中國，整個世界關心，促使我對歷史、政治、社會各方面加以注意，我深覺黑暗是要過去的」[2]。一九四八年十一月發表〈論「反映現實」〉時，楊逵也說：「我們不能把臺灣看做是孤立的，為了解臺灣的現實，大家須要了解整個的中國，整個的世界，這樣來才不致犯着『看樹不看林』的毛病。」[3]做為一位社會主義國際主義者，從日本殖民時代到戰後國民黨政府時期，楊逵的思考與行動從來不受國家的框架所拘限。由於深知帝國主義與資本主義合謀，讓包括殖民地台灣在內的全世界無產階級墮入痛苦的深淵，為了被殖民的台灣人與全世界被壓迫無產階級的解放，楊逵以「動員全島作家文化人——開拓臺灣新文學」，「連絡中國內地文學者——建設臺灣新文學」為策略從事解放運動。戰後初期楊逵與大陸來台文藝工作者合作時，再次實踐從日治時期以來就擬定的方針，希望能以現實主義文學運動的推展，真實地傳達人民的立場與心聲，促成中國的政治革新，連帶促使台灣自治的圓滿達成。

至於傳承日治時期台灣文學遺產方面，楊逵以抗日的形象介紹林幼春與賴和兩位台灣文壇重量級前輩，又刊行日治時期的成名作〈送報伕〉，以台灣人反抗日本殖民政權與資本主義的雙重壓迫，為一九四六年間台人奴化論戰，以及一九四八年的台灣文學論爭中，官方及外省作家污名

2 廖偉竣（宋澤萊）訪問，〈不朽的老兵——與楊逵論文學〉，《楊逵全集　第十四卷．資料卷》，頁一八四。

3 楊逵，〈論「反映現實」〉，原載於《台灣力行報．新文藝》十九期，一九四八年十一月十一日，引自《楊逵全集　第十卷．詩文卷（下）》，頁二六四。

化台灣人的日本經驗，做了強而有力的申辯。二二八事件後，面對成名作家在語言困境與政治壓迫下紛紛封筆，台灣文壇再度陷入消極沉鬱的狀態，楊逵曾經發出「老先輩已經老了，沒有元氣，沒有熱情」[4]的感慨，並勉勵年輕人不要限定於什麼語文而中斷文學工作。此時的楊逵不僅親自指導銀鈴會，在主編的《臺灣文學叢刊》以中文翻譯刊載日文創作，一九四八年《臺灣新生報》「橋」與《台灣力行報》「新文藝」兩副刊在楊逵呼籲之下，接納並翻譯日文稿件發表，使新生代作家得以不受語言轉換的干擾發表創作，台灣本地的文學香火乃得以承接下去。

除此之外，戰後初期為了加速全盤中國化，國語運動在台灣如火如荼地推行開來。黃永玉曾轉述一九四八年間，楊逵有關台灣文藝運動的見解如下：

> 日制時代的文化遺毒太深，二三十歲的人不會看祖國文字的百分比極高，文藝運動是應該用鬥爭方式來展開的，若果叫台灣人放開日文而重新學習方塊字來閱讀新的文藝作品幾乎是不可能的事，除非以一種新的文字來代替它，易學，易懂。[5]

楊逵有意藉由簡單易學的新文字，使台灣人在跨越語言轉換的障礙之外另闢蹊徑，以加速文藝運動的推展，這個構想顯然違背當局推行國語的既定政策。事實上，楊逵以新文字代替方塊字的想法，不僅針對國語，也不只有紙上談兵，而是推及到台語，並設法付諸實踐。

二〇〇三年四月七日楊建（楊逵次子）接受筆者訪問時，仍記得二二八事件之後，因為覺得中文太繁雜，太浪費時間，楊逵模仿日語羅馬字，自創一套台灣話文的拼音系統，以便能用部分漢字與部分羅馬拼音，進行台語文的書寫[6]。一九五〇年代拘繫綠島期間，楊逵曾用以收集記錄諺語跟童謠[7]。雖然未見楊逵以羅馬拼音發表文學作品，一九四八年八月二日主持《台灣力行報》「新文藝」開始，楊逵接連發表過多篇台灣話文創作歌謠。在國語運動方興未艾之際，楊逵堅持追求真正言文一致的在地文學，彰顯了台灣文學以及台灣作家的主體性。對照楊逵出版中日文對照版「中國文藝叢書」，將之挪用來批判台灣的政治現實，顯示學習國語的目的，不在於依附新的統治階級，而是便於掌握新的創作工具，持續發揮文學針砭時局與改造社會的力量。晚年在美國接受訪問，回答對於「鄉土文學」的展望時，楊逵認為「最重要的是要反映現實，與世界文學交流。我們撰述可以用漢文，但要台灣語化或客家語化，有些台灣語表現比漢文本身更生

4　志仁記錄，〈第一次新文藝座談會記錄——八月十四日下午二時假臺中圖書館舉行〉，原載於《台灣力行報．新文藝》三期，一九四八年八月十六日，引自《楊逵全集　第十四卷．資料卷》，頁一五二。

5　黃永玉，〈記楊逵〉，司馬文森編，《人民作家印象記》（香港：智源書局，一九五〇年再版），頁八四。

6　筆者，《左翼批判精神的鍛接：四〇年代楊逵文學與思想的歷史研究》之附錄六：〈楊建先生訪談紀錄〉，頁五〇六—五〇七。

7　楊逵收集記錄的諺語跟童謠使用羅馬拼音者不少，例如「**gina**人有耳無嘴」，「**gina**」今寫成「囝仔」（「小孩子」之意）；又例如「三人**kang**五目無長短腳話」，「**kang**」應是「共」。這兩例分別見於彭小妍主編，《楊逵全集　第十一卷．謠諺卷》（台南：國立文化資產保存研究中心籌備處，二〇〇〇年），頁五七、五八。

動，就應採用。」[8]由此可見，楊逵在台灣文學語言上的立場始終不渝。

另一方面，勾畫戰後初期楊逵的事蹟，也可據以觀察戰後文壇生態與文化場域的變遷。中國政府軍正式接收前，透過金關丈夫、中井淳、池田敏雄等日籍友人的協助，以及人在大陸的楊克培寄來的書籍，楊逵順利取得孫文學說、三民主義思想文獻與中國現代文學著作，用以刊行《一陽週報》與「中國文藝叢書」。顯見戰爭結束不久，楊逵對中國政治與文學的認識，除了旅居大陸的台灣友人，主要還是透過日本人的仲介。一九四六年初楊逵更經由池田敏雄的介紹認識了黃榮燦，黃榮燦不僅有《台灣農民作家楊逵之家》的木刻版畫傳於後世[9]，也在楊逵的文學活動留下印記。例如楊逵翻譯的《阿Q正傳》和《大鼻子的故事》，封面有黃榮燦的阿Q速寫。一九四六年十月十九日《和平日報》紀念魯迅逝世十週年的特集中，黃榮燦為楊逵的〈紀念魯迅〉一詩配刻了魯迅像[10]。一九四八年九月十五日楊逵主編的《臺灣文學叢刊》第二輯出版，「文藝通訊」欄中刊載黃榮燦〈到生活中去拿出作品來〉，展現與楊逵相仿的現實主義文學觀。

一九四九年二月黃榮燦隨臺大學生社團麥浪歌詠隊巡迴表演，很可能也促使楊逵協助安排演出的相關事宜。台中場表演期間，楊逵不僅讓長子楊資崩與一位小學生上台表演台灣歌謠，又邀集本地青年文學社團銀鈴會的成員，主要是師院學生的朱實、林亨泰、蕭翔文等人，在臺中圖書館舉辦名為「文藝為誰服務」的歡迎座談會。座談會上楊逵即興朗誦歡迎詩篇，最後兩句為「麥浪、麥浪、麥成浪；救苦、救難、救飢荒」[11]，以此寄託對於青年學子的期待。楊逵對麥浪歌詠隊的實際支持，直接促進了兩岸民間文化的實質交流，以及本省籍與外省來台青年間的聯繫。

中國政府軍來台接收之後，因為當局嚴格管制異於官方觀點的書報，《和平日報》資料室與大陸來台編輯，成為楊逵接收中國訊息的重要來源，速度之快幾可同步。當年與楊逵合作過的大陸文藝工作者，除了樓憲比楊逵晚兩年出生，歌雷生年不詳之外[12]，王思翔、周夢江、張友繩、金華智、揚風、黃榮燦等人，都是生於一九二〇年代的青年作家，其中數位甚至經歷過抗戰時期中國東南文藝運動的洗禮[13]。在台灣人還未能學會國語之前，大陸作者以其中文書寫能力的優勢

8　陳俊雄訪問，〈壓不扁的玫瑰花——楊逵訪談錄〉，《楊逵全集　第十四卷．資料卷》，頁二二四。

9　紀錄片導演洪維健透過黃榮燦家人，二〇一三年找到佚失多年的《台灣農民作家楊逵之家》版畫，翌年該作在「從二二八到鄉土情：二二八前後訪臺大陸木刻家的臺灣印象」展覽中首度曝光。管婺媛，〈楊逵之家　黃榮燦版畫有情〉，《中國時報》，二〇一四年五月三十一日，A14版。

10　横地剛著，陸平舟譯，《南天之虹：把二二八事件刻在版畫上的人》，頁一五九。

11　方生，〈楊逵與台灣學生民主運動〉，《新文學史料》二〇〇一年〇一期，頁七〇—七一。藍博洲，〈秧歌．台北——台灣新文藝運動的青春之歌〉，《新文學史料》二〇〇一年〇一期，頁二三。

12　歌雷的出生年不明，但在當年剛滿二十歲的林曙光眼中，可以用「年輕」來形容，應該也是文學青年。參考林曙光，〈感念奇緣弔歌雷〉，《文學台灣》十一期，頁二二。

13　除了第五章所述的揚風之外，王思翔曾在杭州的《東南日報》發表文章，周夢江曾服務於福建南平的《南方日報》，都是東南文藝運動的參與者。王思翔，〈台灣一年〉，葉芸芸編，《台灣舊事》，頁一一。周夢江，〈曇花一現的《中外日報》〉，《台灣舊事》，頁七一。周夢江，〈戰時東南文藝——一篇流水賬〉，《和平日報．新世紀》八期，一九四六年五月二十日。

搶得先機，迅即進入台灣文壇發表創作。王思翔、周夢江與樓憲更是在《和平日報》計畫回大陸招聘人才的情形下，因為台灣本地中文報刊編輯嚴重缺乏而匆促上陣。

即使部分大陸來台人士基於中華民族主義的立場，對台灣文化存有若干歧見，由於這些青年作者幾乎成長於最艱困的抗戰時期，也大多有被當權者迫害的經驗，來台後多能理解台灣人在當局歧視性對待下，對於民主自由與台灣自治的渴望。當時的楊逵已年過四十，由於日治時期以來在文化界長期累積的聲望，絕對是台灣文壇舉足輕重的人物。為了台灣文學的發展與台灣社會的未來，楊逵真誠地與這些大陸來的青年朋友合作交流，再次展現了社會主義國際主義者的寬闊胸懷。

不幸的是和楊逵合作過的大陸來台作家，後來全數無法逃過被兩岸政權撥弄的不幸命運。一九四九年四月六日歌雷、張友繩、金華智與楊逵同遭台灣當局逮捕[14]；一九五二年在白色恐怖中被槍斃的黃榮燦，墓碑淹沒於六張犁的亂葬崗，遲至一九九〇年代才被發現[15]。二二八事件後因台灣當局的政治壓迫，而潛回大陸的樓憲與王思翔、周夢江，在一九五〇年代的反胡風運動中同遭整肅[16]；文化大革命一開始，周夢江再次遭到批鬥[17]，揚風則在韓戰爆發後被下放新疆勞改。這樣的下場，恐怕是嚮往共產世界的楊逵始料所未及。

一九四七年，二二八事件被政府強勢壓制下來以後，楊逵與葉陶夫婦逃往海岸，尋求出海的機會。因為海岸線封鎖，只能失望又疲憊地返家，一到家立刻遭到逮捕[18]。一九四九年再遭逢四六事件，島內的武裝反抗與文化抗爭都已失敗，楊逵轉而寄望於台灣以外的力量，亦即中國共產黨勢力的介入。一九六一年從綠島出獄返家後，楊逵在台中大度山購置一塊佈滿礫石的不毛之地，開闢為「東海花園」，期待著中共解放台灣之際，立刻接收馬路對面的東海大學為農工大學，就此發揚社會主義的理想[19]。

一九七六年九月毛澤東死後中共的亂象，讓楊逵長久以來的熱情瞬間冷卻[20]。對共產中國已徹底失望的楊逵，於十月二十一日發表〈我有一塊磚〉，公開表明願把辛苦墾殖的東海花園中，

14 楊逵回憶四六事件政府的逮捕行動時，提及歌雷被抓外，也說過：「『力行報』從社長到工友統統被抓」。楊逵口述，何眴錄音整理，〈二二八事件前後〉，《楊逵全集　第十四卷．資料卷》，頁九三。

15 由於李敖審定《安全局機密檔案》的出版，五〇年代因為匪諜案而遭槍決的名單曝光，許多白色恐怖受難者家屬終於尋獲親人遺體的埋葬地點。黃榮燦的墓碑也在一九九二年時，由「政治受難人互助會」整理過。透過曾為該互助會整理受難者墳墓的林姓夫婦協助，梅丁衍教授找到黃榮燦墓碑，並撰文將黃榮燦的美術事蹟公諸於世。梅丁衍，〈黃榮燦疑雲——台灣美術運動的禁區（上）〉，《現代美術》六七期（一九九六年八月），頁四三—四四。

16 周夢江，〈一九四七年後我和謝雪紅的關係〉，葉芸芸編，《台灣舊事》，頁一三一。

17 周夢江，〈懷念亡友楊克煌〉，葉芸芸編，《台灣舊事》，頁一三九。

18 楊逵口述，王麗華記錄，〈關於楊逵回憶錄筆記〉，《楊逵全集　第十四卷．資料卷》，頁八三。

19 柳書琴，《荊棘之道：旅日青年的文學活動與文化抗爭》（台北：聯經出版事業股份有限公司，二〇〇九年）附錄之〈鍾逸人先生訪談錄〉，頁五六四。鍾逸人，〈楊逵擇偶〉，《台灣新文學》一六期（二〇〇〇年六月），頁九八。王蜀桂，〈尋找楊逵——重回東海花園的楊建兄妹（下篇）〉，《台灣新聞報．西子灣》，二〇〇一年八月七日。

20 鍾逸人，〈楊逵擇偶〉，《台灣新文學》十六期，頁一〇一。

屬於自己的一千坪土地，捐獻作為藝術館、圖書館、民藝館之類的文化傳播機構[21]。比較一九七四年九月對來訪記者透露，希望與有力量和興趣的投資人合作，建造許多山坡別墅型的文學、文藝館，以科學方法經營，以財團法人方式管理，讓東海花圃與文藝永遠共存[22]，此時的楊逵展現出較以往更為積極主動的態度。後來楊逵赴美受訪時曾經指出，在東海花園建文化館或圖書館的構想，源於「我認為應收集台灣文化的資料，想建立台灣文化圖書館」[23]。從既有資料來看，〈我有一塊磚〉發表之際，楊逵念茲在茲的正是蒐集整理台灣文化資料一事。

例如同樣在一九七六年十月，《遠東人雜誌》刊出的「光復節感言」專輯中，楊逵以〈刻不容緩的「台灣抗日史」〉，發出台灣同胞抗戰五十年的歷史，很少自己的記述，也就少為人所知的遺憾，並呼籲「為了光明的遠景，請大家再接再厲，做好台灣抗日五十年史與文學史的基礎工作」[24]。同月，《夏潮》刊出的訪問稿中，生於一九〇六年十月十八日的楊逵談及虛歲七十一歲生日，想對過去所做的各種事做一次檢討和整理，同時準備再出發的想法時，有感而發地說出以下的話：

> 在過去那一段很長的時間裡，我受到很大的挫折、生活的困難，使我幾乎沒有寫作。我很遺憾，很慚愧我沒有努力，沒有寫作。這一點也反映在我們對臺灣史、臺灣文化的認識上了，我們對我們的苦難歷史只是零星的接觸，而很少可觀的研究成果。所以我們找不到東西可以認同，我們的文化意識是多麼混亂，因此文化上也找不到偉大的成就。[25]

這些感慨的歷史語境，主要在於國民黨政府刻意壓抑本土文化，導致日治時期台灣人的歷史經驗，與戰後成長的世代間存在著嚴重的斷裂。受訪過程中，被問及「你認為你們前輩作家對現在的文化界能有什麼作用？」時，楊逵回答：「找搜集資料的線索等，譬如說要編臺灣歷史、文化史、文藝運動史等的工作時。也許可以幫上一點忙。」[26]曾經領導日治時期社會運動與新文學運動的楊逵，亟欲將自己的經驗留供後世參考，提供台灣人認識台灣歷史與認同台灣文化之依據，顯示楊逵對於台灣在地歷史文化傳承的重視。

一九八二年八月，應愛荷華大學「國際作家工作坊」之邀訪美，楊逵終於得以又一次步出台灣。距離一九二七年從東京返台投身社會運動，超過半個世紀之久。若從一九三七年為《臺灣新

---

21 楊逵，〈我有一塊磚〉，原載於《中央日報》，一九七六年十月二十一日，收於《楊逵全集　第十卷．詩文卷（下）》，頁四〇〇—四〇一。

22 方培敬，〈作家歸隱山林／心血灌輸花圃／楊逵希望別人投資合作／修建別墅藝館與人共享〉，《自立晚報》，一九七四年九月二十七日，二版。

23 陳俊雄訪問，〈壓不扁的玫瑰花——楊逵訪談錄〉，《楊逵全集　第十四卷．資料卷》，頁二二三。

24 楊逵，〈刻不容緩的「台灣抗日史」〉，原載於《遠東人雜誌》三四期「光復節感言」專輯（一九七六年十月），引自《楊逵全集　第十四卷．資料卷》，頁一七四。

25 〈我要再出發——楊逵訪問記〉，原載於《夏潮》一卷七期（一九七六年十月），引自《楊逵全集　第十四卷．資料卷》，頁一六一。

26 同上註，頁一七〇。

文學》雜誌的存亡赴東京，尋求日本左翼文壇的合作算起，也已經歷四十五年的漫長歲月。在美國時楊逵不僅受到熱烈歡迎，更難得的是因此認識來自中國的知名作家劉賓雁。返國後，楊逵特別提及對劉賓雁作品的印象：

我非常敬佩他那種徹底揭穿社會黑暗面、問題面的勇氣，並以誠實的寫實手法為我們暴露了中共當局官僚壟斷、特權橫行的醜陋眞面目，而他在大陸所主張的「作家應該深入民衆、干預生活」的積極寫作態度與改革社會的理想，更是與我在紐約哥倫比亞大學所演講的「草根文學」精神不謀而合。

所謂草根文學，簡單地說，就是將我們日常生活中周圍所發生的實際狀況眞實地描寫下來的文學，也就是要反映眞實的人民生活與社會狀況的文學。[27]

在兩岸隔絕之下，無法充分掌握中國大陸相關資訊，曾經對共產社會無限憧憬，也因此而有錯誤認知的楊逵，在閱讀劉賓雁的作品之後，應當已經了解中共政權底下人民生活最真實的一面。

在訪美與劉賓雁共同討論文學之後，楊逵對於國共兩黨的統治風格似乎做了更為深入的思考，對於兩岸關係也開始有了更為明確的闡述。一九八二年訪美回程順道重遊東京，十一月八日接受若林正丈、戴國煇的訪問時，楊逵針對台灣和大陸正在進行民主化競爭一事，說出他在美國與人討論時的意見：

我表明反對把台灣和中國大陸的關係以「一統」的形式來統一合併。因為，所謂的「一統」是小集團及個人把基於自己獨斷的主張和主觀意志強加給一般民衆，用武力或別的什麼形式強加給一般民衆，這完全是獨裁，所以我反對。而通過說服和了解，大多數人自發地參加到一起的那種形式的統一，才是真正的統一，才是通過民主的統一，我贊成。[28]

中國與台灣若要「統一」，必須顧及台灣住民大多數人自發性的意願，這是楊逵出自於民主原則的思考。

一九八五年三月十二日楊逵在台中安詳辭世，生前最後兩年接受訪談時，楊逵總是不厭其煩地一再詮釋「一統」與「統一」兩種不同的概念。這是經驗過兩面太陽旗的統治，遭受過兩個威權體制的壓迫，先後面臨皇民化運動與全盤中國化運動的楊逵，以將近八十年的人生經驗鍛鍊而成的智慧結晶。距離楊逵逝世三十一年後的今日，隨著台灣的政治民主化與社會多元開放的腳步，不僅跨世紀長期對立的國共兩黨早已握手言和，自一九四九年起彼此隔絕數十年的兩岸也已

27 楊逵口述，許惠碧筆記，〈臺灣新文學的精神所在——談我的一些經驗和看法〉，《楊逵全集　第十四卷．資料卷》，頁三八。

28 戴國煇、若林正丈訪問，〈台灣老社會運動家的回憶與展望——楊逵關於日本、台灣、中國大陸的談話記錄〉，《楊逵全集　第十四卷．資料卷》，頁二八六。引文依《文季》二卷五期刊載內容校補遺漏的文字。

經密切往來。台灣島內則由於統、獨意識形態的不斷糾葛，和中國之間民主化的競爭與民心的爭奪，依然持續上演中。

【後記】

二〇〇三年楊建先生接受筆者訪談時，曾提起一位隨軍隊來台，赴楊逵家討論政治與文學的外省青年——辜海澄[29]。筆者據此搜尋相關事蹟，發現辜海澄為四川仁壽縣人，戰爭末期曾赴印度作戰。一九五四年畢業於政工幹校（今之「國防大學政治作戰學院」）後再度投身軍旅，業餘從事研究與散文寫作[30]。這個資訊也顯示，戰後初期與楊逵有所往來的大陸來台人士，仍有未曾見於史料記述者。歷史的漏洞，顯然有待填補。

---

29 楊建先生說年紀比他大幾歲的辜海澄，讓他印象最為深刻。聽說是跟著軍隊過來台灣，逃兵到楊逵家，跟楊逵談論政治與文學。楊逵收容辜海澄住在家裡一段時間，並送至車籠埔冬瓜山，協助管理楊逵承租的山園。一九四九年四月六日楊逵被捕後，辜海澄頓失依靠而離開。之後，來找過楊家人一次，楊建也有好幾次在報上讀到辜海澄的文章，並聽說他考取政工幹校，在軍隊擔任輔導員。筆者，《左翼批判精神的鍛接：四〇年代楊逵文學與思想的歷史研究》之附錄六：〈楊建先生訪談紀錄〉，頁五〇七。

30 以上敘述綜合參考辜海澄，《故鄉及其他》（台中：撰者，一九九二年）；〈「國父理則學探賾」疑難研究——辜海澄同志的質疑〉，《正氣中華》，一九五五年六月十一日，二版。除《故鄉及其他》外，筆者查詢「全國圖書書目資訊網」的結果，辜海澄另著有《幾回魂夢與君同》（台南：東海，一九六四年）、《最後一個音符》（出版地不詳：晨光，一九六七年）、《川陝楚白蓮教亂始末》（台中：撰者，一九七六年）。

附錄一：戰後初期楊逵轉載中國新文學一覽表

作者	篇名	文類	出處
茅盾	創造	小說	《一陽週報》八號（一九四五年十一月三日）起連載，目前僅知至少連載至十二號（一九四五年十二月九日）。
中華全國文藝協會上海分會	中華全國文藝協會上海分會成立宣言	文	《和平日報・新文學》一期，一九四六年五月十日。
中華全國文藝界抗敵協會總會	慰問上海文藝界書	書信	《和平日報・新文學》二期，一九四六年五月十七日。
鄭振鐸等	覆書	書信	《和平日報・新文學》二期，一九四六年五月十七日。
蘇聯對外文化協會文學部副主席戈爾巴托夫	他人所寄望於我們者	書信	《和平日報・新文學》二期，一九四六年五月十七日。（節錄戈爾巴托夫致戈寶權先生信）

黎丁	我活着，我看到了勝利——寄臺灣友人	書信	《和平日報·新文學》三期，一九四六年五月二十四日。
豐子愷	藝術與革命	文	《和平日報·新文學》四期，一九四六年五月三十一日。
艾青	詩人	詩	《和平日報·新文學》五期，一九四六年六月四日。
艾青	關於詩	文	《和平日報·新文學》五期，一九四六年六月四日。
趙景深	山城文壇漫步	文	《和平日報·新文學》六期，一九四六年六月十四日。
老舍	儲蓄思想	文	《和平日報·新文學》七期，一九四六年六月二十一日。
何其芳	工作者的夜歌	詩	《和平日報·新文學》七期，一九四六年六月二十一日。
何其芳	叫喊	詩	《和平日報·新文學》八期，一九四六年六月二十八日。
許傑	獻身文學的精神	文	《和平日報·新文學》九期，一九四六年七月六日。
茅盾	高爾基的作品在中國	文	《和平日報·新文學》十期，一九四六年七月十二日。
臧克家	假詩	文	《和平日報·新文學》十一期，一九四六年七月十九日。
陳殘雲	走人民的道路	詩	《和平日報·新文學》十一期，一九四六年七月十九日。
劉白羽	飢餓	小說	《和平日報·新文學》十二期，一九四六年七月二十六日。
	茅盾編文學叢書／翦伯贊貧病交迫（藝文消息）	文	《和平日報·新文學》十二期，一九四六年七月二十六日。

郭沫若	慈悲　外一章	詩	《和平日報·新文學》十二期，一九四六年七月二十六日。
艾蕪	高爾基的小說	文	《和平日報·新文學》十三期，一九四六年八月二日。
士仁（許傑）	文藝教育論	文	《和平日報·新文學》十四期，一九四六年八月九日。
魯迅	《阿Q正傳》	小說	楊逵譯，中日文對照版「中國文藝叢書」第一輯（一九四七年一月）。
茅盾	《大鼻子的故事》	小說 文	楊逵譯，中日文對照版「中國文藝叢書」第二輯（一九四七年十一月）。 （收錄〈雷雨前〉、〈殘冬〉和〈大鼻子的故事〉）
郁達夫	《微雪的早晨》	小說	楊逵譯，中日文對照版「中國文藝叢書」第三輯（一九四八年八月）。 （收錄〈出奔〉和〈微雪的早晨〉）
徐中玉	作家的進步	文	《台灣力行報·新文藝》四期，一九四八年八月二十三日。 （根據文末註，轉載自南京的《展望》二卷十三期，一九四八年七月三十一日）
姚理	怎樣看今日的詩風	文	《台灣力行報·新文藝》四期，一九四八年八月二十三日。 （根據文末註，轉載自南京的《展望》二卷十四期，一九四八年八月七日）

石火	文藝漫談	文	《台灣力行報・新文藝》四期，一九四八年八月二十三日。（文末註：「待明日刊完」，然未見刊出。轉載自南京的《展望》二卷十五期，一九四八年八月十四日）
嘯風	選舉	小說	《台灣力行報・新文藝》五期，一九四八年八月三十日。（根據文末註，轉載自南京的《大學評論》一卷三期，一九四八年七月二十四日）
適夷	林湖大隊（上）	小說	《台灣力行報・新文藝》八期，一九四八年九月二十日。（轉載自香港的《大衆文藝叢刊》第一輯《文藝的新方向》）
適夷	林湖大隊（下）	小說	《台灣力行報・新文藝》九期，一九四八年九月二十七日。（轉載自香港的《大衆文藝叢刊》第一輯《文藝的新方向》）
茅盾	馬爾夏克談兒童文學	文	《台灣力行報・新文藝》十期，一九四八年十月四日。（根據文末註，選自曹靖華主編，《蘇聯見聞錄》，上海：開明書店，一九四八年四月初版）
歐坦生	沉醉	小說	《臺灣文學叢刊》第二輯（一九四八年九月），頁一四—一九。（轉載自上海的《文藝春秋》五卷五期，一九四七年十一月）
沈從文	《龍朱》	小說	楊逵譯，中日文對照版「中國文藝叢書」第四輯（一九四九年一月）。（收錄〈龍朱〉和〈夫婦〉）

鄭振鐸	《黃公俊的最後》	小說	疑未曾正式出版。 （至少收錄〈黃公俊之最後〉一篇）

說明：

1. 《和平日報》「新文學欄」部分，前八期影本由曾健民先生提供，第九期以後影印自臺南市立圖書館。
2. 筆者所掌握「新文藝」欄影本，僅有第一至十七期、十九期、二十期，另有第二十六期部分內容。資料提供者為河原功先生，其中包含橫地剛先生、黃英哲教授與河原功先生之個人收藏。

附錄二：《一陽週報》現存各號刊載作品一覽表

期數	日期	作者	篇名	備註
創刊號	一九四五年九月一日（星期六）		新建設の礎石	論壇
			展望	
			獨立運動反對	
			一陽來復	詩
			總理遺訓——関於三民主義——	
		孫逸仙	致蘇聯書	
第二號	一九四五年九月八日（星期六）			未出土

第三號	一九四五年九月十五日（星期六）		新建設的基礎	論說
			中國國民黨黨歌	歌詞與簡譜
			指導者	論說
			明朗的政治	
			蔣主席與日本	《臺灣新報》社說大意
		蔡嵩林	偉大的光明	詩
			一陽來復	詩
			明朗なる政治	論說
			お願ひ	
		林（台南）	再教育について	紙上議會（一）
		賴（新竹）	再教育対策委員会の設置を要望	紙上議會（二）
			展望	
		陳小□	大同団結の為めに	□為字跡模糊而無法辨識者
第四號	一九四五年九月二十二日（星期六）			未出土

第五號	一九四五年九月二十九日（星期六）			未出土
第六號	一九四五年十月六日（星期六）		慶祝〝双十節〟	
		吳北海	若き血潮	
			新生活運動標語	
				未出土
第七號	一九四五年十月二十七日（星期六）		人山人海合歡此日——双十節の盛典を語る	
			青年是新建設的原動力——張士德上校於醉月樓茶話會演講要旨——	
		小民	夢と現實	詩
			週報（〈結社は自由〉、〈國共交涉妥結〉、〈自由な新聞を世界平和の住家たらしめよ〉、〈ソ聯が五ケ年計劃實現に示した勇猛心に習へ〉）	
		孫中山	中國革命史綱要（上）	
		達夫	三民主義大要（一）	

		楊逵	犬猿隣組（上）	小說	
			孫文先生略傳（上）		
		孫文	欲改造新國家當實行三民主義		
第八號	一九四五年十一月三日（星期六）	楊逵	須以何答此禮物？		
			臺灣光復・失地還原		
			臺灣光復工要出頭・航空是新建設頭緒		
		孫文	農民大聯合（上）		
		孫文	中國工人解放途徑（上）		
			孫文先生略傳（中）		
		孫中山	民國教育家の任務		
		達夫	三民主義大要（二）		
		孫中山	中國革命史綱要（中）		
		楊逵	犬猿隣組（中）	小說	
		茅盾	創造（一）	小說	

第九號（紀念孫總理誕辰特輯）	一九四五年十一月十七日（星期六）	楊逵	紀念 孫總理誕辰	
		蕭佛成	紀念 總理誕辰	
		鄧澤如	如何紀念 總理誕辰	
		陸幼剛	紀念 總理誕辰的感想	
		胡漢民	紀念 總理誕辰的兩個意義	
			孫文先生略傳（下）	
		孫文	中國工人解放途徑（中）	
		孫文	農民大聯合（中）	
		孫中山	中國革命史綱要（下の一）	
		達夫	三民主義大要（三）	
		楊逵	犬猿隣組（下）	小說
		茅盾	創造（二）	小說
第十號	一九四五年十一月二十四日（星期六）	孫文	總理語錄	
			孫文先生略傳（四）	
		孫文	中國工人解放途徑（下）	
		達夫	三民主義大要（四）	

		孫中山	中國革命史綱要（下の二）	
		小民	千萬長者の話——怪紳士列傳（1）	
		茅盾	創造（三）	小說
第十一號	一九四五年十二月一日（星期六）			未出土
第十二號	一九四五年十二月九日（星期日）		地方自治機構	
		孫文	中國革命史綱要	
		達夫	三民主義大要（六）	
		茅盾	創造（五）	小說

說明：

1. 第二、四、五、十一號未見，發行日為推算所得。第十二號封面所印「九日」的發行日期為星期日，可能係排版錯誤所致。
2. 跨號連載文章，因內文標題與目次體例不一，同一篇文章可能有（一）、（二）、（三）或（上）、（中）、（下）兩種標示法，本表以內文的標題為準。
3. 第七號刊載之〈人山人海合歡此日——双十節の盛典を語る〉討論會，一九四五年十月十一日於三民主義青年團臺中分團籌備處召開，主持人為更與（藍運登），與談人有三民主義青年團的林培英、鍾逸人，學生聯盟的林月鏡、吳清水、柯萬蛟，中民青年會的林茂雄，人民協會的楊克煌，一陽週報社的許青鸞、葉陶、吳北海。

4. 第八號的〈臺灣光復・失地還原〉，「失地」兩字在目次中為「土地」。〈臺灣光復工要出頭・航空是新建設頭緒〉在目次中為〈臺灣光復・工要出頭〉。

5. 第八號起作者茅盾的「茅」字原誤植為「矛」，表格中已予以更正。

6. 第九號的楊逵〈紀念　孫總理誕辰〉，目次中作〈紀念　總理誕辰〉。

附錄三：揚風作品目錄初稿

（一）戰後初期已發表作品目錄

序號	筆名	篇名或書名	文類	發表情形
1	楊風	窃鈎者誅——『清明前後』讀後感	雜文	1.《和平日報・新世紀》（台中）二五期，一九四六年七月三日。 2.揚風，《投鎗集》（台北：文烽出版社，一九四七年），頁一六—二〇。（改題為〈窃鈎者誅——讀『清明前後』感掇〉）
2	楊風	接收半年後的台灣	報導文學	《文匯報》（上海），一九四六年七月四日，三版。
3	楊風	從台北看台灣	報導文學	《文匯報》（上海），一九四六年七月二十六日，三版。
4	楊風	台灣的「民主」	報導文學	《文匯報》（上海），一九四六年八月二十七日，五版。
5	楊靜明	準・狠・穩——怎樣去找你想找的新聞——	隨筆	《民報》「台北市外勤記者聯誼會成立大會特刊」，一九四六年十月四日，四版。

6	楊靜明	上海的文章交易所——新亞茶樓的形形色々	雜文	《和平日報・新世紀》（台中）六四期，一九四六年十月七日。
7	楊風	冬初話台灣	報導文學	1.《文匯報》（上海），一九四六年十一月二十一日，六版。 2.曾健民研編，《新二二八史像——最新出土事件小說・詩・報導・評論》（台北：台灣社會科學出版社，二〇〇三年），頁一七三—一七六。
8	楊村	台灣的文化	報導文學	《文匯報》（上海），一九四六年十二月六日，七版。
9	楊村	祖國啊！祖國！	報導文學	1.《文匯報》（上海），一九四七年一月十四日，六版。 2.曾健民研編，《新二二八史像——最新出土事件小說・詩・報導・評論》（台北：台灣社會科學出版社，二〇〇三年），頁一七七—一八一。
10	楊風	投鎗集	雜文	台北：文烽出版社，一九四七年一月初版。
11	揚風	半月飄泊	散文	《臺灣新生報・新地》五九—六四期，一九四七年一月二十七日—二月二十五日。（二二八事件爆發，「新地」暫時停刊，一九四七年五月一日復刊，未完部分不再刊出。）

12	揚風	台灣歸來	報導文學	1.《文匯報．筆會》（上海）一八五—一八六期，一九四七年三月四—五日。 2.曾健民研編，《新二二八史像——最新出土事件小說．詩．報導．評論》（台北：台灣社會科學出版社，二〇〇三年），頁一九二—一九九。
13	揚風	請走出「象牙塔」來——評稚眞君的『論純文藝』	評論	《臺灣新生報．橋》四十期，一九四七年十一月七日。
14	揚風	評「再論純文藝」	評論	《臺灣新生報．橋》四八期，一九四七年十一月二十八日。
15	揚風	斷了絃的琴	小說	《臺灣新生報．橋》五六期，一九四七年十二月十七日。
16	揚風	給M	新詩	《臺灣新生報．橋》五九期，一九四七年十二月二十四日。
17	揚風	揚風致編者的信	書信	《臺灣新生報．橋》六十期，一九四七年十二月二十六日。
18	揚風	雜話批評——兼答凌風致編者信——	評論	《臺灣新生報．橋》六六期，一九四八年一月十二日。
19	揚風	春天的祝福	新詩	《臺灣新生報．橋》八九期，一九四八年三月十二日。
20	揚風	新時代，新課題——台湾新文藝運動應走的路向	評論	《臺灣新生報．橋》九五期，一九四八年三月二十六日。

21	楊風	『文章下鄉』談展開台湾的新文學運動	評論	《臺灣新生報・橋》一一七期，一九四八年五月二十四日。
22	揚風	五四・文藝寫作——不必向『五，四』看齊	評論	《臺灣新生報・橋》一二三期，一九四八年六月七日。(「橋」副刊期號誤植為一二四。)
23	揚風	新寫實主義的眞義	評論	《臺灣新生報・橋》一三三期，一九四八年六月二十八日。
24	揚風	從接受文學遺產說起	評論	《臺灣新生報・橋》一三六期，一九四八年七月七日。
25	揚風	小東西	小說	《臺灣文學叢刊》一輯（一九四八年八月），頁一一一一。
26	揚風	北平通訊	報導文學	《台灣力行報・新文藝》六期，一九四八年九月六日。
27	揚風	我已解聘了／另找工作中	生活報告	《臺灣文學叢刊》二輯「文藝通訊」欄（一九四八年九月），頁一二一一三。
28	揚風	飄泊記	散文	《台灣力行報・新文藝》十四—?期，一九四八年十月二十四日—?(至少連載至十一月十五日出刊的二十期，因史料缺乏，刊完期號不明)。〈半月飄泊〉修訂後的再次刊載。

（二）手稿目錄

序號	署名	篇名	文類	原稿形式與寫作時間	發表情形
1		（無題，「雨夾着風……」）	小說	1. B5紙張九頁，〈窮途〉未完稿。 2. 文前有題字：「以此獻給同我在這段艱苦的流浪日子裡生活的兩位友人——姚和陳」，並寫有「35 23/3」，得知這是〈窮途〉的手稿，作於一九四六年三月二十三日。	
2	楊風	窮途	小說	1. B5紙張共二十六頁（第二十至二十一頁間夾入一張修訂用的紙條），完稿。 2. 前有題字：「以此獻給同我在這段痛苦的流浪日子裡，艱苦生活的兩位友人——姚和陳／靜明」，由此得知本篇乃以小說形式，描寫揚風與陳默、姚輝三人在軍隊中的艱苦生活與彼此間的友誼。 3. 從一九四八年三月二日的日記中說：「明天起，再整理『窮途』」，推測本稿完成於一九四八年間。	

3	g m yang（本名楊靜明的英譯縮寫）	半月飄泊	散文	1.B5紙張二十五頁（第二、三、四、七頁均另外貼上小紙張以修訂內容）。 2.篇末自註：「二月十九日南京和平日報」，應指一九四六年二月十九日作於南京的和平日報社。從一九四八年三月二日的日記開頭說：「『半月飄泊』已完全整理好了」，得知修訂完成時間。	1.揚風，〈半月飄泊〉，《臺灣新生報・新地》五九—六四期，一九四七年一月二十七日—二月二十五日。 2.揚風，〈飄泊記〉，《台灣力行報・新文藝》十四—？期，一九四八年十月二十四日—？。
4		（無題，「陳默寫了這篇劇評後……」）	散文	1.B5紙張三頁，〈伙伴〉殘稿。	
5	揚風	伙伴	散文	1.B5紙張三十二頁，完稿。 2.描寫中國抗戰時期軍中生涯，推測最初創作於一九四六年來台之前。 3.從一九四八年三月五日的日記中說：「今晚準備整理『春天的福祝〔按：「祝福」之誤〕』後，就開始重寫『伙伴』」，以及三月	

				十五日的日記中說：「昨晚將『伙伴』寫完」，得知一九四八年三月十四日重寫完成。 4.從一九四八年五月二十五日的日記中說：「想開始整理『伙伴』『飄泊』『小東西』三短篇」，二十六日的日記中說：「整理『伙伴』，已整理好兩仟多字，近三千字的樣子」，六月二日的日記中說：「明天起，就整理『伙伴』，在這個星期中，一定要整理好」，得知一九四八年五月下旬起再次進行修訂，可能在二度離台之前完成。	
6		行軍	散文	1.B5紙張四頁，殘稿。 2.敘述一九四五年九月行軍的經過，推測作於一九四六年來台之前。	
7		（無題，「在同階層的人……」）	雜感	1.B5紙張一頁（正面、背面書寫）。 2.稿紙上方有兩行橫排印刷文字，分別為「和平日報」與「掃蕩報改稱」。	
8		（無題，「日子在眼……」）	新詩	1.B5紙張兩頁，殘稿。 2.從篇末自註：「36 27/6」，得知作於一九四七年六月二十七日。	

9		新的日子	新詩	1.B5紙張兩頁，完稿。 2.從篇末自註：「36 5/7夜京」，得知一九四七年七月五日寫於南京。	
10		（無題，「別了，朋友……」）	新詩	1.B5紙張一頁。 2.篇末自註：「八月七日夜」。 3.從詩句中的「別了，朋友／我又揹起行囊／飄泊到海的那邊」，推測作於二度來台之前的一九四七年八月七日。	
11		（無題，「當一個舊的腐的制度……」）	雜感	B5紙張兩頁。	
12		（無題，「從現在起，我要用筆……」）	散文	1.直式15行稿紙一頁，殘稿。 2.稿紙印有「臺灣廣播電台」。	
13		（無題，「在我們的國度中……」）	散文	1.直式15行稿紙兩頁。 2.稿紙印有「臺灣廣播電台」。	

14	楊風	評『再論純文藝』	評論	1.直式20行稿紙三頁，未完。 2.稿紙印有「臺灣省立宜蘭農業職業學校」。	揚風，〈評「再論純文藝」〉，《臺灣新生報・橋》四八期，一九四七年十一月二十八日。
15	楊風	壓	日記	1.B5紙張七十六頁（第五十四頁上另以迴紋針夾住三張小紙片，書寫五頁的心情筆記）。 2.寫於一九四七年十二月二十日至一九四八年六月五日。	
16	揚風	謾罵・捧場・批評——兼談文学的批評態度并答凌風君	評論	1.B4紙張一頁，未完。 2.〈雜話批評——兼談文学的批評態度并答凌風君〉之初稿。	揚風，〈雜話批評——兼答凌風致編者信——〉，《臺灣新生報・橋》六六期，一九四八年一月十二日。
17	揚風	雜話批評——兼談文学的批評態度并答凌風君	評論	B4紙張兩頁，完稿。	揚風，〈雜話批評——兼答凌風致編者信——〉，《臺灣新生報・橋》六六期，一九四八年一月十二日。

18	楊靜明	魏忠賢的生辰祠——讀史隨筆之一	隨筆	1. B4紙張一頁，未完。 2. 一九四七年十二月二十四日的日記手稿中說：「準備給中華週報寫『讀史隨筆』兩篇，應陳維揚兄之拉稿」，由此推測本篇寫於一九四七年底至一九四八年初之間。	
19	楊靜明	東漢的宦官與黨錮	隨筆	1. 直式20行稿紙九頁，殘稿。 2. 稿紙印有「臺灣省立宜蘭農業職業學校」。 3. 從篇名及與〈魏忠賢的生辰祠——讀史隨筆之一〉同樣摘錄趙翼《二十二史箚記》中的文字，推測應該是兩篇「讀史隨筆」中的另一篇作品，寫於一九四七年底至一九四八年初之間。	
20	楊風	春天的祝福	新詩	1. B4紙張四頁，初稿完稿。 2. 篇末自註：「1948.3.3夜宜蘭」。	揚風，〈春天的祝福〉，《臺灣新生報．橋》八九期，一九四八年三月十二日。

21	楊風	春天的祝福	新詩	1. B4紙張一頁，謄寫稿，殘稿。 2. 從一九四八年三月五日的日記中說：「前天夜裡……寫了一首『春天的祝福』的長詩」，又說：「今晚準備整理『春天的福祝〔按：「祝福」之誤〕』」，得知謄寫於一九四八年三月五日。	揚風，〈春天的祝福〉，《臺灣新生報．橋》八九期，一九四八年三月十二日。
22	楊風	新時代，新課題——台湾新文藝運動應走的路向	評論	1. 直式20行稿紙一頁，殘稿。 2. 稿紙印有「臺灣省立宜蘭農業職業學校」。	揚風，〈新時代，新課題——台湾新文藝運動應走的路向〉，《臺灣新生報．橋》九五期，一九四八年三月二十六日。
23		我應該站起來	新詩	1. B5紙張一頁。 2. 從詩中的「生活磨難得／沒有了幻想／靈魂再發不出光彩／只有憂鬱，和／找工作疲倦了的心」，以及「二十四個年頭」，推測作於一九四八年離台之前的七月至八月間。	

說明：

1. 除〈台灣歸來〉外，刊於《文匯報》各篇由橫地剛先生提供。〈窃鈎者誅——『清明前後』讀後感〉由陳建忠教授提供。
2. 《投鎗集》版權頁未註明出版地，從「發售」為「國內及本省各大書店」得知應出版於台灣；再由當時揚風在台北擔任外勤記者，推測出版地是台北。
3. 手稿來源，〈半月飄泊〉、〈壓〉、〈謾罵・捧場・批評——兼談文学的批評態度并答淩風君〉與〈雜話批評——兼談文学的批評態度并答淩風君〉四篇，由楊逵家屬提供的楊逵遺物中發現，其餘來自王之相先生於東海花園外散步時拾獲，並由陳芳明教授轉交《楊逵全集》編譯計畫工作人員。楊逵家屬提供的四份手稿已入藏國立台灣文學館，從「楊逵文物數位博物館」網站查詢，可瀏覽圖像及筆者撰寫的資料詮釋。

參考資料

【戰後初期報紙雜誌】

1.《一陽週報》，中央研究院臺灣史研究所、臺灣大學圖書館楊雲萍文庫、國立台灣文學館各有部分典藏；第九號由楊逵家屬提供。

2.《人民導報》（台北：莊東方文化書局影印本）。

3.《大明報》（台北：莊東方文化書局影印本）。

4.《大學評論》（南京），國家圖書館收藏有微縮片。

5.《中華日報》，政治大學社會科學資料中心收藏有微卷。

6.《公論報》，聯合大學國鼎圖書館收藏有微卷。

7.《文化交流》第一輯（一九四七年一月）。

8.《文匯報》（上海），國立臺灣圖書館收藏，政治大學亦有部分收藏。

9.《台灣力行報》，國立公共資訊圖書館數位典藏服務網；「新文藝」欄由橫地剛先生、河原功先生、黃英哲教授提供。

10.《台灣文化》（台北：傳文文化事業有限公司覆刻）。
11.《台灣民聲日報》（台北：莊東方文化書局影印本）。
12.《臺灣評論》（台北：傳文文化事業有限公司覆刻）。
13.《民報》，國立公共資訊圖書館數位典藏服務網。
14.《和平日報》（台中），臺南市立圖書館收藏，部分由曾健民先生提供。
15.《政經報》（台北：傳文文化事業有限公司覆刻）。
16.《展望》（南京），國立臺灣圖書館收藏。
17.《新知識》（台北：傳文文化事業有限公司覆刻）。
18.《新新》（台北：傳文文化事業有限公司覆刻）。
19.《新臺灣》（北平）（台北：傳文文化事業有限公司覆刻）。
20.《臺灣文學叢刊》，楊逵家屬提供。
21.《臺灣新生報》，臺南市立圖書館有紙本收藏，聯合大學國鼎圖書館收藏有微卷。
22.《臺灣新報》，聯合大學國鼎圖書館收藏有微卷。
23.《龍安文藝》，曾健民先生提供。

【專書】

1. 下村作次郎著，邱振瑞譯，《從文學讀台灣》（台北：前衛出版社，一九九七年二月）。
2. 中島利郎編，《台灣新文學與魯迅》（台北：前衛出版社，二〇〇〇年五月）。

3. 井上紅梅、松枝茂夫、山上正義、增田涉、佐藤春夫譯，《大魯迅全集（第一卷）》（東京：改造社，一九三七年二月）。

4. 文訊雜誌社編輯，《光復後台灣地區文壇大事紀要（增訂本）》（台北：行政院文化建設委員會，一九八五年六月初版，一九九五年六月二版）。

5. 王育德著，黃國彥譯，《台灣——苦悶的歷史》（台北：草根出版事業有限公司，一九九九年四月）。

6. 王嘉良、葉志良，《戰時東南文藝史稿》（上海：上海文藝出版社，一九九四年九月）。

7. 世界知識社編，《弱小民族小說選》（上海：生活書店，一九三六年五月）。

8. 古瑞雲（周明），《臺中的風雷》（台北：人間出版社，一九九〇年九月）。

9. 司馬文森編，《作家印象記》（香港：智源書局，一九四九年十一月初版，一九五〇年一月再版）。

10. 朱商彝、張彥勳、許世清等，《銀鈴會同人誌（1945-1949）》（台南：國立臺灣文學館，二〇一三年十一月）。

11. 吳克泰，《吳克泰回憶錄》（台北：人間出版社，二〇〇二年八月）。

12. 吳新榮著，張良澤總編撰，《吳新榮日記全集8（1945-1947）》（台南：國立台灣文學館，二〇〇八年六月）。

13. 李永熾監修，薛化元主編，《台灣歷史年表終戰篇I（1945～1965）》（台北：業強出版社，一九九三年五月初版，二〇〇一年四月初版三刷）。

14. 李敖審定，《安全局機密文件》（台北：李敖出版社，一九九一年十二月）。

15. 沈從文著，黃燕譯，《龍朱》（台北：東華書局，一九四九年一月）。

16. 周婉窈，《海行兮的年代——日本殖民統治末期臺灣史論集》（台北：允晨文化實業股份有限公司，二〇〇三年二月）。
17. 周夢江、王思翔著，葉芸芸編，《台灣舊事》（台北：時報文化出版企業有限公司，一九九五年四月）。
18. 林亨泰主編，《台灣詩史「銀鈴會」論文集》（彰化：台灣磺溪文化學會，一九九五年六月）。
19. 林梵（林瑞明），《楊逵畫像》（台北：筆架山出版社，一九七八年九月）。
20. 林瑞明，《台灣文學與時代精神：賴和研究論集》（台北：允晨文化實業股份有限公司，一九九三年八月初版，一九九四年十二月一版二刷）。
21. 林獻堂著，許雪姬編註，《灌園先生日記（十七）一九四五年》（台北：中央研究院臺灣史研究所、中央研究院近代史研究所，二〇一〇年二月）。
22. 封德屏主編，《臺灣文學期刊史導論（1910-1949）》（台南：國立臺灣文學館，二〇一二年十二月）。
23. 柳書琴，《荊棘之道：旅日青年的文學活動與文化抗爭》（台北：聯經出版事業股份有限公司，二〇〇九年五月）。
24. 胡風譯，《山靈——朝鮮台灣短篇集》（上海：文化生活出版社，一九三六年四月）。
25. 茅盾作，楊逵譯，《大鼻子的故事》（台北：東華書局，一九四七年十一月）。
26. 茅盾，《茅盾全集・第十一卷》（北京：人民文學出版社，一九八六年）。
27. 郁達夫作，楊逵譯，《微雪的早晨》（台北：東華書局，一九四八年八月）。
28. 荃麟、乃超等著，《文藝的新方向》（香港：生活書店，一九四八年三月）。
29. 張玉法，《中國現代史》（台北：臺灣東華書局股份有限公司，一九七七年七月初版，一九七九年十月二版）。
30. 張炎憲、翁佳音編，《陋巷清士：王詩琅選集》（台北：弘文館出版社，一九八六年十一月）。
31. 張瑞成編輯，《光復臺灣之籌劃與受降接收》（台北：中國國民黨中央委員會黨史委員會出版，近代中國出版社發行，一九九〇年六月）。
32. 陳芳明，《台灣新文學史》（台北：聯經出版事業股份有限公司，二〇一一年十月）。
33. 陳建忠，《被詛咒的文學：戰後初期（1945～1949）台灣文學論集》（台北：五南圖書出版股份有限公司，二〇〇七年一月）。
34. 陳映真主編，《告別革命文學？——兩岸文論史的反思》（台北：人間出版社，二〇〇三年十二月）。
35. 陳萬益，《于無聲處聽驚雷——台灣文學論集》（台南：台南市立文化中心，一九九六年五月）。
36. 陳翠蓮，《台灣人的抵抗與認同：一九二〇～一九五〇》（台北：遠流出版事業股份有限公司，二〇〇八年八月一版一刷，二〇一二年五月二版二刷）。
37. 陳器文主編，《2005台中學研討會——文采風流論文集》（台中：台中市文化局，二〇〇五年十二月）。
38. 彭小妍主編，《楊逵全集》（台北、台南：國立文化資產保存研究中心籌備處，一九九八年七月至二〇〇一年十二月陸續出版）。
39. 彭明敏、黃昭堂著，蔡秋雄譯，《臺灣在國際法上的地位》（台北：玉山社出版事業股份有限公司，一九九五年五月）。
40. 彭瑞金，《台灣新文學運動40年》（台北：自立晚報社，一九九一年三月）。
41. 曾健民主編，《那些年，我們在台灣……》（台北：人間出版社，二〇〇一年八月）。

42. 曾健民研編，《新二二八史像——最新出土事件小說．詩．報導．評論》（台北：台灣社會科學出版社，二〇〇三年三月）。
43. 辜海澄，《故鄉及其他》（台中：撰者，一九九二年一月）。
44. 黃英哲，《「去日本化」「再中國化」：戰後台灣文化重建（1945-1947）》（台北：麥田出版，城邦文化事業股份有限公司，二〇〇七年十二月）。
45. 黃惠禎，《楊逵及其作品研究》（台北：麥田出版有限公司，一九九四年七月）。
46. 黃惠禎，《左翼批判精神的鍛接：四〇年代楊逵文學與思想的歷史研究》（台北：秀威資訊科技股份有限公司，二〇〇九年七月）。
47. 黃惠禎編選，《臺灣現當代作家研究資料彙編04．楊逵》（台南：國立台灣文學館，二〇一一年三月）。
48. 楊風，《投鎗集》（台北：文烽出版社，一九四七年一月）。
49. 楊素絹編，《楊逵的人與作品》（台北：民眾日報出版社，一九七八年十月）。
50. 楊逵作，胡風譯，《送報伕（新聞配達夫）》（台北：東華書局，一九四七年十月）。
51. 楊翠等撰，《臺中縣文學發展史：田野調查報告書》（豐原：台中縣立文化中心，一九九三年六月）。
52. 葉石濤，《台灣文學史綱》（高雄：文學界雜誌社，一九八七年二月）。
53. 葉石濤，《一個台灣老朽作家的五〇年代》（台北：前衛出版社，一九九一年九月初版一刷，一九九五年七月初版二刷）。
54. 葉石濤編譯，《台灣文學集2：日文作品選集》（高雄：春暉出版社，一九九九年二月）。
55. 葉榮鐘著，李南衡、葉芸芸編，《台灣人物群像》，（台北：時報文化出版企業有限公司，一九九五年四月）。

56. 路寒袖主編，《台灣文學研討會：台中縣作家與作品論文集》（豐原：台中縣立文化中心，二〇〇〇年十二月）。
57. 鈴木茂夫資料提供，蘇瑤崇主編，《最後的台灣總督府：1944-1946終戰資料集》（台中：晨星出版有限公司，二〇〇四年四月）。
58. 鄭振鐸，《鄭振鐸全集・第一卷》（河北石家庄：花山文藝出版社，一九九八年十一月）。
59. 魯迅著，楊逵譯，《阿Q正傳》（台北：東華書局，一九四七年一月）。
60. 魯迅，《魯迅全集》（北京：人民文學出版社，二〇〇五年十一月）。
61. 横地剛著，陸平舟譯，《南天之虹：把二二八事件刻在版畫上的人》（台北：人間出版社，二〇〇二年二月）。
62. 横地剛、藍博洲、曾健民合編，《文學二二八》（台北：台灣社會科學出版社，二〇〇四年二月）。
63. 興南新聞社編，《臺灣人士鑑》（台北：興南新聞社，一九四三年三月）。
64. 賴澤涵總主筆，《「二二八事件」研究報告》（台北：時報文化出版企業有限公司，一九九四年二月初版一刷，一九九七年六月初版七刷）。
65. 龍文出版社股份有限公司編輯部整理編印，《臺灣時人誌》（台北縣板橋市：龍文出版社股份有限公司，二〇〇九年十二月）。
66. 戴國煇、葉芸芸，《愛憎二・二八——神話與史實：解開歷史之謎》（台北：遠流出版事業股份有限公司，一九九二年二月）。
67. 鍾逸人，《辛酸六十年》（台北：自由時代出版社，一九八八年六月）。

68. 鍾逸人，《辛酸六十年（下）》（台北：前衛出版社，一九九五年一月）。
69. 蘇新，《憤怒的台灣》（台北：時報文化出版企業有限公司，一九九三年二月初版一刷，一九九四年五月初版三刷）。

【期刊論文】

1. 方生，〈楊逵與台灣學生民主運動〉，《新文學史料》（北京），二〇〇一年〇一期，頁六八—七一。
2. 何義麟，〈戰後初期台灣報紙之保存現況與史料價值〉，《台灣史料研究》八期（一九九六年八月），頁八八—九七。
3. 何義麟，〈戰後初期台灣出版事業發展之傳承與移植（1945～1950）——雜誌目錄初編後之考察〉，《台灣史料研究》十期（一九九七年十二月），頁三—二四。
4. 何義麟，〈《政經報》與《台灣評論》解題——從兩份刊物看戰後台灣左翼勢力之言論活動〉，《台灣史料研究》十期（一九九七年十二月），頁二五—四三。
5. 何義麟，〈日本戰敗與玉音放送〉，《臺灣學通訊》八六期（二〇一五年三月），頁二四—二五。
6. 李玉明，〈關於郁達夫的後期小說創作〉，《齊魯學刊》一九九七年〇五期，頁一七—二三。
7. 李瑞騰，〈《橋》上論爭的前奏〉，《新文學史料》（北京）二〇〇一年〇一期，頁五二—五八。
8. 河原功作，楊鏡汀譯，〈楊逵的文學活動〉，《文季》二卷五號（一九八五年六月），頁四三—六三。
9. 河原功著，張文薰譯，〈吳濁流《胡志明》研究〉，《台灣文學學報》十期（二〇〇七年六月），頁七七—一一〇。

10. 張恆豪，〈存其眞貌──談「送報伕」譯本及延伸的問題〉，《臺灣文藝》一〇二期（一九八六年九月），頁一三九─一四九。
11. 梅丁衍，〈黃榮燦疑雲──台灣美術運動的禁區（上）〉，《現代美術》六七期（一九九六年八月），頁四〇─六三。
12. 清水賢一郎，〈臺、日、中的交會──談楊逵日文作品的飜譯──〉，北海道大学大学院国際広報メディア研究科、北海道大学言語文化部編，《大学院国際広報メディア研究科言語文化部紀要》（札幌）四二号（二〇〇二年三月），頁一七一─一九三。
13. 許雪姬，〈台灣光復初期的語文問題──以二二八事件前後為例〉，《史聯雜誌》十九期（一九九一年十二月），頁八九─一〇三。
14. 陳翠蓮，〈去殖民與再殖民的對抗：以一九四六年「臺人奴化」論戰為焦點〉，《臺灣史研究》九卷二期（二〇〇二年十二月），頁一四五─二〇一。
15. 黃美娥，〈聲音．文體．國體──戰後初期國語運動與臺灣文學（1945-1949）〉，《東亞觀念史集刊》三期（二〇一二年十二月），頁二二三─二七〇。
16. 黃惠禎，〈楊逵與日本警察入田春彥──兼及入田春彥仲介魯迅文學的相關問題〉，《臺灣文學評論》四卷四期（二〇〇四年十月），頁一〇一─一二二。
17. 黃惠禎，〈楊逵與賴和的文學因緣〉，《台灣文學學報》三期（二〇〇二年十二月），頁一四三─一六八。
18. 黃惠禎，〈楊逵與戰後初期台灣新文學的重建──以《台灣文學叢刊》為中心的歷史考察〉，《臺灣風物》五五卷四期（二〇〇五年十二月），頁一〇五─一四三。

19. 黃惠禎，〈台灣文化的主體追求：楊逵主編「中國文藝叢書」的選輯策略〉，《台灣文學學報》十五期（二○○九年十二月），頁一三五—一六四。

20. 黃惠禎，〈三民主義在臺灣——楊逵主編《一陽週報》的時代意義〉，《文史臺灣學報》三期（二○一一年十二月），頁九—五一。

21. 黃惠禎，〈揚風與楊逵：戰後初期大陸來台作家與台灣作家的合作交流〉，《台灣文學學報》二二期（二○一三年六月），頁二七—六六。

22. 塚本照和作，向陽譯，〈楊逵作品「新聞配達夫」（送報伕）的版本之謎〉，《臺灣文藝》九四期（一九八五年五月），頁一六五—一八○。

23. 葉芸芸，〈試論戰後初期的臺灣智識份子及其文學活動（一九四五年——一九四九年）〉，《文季》二卷五期（一九八五年六月），頁一——一八。

24. 劉孝春，〈「橋」論爭及其意義〉，《世界新聞傳播學院人文學報》七期（一九九七年七月），頁二九一—三二○。

25. 蔡盛琦，〈日治時期臺灣的中文圖書出版業〉，《國家圖書館館刊》九一卷二期（二○○二年十二月），頁六五—九二。

26. 蔡盛琦，〈戰後初期臺灣的圖書出版——1945至1949年〉，《國史館學術集刊》五期（二○○五年三月），頁二○九—二五一。

27. 藍博洲，〈秧歌．台北——台灣新文藝運動的青春之歌〉，《新文學史料》（北京）二○○一年○一期，頁一八—二五。

28. 藍博洲，〈楊逵與中共台灣地下黨的關係初探〉，《批判與再造》十二期（二〇〇四年十月），頁三九—五八。

【會議論文】

1. 吳克泰，〈楊逵先生與「二．二八」〉（中國廣西南寧：楊逵作品研討會，二〇〇四年二月二—三日）。

【學位論文】

1. 許詩萱，〈戰後初期（1945.8～1949.12）台灣文學的重建——以《台灣新生報》「橋」副刊為主要探討對象〉（台中：國立中興大學中國文學系碩士論文，一九九九年七月）。

【雜誌文章】

1. 〈文藝同好者氏名住所一覽〉，《臺灣文藝》一卷一號（一九三四年十一月），頁八八—九二。
2. 江流（鍾理和），〈白薯的悲哀〉，《新臺灣》（北平）二期（一九四六年二月），頁一〇—一三。
3. 池田敏雄著，廖祖堯摘譯，〈戰敗後日記〉，《臺灣文藝》八五期（一九八三年十一月），頁一七九—一九四。
4. 林曙光，〈感念奇緣弔歌雷〉，《文學台灣》十一期（一九九四年七月），頁二〇—三三。
5. 胡風，〈悼楊逵先生〉，《台聲》（北京）「楊逵先生紀念專輯」（一九八五年四月），頁一二。
6. 范泉，〈記楊逵——一個台灣作家的失蹤〉，《文藝叢刊第一輯：腳印》（上海）（一九四七年十月），頁一六—一七。
7. 張瓊慧，〈周紅綢紀事之一二〉，《藝術家》二〇一期（一九九二年二月），頁三二八—三三九。

8. 楊美紅，〈來自現實人生的吶喊——丁樹南（歐坦生）訪談錄〉，《文訊》二二二期（二〇〇四年四月），頁一一九—一二三。
9. 楊逵作，胡風譯，〈送報伕〉，《世界知識》（上海）二卷六號（一九三五年六月），頁三二〇—三三一。
10. 增田涉著，頑銕譯，〈魯迅傳（三）〉，《臺灣文藝》二卷三號（一九三五年三月），頁五—八。
11. 增田涉著，頑銕譯，〈魯迅傳（四）〉，《臺灣文藝》二卷四號（一九三五年四月），頁一〇三—一〇七。
12. 蔡德本，〈《龍安文藝》終於找到了〉，《文學台灣》四六期（二〇〇三年四月），頁一七五—一七七。
13. 蔣瑞仁，〈向自治的路〉，《政經報》二卷五期（一九四六年五月），頁三—四。
14. 戴國煇、內村剛介訪問，陳中原譯，〈楊逵的七十七年歲月——一九八二年楊逵先生訪問日本的談話記錄〉，《文季》一卷四期（一九八三年十一月），頁八—三〇。
15. 鍾逸人，〈楊逵擇偶〉，《台灣新文學》十六期（二〇〇〇年六月），頁九七—一〇二。

【報紙文章】

1. 〈ト、チ、蔣連名の對日宣言發表か〉，《臺灣新報》，一九四五年七月二十八日，一版。
2. 〈對日降伏宣言の愚を痴ふ〉，《臺灣新報》，一九四五年七月二十九日，一版。
3. 〈帝國政府は默殺／三國の對日共同宣言〉，《臺灣新報》，一九四五年七月三十日，南部一版。
4. 〈カイロ宣言とは〉，《臺灣新報》，一九四五年八月十七日，二版。
5. 〈時局急變と本島の今後——安藤總督談／全島民一丸の團結／誠實熱心・新運命開拓へ〉，《臺灣新報》，一九四五年八月二十四日，一版。

6. 〈臺灣に陳儀／接收委員〉，《臺灣新報》，一九四五年八月二十七日，一版。
7. 〈外蒙獨立を承認／西藏に最高度の自治／蔣介石聲明〉，《臺灣新報》，一九四五年八月二十八日，一版。
8. 〈臺灣民政長官に陳儀任命〉，《臺灣新報》，一九四五年九月一日，一版。
9. 〈對支內政の干涉／中ソ新條約〉，《臺灣新報》，一九四五年九月一日，二版。
10. 〈日本と蔣主席〉，《臺灣新報》，一九四五年九月十日，一版。
11. 〈三民主義を實行／臺灣省を自強康樂に／陳儀長官談〉，《臺灣新報》，一九四五年九月十九日，一版。
12. 〈北京語熱勃興／講習會は大盛況〉，《臺灣新報》，一九四五年九月二十三日，一版。
13. 〈國、共交涉到達妥協／附與全政黨合法制／蔣主席領導下盡其所能、防止內亂〉，《臺灣新報》，一九四五年十月十四日，一版。
14. 〈全政黨に對等の合法性／蔣主席領導の下に極力內亂を防止／國共會談妥協に到達〉，《臺灣新報》，一九四五年十月十四日，二版。
15. 〈萬人空巷歡聲雷動／抗戰壯士安抵台灣／第七十軍由基隆登陸〉，《民報》，一九四五年十月十八日，一版。
16. 〈簞食壺漿扶老携幼／卅萬居民夾道歡呼／國軍堂堂進入臺北市〉，《臺灣新報》，一九四五年十月十九日，一版。
17. 〈本省人熱心習國語／半日間報名四千人／政治部增設講習班／軍要人均熱心指導〉，《民報》，一九四五年十一月二十一日，一版。
18. 〈省旅外同鄉互助會／きのふ省都で成立大會〉，《臺灣新生報》，一九四六年五月十三日，四版。
19. 〈籌款救濟旅外臺胞／擬舉行音樂美展會〉，《臺灣新生報》，一九四六年五月二十四日，五版。

20.〈台北市外勤記者聯誼會／開成立大會〉，《民報》，一九四六年十月五日，三版。
21.〈市外勤記者會／昨開理監事會〉，《民報》，一九四六年十月七日，三版。
22.〈書賈蠹害文化界／輸入的刊物價高．教科書也太貴／燈火雖可親奈沒書本何〉，《民報》，一九四六年十月七日，三版。
23.〈老闆賺得太多呀！／定價加乘卅四倍太過貴／權威說：中間搾取要撤廢〉，《民報》，一九四六年十月七日，三版。
24.〈精神糧荒更嚴重呀／大、中、小學都叫着買不起書〉，《民報》，一九四六年十月七日，三版。
25.〈文化界危機／書店面．儘是看書的人多、買書人少的很！〉，《民報》，一九四六年十月七日，三版。
26.〈外勤記者聯會定期公演雷雨〉，《民報》，一九四六年十一月四日，三版。
27.〈台中雷雨演出，頗獲各界好評〉，《民報》，一九四六年十二月一日，四版。
28.〈理想之邦（上）〉，《台灣力行報》，一九四七年十一月十二日，一版。
29.〈創刊獻詞〉，《台灣力行報》，一九四七年十一月十二日，一版。
30.〈橋的路——第一次作者茶會總報告（及百期擴大茶會論題徵文）〉，《臺灣新生報．橋》百期擴大號，一九四八年四月七日。
31.〈如何建立臺灣新文學——第二次作者茶會總報告〉，《臺灣新生報．橋》百期擴大號，一九四八年四月七日。
32.〈楊逵先生主持／本報文藝座談會／首次假市圖書館舉行〉，《台灣力行報．力行》八六期，一九四八年八月一日。

33. 〈南部的橋〉，《臺灣新生報・橋》二一四期「編者・作者・讀者」欄，一九四九年二月十八日。
34. 〈三叛亂罪犯判決／楊逵處徒刑十二年／鍾平山陳軍各十年〉，《中央日報》，一九五〇年五月十日，四版。
35. 〈楊逵鍾平山陳軍／因叛亂罪被判刑〉，《台灣民聲日報》，一九五〇年五月十日，一版。
36. 一讀者（楊逵），〈二・二七慘案真因—臺灣省民之哀訴—〉（上），《和平日報》，一九四七年三月八日，二版。
37. 一讀者（楊逵），〈二・二七慘案真因—臺灣省民之哀訴—〉（下），《自由日報》，一九四七年三月九日，一版。
38. 方培敬，〈作家歸隱山林／心血灌輸花圃／楊逵希望別人投資合作／修建別墅藝館與人共享〉，《自立晚報》，一九七四年九月二十七日，二版。
39. 王蜀桂，〈尋找楊逵——重回東海花園的楊建兄妹〉，《台灣新聞報・西子灣》，二〇〇一年八月六—七日。
40. 周夢江，〈戰時東南文藝——一篇流水賬〉，《和平日報・新世紀》八期，一九四六年五月二十日。
41. 姚冷，〈外勤記者的大結合〉，《大明報》，一九四六年九月二十三日，二版。
42. 陳映真，〈楊逵和平宣言的歷史背景——紀念「宣言」發表五十周年〉，《中國時報》，一九九九年四月七—九日，三十七版。
43. 彭明敏，〈建設臺灣新文學・再認識臺灣社會〉，《臺灣新生報・橋》一一二期，一九四八年五月十日。
44. 辜海澄，〈「國父理則學探賾」疑難研究——辜海澄同志的質疑〉，《正氣中華》，一九五五年六月十一日，二版。
45. 楊逵，〈六月十七日の前後——忠烈祠典禮を紀念して〉，《臺灣新生報》，一九四六年六月十七—十八日，四版。
46. 楊逵，〈從速編成下鄉工作隊〉，《自由日報》，一九四七年三月九日，二版。
47. 楊資崩，〈我的父親楊逵〉，《聯合報》，一九八六年八月七日，八版。
48. 雷石榆，〈女人〉，《臺灣新生報．橋》一〇九期，一九四八年五月三日。
49. 管婺媛，〈楊逵之家　黃榮燦版畫有情〉，《中國時報》，二〇一四年五月三十一日，A14版。
50. 臺中區時局處委會稿（楊逵），〈二．二七慘案真因—臺灣省民之哀訴—〉（上），《自由日報》，一九四七年三月八日，一版。
51. 駐日特派員張茂森／東京二日報導，〈田中奏摺　中國承認是假的〉，《自由時報》，二〇〇六年三月三日，A5版。
52. 鍾天啓（鍾逸人），〈瓦窯寮裏的楊逵〉，《自立晚報》，一九八五年三月二十九—三十日，十版。

【電子資源】

1. 《一陽週報》十二號封面圖片，文獻收藏品拍賣，露天拍賣網，http://goods.ruten.com.tw/item/show?21101315585350（二〇一一年六月八日瀏覽）。
2. 作者不詳，〈1945年09月09日歡迎國民政府籌備會啟事〉，日據至戰後初期史料，《數位典藏與數位學習聯合目錄》，http://catalog.digitalarchives.tw/item/00/29/4b/b7.html（二〇一五年八月四日瀏覽）。
3. 作者不詳，〈1945年「歡迎國民政府籌備會」相關事項〉，日據至戰後初期史料，《數位典藏與數位學習聯合目錄》，http://catalog.digitalarchives.tw/item/00/29/4d/b7.html（二〇一五年八月四日瀏覽）。

4. 作者不詳，〈歡迎國民政府籌備會人員名單〉，日據至戰後初期史料，《數位典藏與數位學習聯合目錄》，http://catalog.digitalarchives.tw/item/00/29/4b/c1.html（二〇一五年八月四日瀏覽）。
5. 作者不詳，〈1945年歡迎國民政府籌備會，09月21日～10月10日重點記事日誌〉，日據至戰後初期史料，《數位典藏與數位學習聯合目錄》，http://catalog.digitalarchives.tw/item/00/29/51/37.html（二〇一五年八月四日瀏覽）。
6. 作者不詳，〈1945年歡迎國民政府籌備會會議紀錄〉，日據至戰後初期史料，《數位典藏與數位學習聯合目錄》，http://catalog.digitalarchives.tw/item/00/29/4d/ba.html（二〇一五年八月四日瀏覽）。
7. 作者不詳，〈1945年歡迎國民政府籌備會新生活運動促進隊代表宣誓文〉，日據至戰後初期史料，《數位典藏與數位學習聯合目錄》，http://catalog.digitalarchives.tw/item/00/29/4c/48.html（二〇一五年八月四日瀏覽）。
8. 作者不詳，〈1945年歡迎國民政府籌備會新生活運動促進委員會名單〉，日據至戰後初期史料，《數位典藏與數位學習聯合目錄》，http://catalog.digitalarchives.tw/item/00/29/51/38.html（二〇一五年八月四日瀏覽）。

台灣與東亞

戰後初期楊逵與中國的對話

2016年7月初版　　定價：新臺幣380元

著　　者　黃　惠　禎
總 編 輯　胡　金　倫
總 經 理　羅　國　俊
發 行 人　林　載　爵

出　版　者　聯經出版事業股份有限公司
地　　　址　台北市基隆路一段180號4樓
編輯部地址　台北市基隆路一段180號4樓
叢書主編電話　(02)87876242轉212
台北聯經書房　台北市新生南路三段94號
電　　　話　(02)23620308
台中分公司　台中市北區崇德路一段198號
暨門市電話　(04)22312023
台中電子信箱　e-mail：linking2@ms42.hinet.net
郵政劃撥帳戶第0100559-3號
郵 撥 電 話　(02)23620308
印　刷　者　世和印製企業有限公司
總　經　銷　聯合發行股份有限公司
發　行　所　新北市新店區寶橋路235巷6弄6號2樓
電　　　話　(02)29178022

叢書主編　沙　淑　芬
校　　對　謝　麗　玲
封面設計　沈　佳　德

行政院新聞局出版事業登記證局版臺業字第0130號

本書如有缺頁，破損，倒裝請寄回台北聯經書房更換。　ISBN 978-957-08-4759-8 (平裝)
聯經網址： www.linkingbooks.com.tw
電子信箱：linking@udngroup.com

國家圖書館出版品預行編目資料

戰後初期楊逵與中國的對話/黃惠禎著．
初版．臺北市．聯經．2016年7月（民105年）．
288面．14.8×21公分（台灣與東亞）
ISBN 978-957-08-4759-8（平裝）

1.楊逵 2.台灣文學 3.文學評論

863.4 105009199